世界华文文学研究文库第3辑

世界华文文学研究文库编委会 编

对话与阐释

刘小新选集

刘小新 著

Research Library of Global Chinese Literature

SPM

南方出版传媒

花城出版社

中国·广州

图书在版编目（ＣＩＰ）数据

对话与阐释：刘小新选集 / 刘小新著. -- 广州 ：
花城出版社，2016.10（2021.7重印）
（世界华文文学研究文库. 第3辑）
ISBN 978-7-5360-8014-0

Ⅰ．①对… Ⅱ．①刘… Ⅲ．①华文文学－文学研究－
世界－文集 Ⅳ．①I106-53

中国版本图书馆CIP数据核字(2016)第241238号

出 版 人：肖延兵
责任编辑：李 谓 李加联 杜小烨
技术编辑：薛伟民 凌春梅
装帧设计：林露茜

书　　名　对话与阐释：刘小新选集
　　　　　DUIHUA YU CHANSHI：LIU XIAOXIN XUANJI
出版发行　花城出版社
　　　　　（广州市环市东路水荫路11号）
经　　销　全国新华书店
印　　刷　北京一鑫印务有限责任公司
　　　　　（北京市顺义区北务镇政府西200米）
开　　本　880毫米×1230毫米　32开
印　　张　8.875　2插页
字　　数　273,000字
版　　次　2016年10月第1版　2021年7月第2次印刷
定　　价　45.00元

如发现印装质量问题，请直接与印刷厂联系调换。
购书热线：020－37604658　37602954
花城出版社网站：http://www.fcph.com.cn

出版说明

　　有海水的地方就有华人，有华人的地方就有中华文化的流播，也就伴随有华文文学在世界各地绽放奇葩，并由此构成一道趋异与共生的独特风景线。当今世界，中华文化对全球的影响力不断扩大，无疑为我们寻找华文文学创作与研究的世界性坐标，提供了有利的条件和新的机遇。

　　改革开放三十多年来，中国大陆华文文学研究界的老中青学人，回应历经沧桑的世界华文文学创作，孜孜矻矻地进行了由浅入深、由少到多的观察与探悉，取得了相当丰硕的研究成果。为了汇集这一学科领域的创获，为了增进世界格局中中华文化和不同文化之间的交流与对话，为了加强以汉语为载体的华文文学在世界文坛的地位，也为了给予持续发展中的世界华文文学以学理与学术的有力支持，中国世界华文文学学会与花城出版社联手合作，决定编辑出版"世界华文文学研究文库"。

　　这套"文库"，计划用大约五年的时间出版约50种系列图书。

　　"文库"拟分为四个系列：自选集系列、编选集系列、优秀专著系列，博士论文系列。分辑出版，每辑推出 8 至 10 种。其中包括：自选集——当代著名学者选集，入选学者的代表作；编选集——已故学人的精选集，由编委会整理集纳其主要研究成果辑录成册；优秀专著——世界华文文学研究领域的最新学术专著，由编委会评选推出；博士论文——世界华文文学研究的博士论文，由编委会遴选胜出。

"世界华文文学研究文库"将以系统性、权威性的编选形式，成就华文文学研究领域的大典。其意义，一是展示中国世界华文文学研究的整体性学术成果；二是抢救已故学人的研究力作；三是弥补此一研究领域的空缺，以新视界做出新的开拓；四是凸显典藏性，有较高的历史价值与人文价值。

"文库"在编辑过程中，参考并选用了前贤及今人的不少研究成果，在此谨向众多方家深表谢忱。由于时间仓促，遗珠之憾和疏漏错差定然不免，尚祈广大读者多加赐教。

花城出版社

2012 年 10 月

目　录

第三辑　文本内外

序

　　这本小书是笔者参与世界华文文学讨论部分文章的自选集。20世纪90年代初，因一些偶然的机缘，笔者开始介入世界华文文学的教学与研究，迄今已有了一段日子，积累了一些文字。这些文字或稚嫩或直率，但大多有感而发，记录了个人阅读华文文学的感受与体会，也表达自己参与这个新兴学科建设的热情与期许。其间曾经得到不少学术前辈的指点，也受到一些海内外同行的批评与鼓励，这里首先要表达的是笔者对学术前辈和同行诚挚的敬意！同时也要衷心感谢中国世界华文文学学会和花城出版社将本书列入"世界华文文学研究文库"！

　　选集中的多数文章已经发表于各种报刊或学术会议，依据内容，笔者将稿子概略地分为以下三个部分：第一辑"理论与方法"，主要记录笔者对华文文学批评的理论与方法的思考。内容涉及华文文学的意义、华文文学的文化属性、华文文学史写作、华人文化诗学以及后殖民批评的意义与限度等。第二辑"思潮与现象"，内容包括：旅台文学现象与当代马华文学思潮的嬗变、原乡意识的变迁、现代性与当代台湾文学论述的转折、《岛屿边缘》与台湾"后现代左翼"的兴起、"传统左翼"的声音和90年代台湾文论的"后学"论争与话语转换等。第三辑"文本内外"，内容包括白马社的文化精神与诗歌创作、旧金山华人文学的草根意识与历史叙事、泰国华文文学的历史发展及其总体特征以及对洛夫、董桥、林幸谦、黄锦树等作家创作的评论。

在本书中，笔者力图表达以下看法：1. 世界华文文学是丰富多元的，任何单一的理论视域和学术路径都难以涵盖其丰富性。不同的理论与方法之间不存在所谓的对立和对抗关系，而是可以共存互补的，它们共同构成华文文学研究的多维视野。2. 建构以"华人性"为研究核心，以"形式诗学"与"意识形态批评"统合为基本研究方法的"华人文化诗学"，在更加开放的社会科学视域中审视与诠释华人文学书写的族裔属性建构意义及其美学呈现形式，应是我们拓展华文文学批评空间的一个重要路径。3. 全球华人的"共同诗学"或"大同诗学"的理论想象必须建立在由多元"地方知识"的辩证对话所形成的交互普遍性的基础上。4. "文化属性"是华文文学领域的一个重要问题，关于这个问题的讨论存在原生主义与建构主义的重大分歧。对此笔者倾向于非本质主义的立场，认为：文化属性不是单纯的文学问题；文化属性具有多重性和复杂性；文化属性建构是充满矛盾张力的漫长历程，由文化情感和生存策略交织而成；由差异所带来的文化张力或许正是华文文学的丰富性和魅力所在。文化属性建构没有终点，文化属性建构就是对文化属性的恒久追问。5. 与此相关，后殖民批评在处理文化属性问题时的理论与策略被广泛引入到华文文学研究领域，成为华文文学批评的重要思想资源之一。后殖民批评深刻地触及了华文文学研究面临的一系列重要理论与现实命题，但同时也产生了一系列思想的盲点与批评的偏执。今天看来，这些看法还远远不够成熟、深入和系统。

现今，世界华文文学研究仍然是一个充满活力的新兴学术领域，无论是研究方法的探索，还是阐释理论的建构，抑或学术视域的形塑与开放，等等，都存在着丰富的可能性。这是华文文学研究的魅力和潜力之所在。但作为一个新兴学科，世界华文文学研究的学术积累过程才刚刚开始，还没有形成比较清晰的学术史脉络，相对于学术传统深厚的中国现代文学研究而言，进入海外华文文学研究的门槛没有那么高。另一方面，我们从事华文文学研究显然存在诸多困难。海外华文文学文本处理的是海外华人的经验与问题，我们不在文化现场，没有文学的现场感，要获得某种感同身受的体会和批评的历史感显然是困难的；因为我们不在现场，要找到我们自身的文化问题和华文文学的问题之间的交汇点也并不容易；因为我们不在现场，要形成有针对性的"问题意识"和有效的阐释框架殊属不易。这本选集只是笔者阅读一些华人文本的感想和杂记，一些文字是初入这一领域的产物，不当与疏漏之处，敬请批评指正。

第一辑　理论与方法

对海外华文文学研究中若干问题的思考

海外华文文学作为世界性语种文学的学科概念，是 20 世纪 90 年代才提出，并逐渐引起学术界注意的。与中国现当代文学研究相比，它要显得稚嫩、粗糙得多，人文学界甚至有人认为这是一个幼稚乃至弱智的学科。迄今看来华文文学的学科建制远未成型，从命名、定义、范畴到性质、特征、关系等理论问题，需要进一步探讨。因此华文学界免不了要做一次又一次的自我检讨与批判，目前看来这种反省难以告一段落。作为该领域的工作者，笔者也有参与这种检讨与反省之必要。

一个初创的学科免不了要遭遇一些基础性问题。其中最首要的问题是学科的定位。人们从进入这一领域的研究开始，就一直处于定位暧昧的状况。这种暧昧仅从人民大学复印资料中心分类的犹豫中就可感受一二，该中心在收集转载文献论文时，在分类上曾经摇摆于"中国现当代文学"与"外国文学"之间，时而把它划入外国文学，时而又归入中国现当代文学。今天从该中心和社科规划办的处理看，人们基本上倾向于在现当代文学中给华文文学一个位置。这种安置或许有其合理性，从书写语言、文化传统以及华文文学的历史发源看，人们有理由把华文文学看作中国新文学在海外异域的延伸与播迁。历史上看，东南亚早期的华文创作主体主要由新文学的南下作家构成，其文学论争与思潮运动与新文学几乎同步同构。此外这种定位也得到海外许多作家的认同，於梨华等一大批作家至今仍然坚决认定自己是中国作家，海外华文文学是中国文学的一部分，20 世纪 50 年代美国的"白马社"人数众多影响广大，他们自称为"第三中国文化中心"，也同样认同于这种定位。然而随着从华侨到华人的国籍身份的转换，华人文化心态也逐渐从落叶归根转换为落地生根，有一些作家尤其是一些东南亚的作家开始把他们的文学归入所在国的文学队伍中。随时间的推移，土生土长的华裔作家数量渐占多数，这种认识将成主流。看来，把华文文学定位为外国文学也不是毫无理由的。然而，在海外华文文学的本土化发展仍很不充分的情形下，这种定位的合理性还有被质疑的可能。在全球化的语境里，海外作家的身份多元化国际化趋势逐渐出现，或许华文文学的学科定位问题不再会成为困扰学界的问题，人们把它搁置起来将不再影响研究工作的展开。

　　然而全球化的另一面必然是本土化思潮的兴盛，可以推测会有更多的海外华文作家更计较其文学身份定位问题，这一趋向已渐露端倪。学科定位对学界将产生越来越大的困扰也是可能的。对此我有两点想法，第一，华文文学研究的魅力部分正在于其文学身份的暧昧性，这一学科定位的困窘或许给人们提供了更开阔的研究空间和学术视野；第二，有不少人认为在海外华文文学中相当多数的作品在思想和美学上还不如中国学生的习作，这种看法在资料上很容易获得有力支持。的确，华文作品的艺术水准参差不齐，以往学界随意比附已经伤害了本学科的学术声誉，诸如把戴小华的《沙城》誉为马来西亚的《子夜》或者赠送某作家"荷马"的桂冠，都是不明智的。在海外华文文学整体艺术质量还未达到鉴赏研究的水平时，我以为把它作为文学或美学研究的对象，很可能遮蔽了其所蕴含的另一种学术价值。如果从华侨华人历史研究的层面上看，华文文学作品的价值将凸现出来，它们即使不是可靠的史料，也是可做参照的宝贵资料，在研究华人的心态和文化经验方面有重要的参考价值。而华人学相对成熟的理论与方法将助华文文学研究一臂之力，有助于改变该领域研究缺乏学理性的弊端。近来，华文学界热衷于讨论华文文学的文化与身份认同，却很少有人注意到著名华侨华人研究家王赓武的有关华人认同问题的精辟论述。其成果本是华文文学研究可以信赖的理论支援，华文学界的这一忽视，至少使华文文学文化认同问题的研究丧失了其本该具有的历史维度。我举这个例子，是想说明把华文文学研究划入华人文学领域的必要性和有利性。可以想象的是很多人甚至绝大多数的华文学者不会同意这种意见，但我认为人们至少有必要从华人文学那里寻找华文文学研究的理论资源和研究工具。

第二个问题是如何理解海外华人文学书写的价值与意义。这个问题也很重要，如果我们连研究的对象有何意义都不清楚，那又如何展开研究呢？华文写作何为？对此问题的追问深度将直接规约华文文学研究的方向和归趣。概括而言，华文学界一般存在三种认知：其一，存而不论或搁置不管，从不追问华文写作为何，只专心于鉴赏华文作家作品的思想与艺术，此种做法的专业性颇为可疑；其二，认为海外华文文学承传了中国文学的薪火，传播了中国文化，促进了中外文学和文化的双向交流，所以意义重大。这种观点是正确的。但认为华文作家是在艰难处境中坚持华语写作，精神可嘉，他们能坚持下来就已经很不易了，因此我们的研究应多赞扬鼓励，少批评揭短。这种观点极为普遍，它使华文文学研究变成了赞美的修辞学，专门赠送各种漂亮的帽子标签和显赫的荣誉称号。对此，海外作家有各种各样的反应，或喜欢或惊讶甚至有些晕眩，但在一些严肃作家看来，大陆的华文文学研究太弱智、水平太差，不可信任。其三，无意义论。一些人已经形成一种刻板印象：海外华文文学艺术性差，主题单一只会写乡愁。甚至有人还称之为吃饱了的文学，意思是说他们过着中产阶级的富裕生活，闲暇之余附庸风雅写些风花雪月无病呻吟的作品。造成这种看法的原因是人们对海外华文文学的情况了解肤浅，加上国内多数文学选本片面地关注乡愁主题也带给人们一种片面的印象。无意义论的另一种依据是海外华文文学缺乏直接的读者群，只生产不消费，那么生产的意义何在？朱大可从"燃烧的迷津"泅渡到澳大利亚后就提出这种疑问，他以惯常的大胆隐喻方式称华文作家为盲肠作家，就是从此角度立论的。

海外华文书写何为？对此问题的追问将继续下去。笔者曾在

《文化属性意识与东南亚华文文学研究》①一文中也提出了自己的见解：如果我们从海外华人文化属性建构的维度上看，华文书写的意义与价值或能凸显出来。对于移民或少数族群而言，文学书写是肯定自我存在的一种重要方式。对海外华裔而言，文学想象是一种特别的文化建构行为，他们通过想象努力建构一种具有深度和广度的生命共同体。说故事或文学叙述则具有建构少数族群弱势自我的历史整合功能。某种意义上，华文书写本质上是一种抵抗失语、治疗失忆症，重新拾回一个族群的集体历史记忆的文化行为。它构成族群生存的历史之维，保留下生存的踪迹。从这个层面看，海外华文文学具有在多元种族多元文化并存的社会中保持自身的文化身份的意义与功能。这个看法可以从海德格尔的语言论述和安德森想象的社群论述中获得理论上的支持。在海德格尔看来，语言是存在之家，人是通过语言而拥有世界的。在言说的展示中蕴藏着占有自我的力量，即把一切现存的和阙如的存在逐一归回到自身。华文书写正是华裔言说存在并进而拥有存在整合自我的一种必不可少的方式。东南亚研究专家本尼迪克特·安德森则认为族群共同体是想象的产物，文学作为想象的重要方式对共同体的构建自然有着举足轻重的意义。从这个角度看，单纯从纯艺术纯审美的维度看待海外华文文学是不能真切认识其价值与意义的，而那种仅从艺术性角度贬低华文文学的做法则有些浅薄。

今天，新世代的海外华文作家越来越倾向于把华文写作视作一种族性记忆的方式。现旅居香港的马华作家、著名的白先勇和张爱玲专家林幸谦就坚持把写作定位在抵抗失语与建构集体记忆之间；北美女作家裴在美直接视写作为记忆的方式、记忆的图像以及围绕记忆的方式打转的各种阐述或各种话语。一个族群也包括个人的文化身份与属性受制于历史、文化与权力的持续角力，但过去历史的挖掘将有助于稳固族群与个体自我的主体感。因此文化记忆的重要性无论如何估计

---

① 刘小新：《文化属性意识与东南亚华文文学研究》，《华侨大学学报》2001年第2期。

也不过分，记忆的书写与铭刻保留了族群与自我的历史踪迹和历史的诠释权。族性记忆的丧失或文化失忆事实上是把自我历史的诠释权拱手出让，人们将不再拥有自我的历史维度。在这个意义上，华文书写不再是可有可无的"盲肠"了。马来西亚新世代女作家钟怡雯的作品《可能的地图》和《我的神州》等，就是一些典型的抵抗文化失忆的追忆文本，透过回溯、书写和重构，使历史的缝隙及断裂处的真相浮出水面。这种细致甚至有些琐碎的追溯，如同普鲁斯特寻找逝水流年，即个体绵延的生命之流。对于华裔而言，写作是想象"可能的地图"的方式，具有建构自我认同之根源的意义。在文学性、审美性之外，人们有必要对华文文学此一向度给予更充分更细致的关注。

与此相关的问题是海外华文文学史的写作。毋庸置疑，近些年来，华文文学研究有了很大进展。至少在论文和专著的数量上，在研究机构的广泛甚至有些随便的设置上，可以看到人们对华文文学的热情。而这一"赞美的修辞学"所具有的国际文化交际花的功能被越来越多的人所"深刻"认识。在一个僧多粥少、资源相对短缺的状况下，赞美修辞学的诞生是可以理解的，然而如果拜倒石榴裙下就严重损害了学术的品格。说华文文学研究的长足进步，其例证之一是文学史著作的大量生产，显示了一些学者不畏艰苦艰难跋涉的学术勇气和魄力。一方面，这些著作的出现为更深入的研究打下了基础。在人们普遍无法较全面地掌握华文文学背景、源流和概况的情形下，文学史著作的出现如同及时雨，给人们提供了了解概貌的方便；另一方面，对这些概貌型文学史仍然不能充分信任，因为其概观功能也由于资料的瓶颈和评价体系的残缺不全而大打折扣。有这个先入之见，才能达到开卷有益。

在海外华文文学研究领域，深度的文学史写作为时尚早。这是各种客观与主观因素的限制造成的。首先，文学史料的准备还远远不足以支撑起一部文学史的宏大叙述，文学史家即便是心灵手巧的巧妇，也会为无米或少米之炊而困窘、而捉襟见肘。从目前的情形看，大部分研究者获取资料的途径仍然是从前的友情赠送。长盛不衰的"世

界华文学国际研讨会"除了学术研讨之外，或许还具有联谊和
"广交会"的功能。它是华文学界两年一度的嘉年华式的狂欢仪式，
也是世华文学这个想象的共同体的一条真实纽带，某种意义上还是生
产者和销售者之间的订货会，人们从中获取研究的资料。因而并不全
面，遑论选择、整理和淘汰了，照单定做或手边所有的东西都下锅煮
就很自然了。但如果连基本必备的材料也不曾较全面较充分地占有，
人们又如何进入文学史的描述？如何整体把握和勾勒文学发展的脉
络？又如何在历史叙述中给予作家作品知人论世的评价和定位呢？一
些文学史家对这种捉襟见肘的困窘有切身的感受："在这种资料奇缺
的情况下，不免会有许多重要的作家被遗漏了，同时，一些早已有华
文文学存在的国家如越南、柬埔寨、缅甸等，也因手头没有资料，只
好暂时阙如。"① 说出这种感受十分必要，它是一种负责任的态度，
也可以使人们有心理准备，人们将遭遇的文学史先天上有所残缺。因
此宗庙扩建也是自然而有趣的过程，更多的大大小小的作家将陆续被
热情地邀请入席入座，在文学史上隆重地刻上自己的名字。

其次，作为历史性著作的文学史必需建构一种叙述历史的逻辑，
亦即在相对完整客观地描述历史原生面貌的基础上，呈现出史家的史
学眼光和历史的想象与思辨力，从而达到历史与逻辑的统一。更准确
地说文学史必须从纷繁杂乱的文学现象中抽绎出其演绎的内在逻辑规
律。然而，世界不同地域的华文文学其历史文化政治背景差异甚大，
如何归纳出共同的规律？一种海外华文文学整体的文学史是否可能？
目前所见著作，大体先概述华文文学的历史与特色，而后各章以作家
为重点分述各国别的华文文学发展状况，是概观式的权宜之策。另一
种以自然史的发生、成长、挫折、复苏、高潮为线索的叙述更为常
见，这种范式放之四海而皆准，简便好用，却既粗糙又有偷懒的嫌
疑。看来，海外华文文学史的写作还没有从老黑格尔那里借到辩证逻

---

① 陈贤茂：《海外华文文学史初编》，鹭江出版社 1993 年版，第
797 页。

辑的技术，这种从正到反再到合的历史叙述技艺在中国现当代文学史研究领域已产生了巨大的效益，至今魅力不减。然而即便人们借到了黑格尔的力量，波普尔的"情境逻辑"又横在通往正反合的道路上。总体的海外华文文学史叙述仍然困难重重。

总体的文学史是否可能至今仍是一个巨大的疑问。相对来说，国别文学史的逻辑叙述看起来要容易得多。说容易有两个理由：一为资料收集相对容易。如果采取两地学者及作家合作的方式更具成效，刘登翰先生主编的《澳门文学概观》便是合作研究的一个典范；二是国别文学史的思潮脉络相对也会好把握一些，文学史的逻辑建构也许会容易一些。以马华文学史为例，现代化、本土化和中华性互相交替辩证，此消彼长，呈现出充满张力的矛盾运动特征，其发展脉络大体可见。当然人们在以一种理性的逻辑范式诠释国别文学史时，仍然要谨防老黑格尔纯粹思辨的逻辑陷阱。纯粹思辨的体系化总体化将以牺牲殊异性与异质事物为代价，而异质性往往是最生动最富活力的事物。所以在建构逻辑架构时，不能忽视具体的"问题情境"。

第四个问题是海外华文文学的经典化。与文学史写作息息相关相伴而生的是经典化问题。粗略而言，文学史一般有两种类型：一种为原生态的客观描述的文学史，这种客观性当然是相对的；另一种是经典化的文学史，只有经典的作家作品才有权进入文学史的圣殿。迄今华文文学史的经典化写作还是远不可及的梦想，所以人们对此问题自然有些淡漠。在20世纪90年代的马华文坛，关于经典问题曾有过一番激烈的争论，论争的焦点是马华文学史的"经典缺席"。新世代学者黄锦树批评方修的文学史没有给"经典"作品预留历史位置。然而什么样的作品才是经典？谁有评选经典的权力？中国学者黄万华也参与这种讨论，在《文化转换中的世界华文文学》一书中列专章阐述华文文学的典律重建。他认为典律建构有如下方式与途径：作品选集、大系编撰、文学奖，等等。① 这些方式确是常见的经典化方法，但这些方法仍有可检讨之处。作品选集往往带有编选者的主观性，有时甚至被某种意识形态所左右。持传统写实观念的学者就很难客观公正冷静地审视现代主义的前卫作品；相反一个现代主义者也难免对写实主义的优秀作品视而不见。选集与文学意识形态以及宗派情绪的纠缠使这种经典化方式变得十分可疑。大系同样存在这种缺陷，因其工程的浩大技术上更难控制。国内出版过一套"东南亚华文文学大系"，虽然我们不知道这套大系的编撰原则和操作方法，但如果把它视为东南亚华文文学经典作品之集成，会产生严重的偏差。其中的一些集子似乎是一些作家的自选集，个别集子甚至有把未结集之作结集的嫌疑。这一现象的出现令人怀疑这种"大系"的"大系性"。文学奖又如何？仍然存在种种难以做到客观公允的因素。更多的人倾向于把经典的遴选权力交给历史，历史的自然淘汰法则将给出令人放心让人信服的名单。然而大浪淘沙有时也会连金子一起淘掉，而且历史淘汰必须经过极漫长的时间之流，对当代尤其是当下的创作而言太遥远了。在这个意义上，当代文学的经典化似乎是个可疑的命题。

然而，尽管可疑，华文学界引入"经典"概念和经典化讨论仍有其必要性。某种意义上，"经典"是个理想概念，它预设了一种文学的理想境界。"经典"概念的存在至少对华文文学批评的职业道德产生约束和制约作用，华文学界的经典化意识对扼制赞美修辞学的扩散将产生积极的影响。

第五个问题是海外华文文学的研究方法。最通行的方法是审美研究，即一般所说的鉴赏分析。这种纯艺术的鉴赏分析有很大的局限。本质上看，文学不只是一种审美享乐活动，海外华文作家的汉语书写也不只是纯艺术性行为，更是文化碰撞与文化适应的产物。传统的鉴赏批评以及新批评的形式分析都难以抵达其内面世界。近年来，研究

---

① 黄万华：《文化转换中的世界华文文学》，中国社会科学出版社1999年版，第12页。

方法逐渐引起华文学界的关注，一些学者从刘登翰先生的"分流与整合"范式中推衍出世华文学多元互动共生的诠释模式，以达成对世华文学的整体宏观观照。另一些学者则从饶芃子的比较文艺学视域中推导出汉语文学的讨论脉络，旨在从语种的层面找到华文文学研究的参照框架，是另一种宏观整合研究的模式。这两种诠释模式都隐含有文化观照的视角。的确，文化批评的方法在诠释华文文学方面逐渐显示其更高的效率。海外华人的文学书写借始源想象、历史记忆和生存写实参与了族群文化属性的创造性重塑工程，因此文学书写的意义对身处边缘的华族而言就不仅仅在于艺术上的某种独创性和可鉴赏性了，因此一种整合性的文化批评是更妥切可行的方法。

文化批评是当代西方人文研究的显学。简略地说西方的文化批评有三种：第一种是英国的雷蒙·威廉姆斯的《文化与社会》和伊格尔顿的《莎士比亚与社会》的"文化与社会"批评；第二种是以法农、斯皮瓦克、霍米·巴巴为代表的后殖民文化论述；第三种则是裴克等人开创的少数话语理论。无论哪种类型的文化批评都认为文学文本绝不是封闭自足的有机本体，而是存在于特定的社会历史脉络中，并与社会生活相互关联的动态开放的文化表意符码。因而文化批评绝非纯审美或纯文学的鉴赏分析，而是多学科的整合多维度的诠释，此种方法综合了政治学、人类学、历史学、语言学、社会学等众多人文学科的理论与方法。从结构主义和新批评到解构主义与文化研究，文学理论迈向更开放更综合的道路。华文学界如果更多地关注文艺学的开放性发展，那么将从这一转折中获益，找到更丰富的理论资源。

海外华文学界的一些学者在这方面或许还走在我们的前面。尤其是马华的年轻世代的批评家，在华文文学研究的方法上更重视汲取人文学术的前沿理论。他们的探索值得我们借鉴和参考。如张锦忠的《马华文学与文化属性》《离心与隐匿的书写人》，林建国的《为什么马华文学》和《方修论》，黄锦树的《马华文学与中国性》、林幸谦的白先勇与张爱玲论述，等等，在学术视域的拓展、学理性含量、研究方法的更新以及理论探索的勇气和锐气上，已经远远超过了国内华文界的许多学人。的确，观点有些片面极端的黄锦树有足够的理由轻视我们的华文文学研究。尽管我们也有足够的理由反驳他的意见，但我们应该做的不是反驳，而应从对象到方法做全面的反省与检讨。

认同的协商： 海外华文文学的意义

在查尔斯·泰勒那里，"多元文化主义"的核心思想被直接表述为"承认的政治"（politics of recognition）命题。泰勒认为当代政治的主要趋势转向对于"承认"的需求和要求，这是当代形形色色的民族主义运动背后的动力，也代表了少数族群、女性主义和属下阶层的要求，已经成为多元文化主义政治的核心主题，"承认"的重要性现在已经以这样那样的形式得到普遍的认可。从"自我认同的根源"的探讨到认同建构与"承认的政治"的勾连，泰勒建构了多元文化主义的认同政治理论。这个理论试图阐明身份认同是如何通过在与有意义的他者（significant others）交往的过程中形成和变化的，他者的"承认"在独特的认同形成中扮演了至关重要的角色。泰勒指出："在社会层面上，认同是在公开的对话中构成而非由社会预先制订的条款所确定，这种对身份认同的理解使平等承认的政治日益成为重要的中心议题。"人们多么需要建构独特的自我认同，但这个建构过程又极其容易受制于"他者"，对这种认同之需要，"他者"以至社会可以给予承认或拒绝给予承认。如果一个社会不能公正地提供对不同群体和个体身份认同的"承认"，或者只是得到他者某种扭曲的"承认"，那么这将对被否定的人造成严重的伤害。对于要求承认的少数族群、弱势群体和属下阶层而言，这种拒绝和扭曲就变成了一种压迫形式。①

查尔斯·泰勒把这种"平等的承认"视为一个健康的民主社会的一个基本模式和普遍性价值，他把现代认同观念的发展所产生的"承认的政治"与传统自由主义的普遍主义的政治做了分别，称之为"差异政治"（politics of difference）。泰勒发现了普遍主义政治（politics of universal）和差异政治之间的分歧，即自由主义和多元文化主义之间的矛盾。"自由主义把无视差异的普遍主义原则看作是非歧视性的，而差异政治则认为'无视差异'的自由主义本身仅仅是某种特殊的文化的反映，因而它不过是一种冒充普遍主义的特殊主义。"在泰勒看来，在这种分歧和冲突中可以找到某种中间道路和接合的可能性，找到这种可能性则需要人们放弃对异文化的先验性拒绝的傲慢，而走向对比较文化研究的开放的态度，建构一种真正开放的文化和政治空间。承认并包容差异，承认并包容不同民族和社群的自我认同的正当权利，促成不同的认同的平等地位并且拥有合理的生存空间，这构成了"承认的政治"的重要内涵。

在《陌生的多样性：歧异性时代的宪政主义》中，詹姆斯·杜利（James Tully）对"承认的政治"也做了深刻的阐发。他认为"多元文化主义"体现了各种种族文化团体对建构自身独特身份并获得他人和社会之承认的要求。杜利因此把"多元文化主义"运动称之为"文化承认之政治"（the politics of cultural recognition）思潮。这个运动包括民族主义运动、带有文化意涵的跨民族体制、长期居于弱势地位的少数族群、移民和难民及流亡人士所形成的多元文化呼吁、女性主义运动、世界各地的原住民族及土著民族运动等，其共同诉求就是"寻求文化承认"，"所谓承认，指的是以对方本身的词汇与传统去认识对方，承认对方为它自身所向往的存在形式，承认对方为正与我们对话的真实存在"。詹姆斯·杜利认为对诸种异质文化的是否承

---

① ［加］查尔斯·泰勒：《承认的政治》，董之林、陈燕谷译，陈清侨编《身份认同与公共文化》，香港牛津大学出版社 1997 年版，第 13 页。

认与宽容应该成为判断一个政治社会是否正义的一个重要标准。杜利"文化承认之政治"论述建立在对西方宪政主义传统美洲原住民受压迫历史进行了批判性的审视之基础上，并把解决文化间的冲突和对异文化之承认问题寄托在宪政体制及其思想的改革上。他为此构想了一种正义的理想的"宪政主义"，这种"宪政主义"不会去预设任何一种文化立场，也不会以某种单一的"宪政体制"去承认所有的文化，而是保留了各式各样不同的族群叙事，并且在法律、政治与文化领域里都努力保有其多元的性格，更为重要的是，这种"宪政体制"正是由一连串跨越文化界线的持续民主协商或协议来达成。

无论是查尔斯·泰勒的"承认的政治"，还是詹姆斯·杜利的"文化承认之政治"，抑或是其他"多元文化主义"者，都已经深刻地揭示出了不同的政治、价值和文化共同体之间的既相互包容、又互相排斥的竞争与合作关系，并且试图寻找出在多元价值之间某种良性的对话和协商的文化民主形式。在我们看来，这样的思考和探索深刻地并且富有价值地拓展了常识意义上的"宽容"概念的文化政治内涵。宽容除了尊重他人的选择和意见外，还必须进一步接受和承认他人的观点也有可能成为真理，"宽容的结果必须是承认"。① 今天，我们如果还在进行有关文化与文学"宽容"命题的讨论，他们的思想成果应该成为不可或缺的理论基础之一。

在当代文学理论和文化研究领域，美国文学批评界已经出现了一种旨在恢复被主流社会压制或驱逐到边缘社群的"边缘文本"的社会文化位置的"少数话语"理论，这种理论的产生及其实践意味着，从事种族研究和女性主义批评的知识分子"已经使对种种少数声音的考察成为可能"。"少数话语"理论把争取少数族裔的文化权力和文化承认作为其与统治体制进行斗争的目的。与温和的"多元文化主义"相比，"少数话语"理论则显得激进得多。在我们看来，一定

---

① ［德］考夫曼（Arthur Kaufmann）：《法律哲学》，刘幸义等译，台湾五南书局 2000 年版，第 328 页。

意义上，"少数话语"理论可以视为接合了后结构主义和后现代主义的激进的革命的"多元文化主义"。

其次，"少数话语"理论对自由主义尤其是保守主义的多元论持着警惕的态度和批判的立场，认为自由主义和保守主义的多元论和同化论一样，仍然是"伟大的白人的希望""多元论的外表掩盖了排斥的长期存在，因为多元论只能由那些已经吸收了统治文化价值的人享有。对于这种多元论，少数民族或文化的差异只是一种异国情调，一种可以实现而又不真正改变个人的嗜好，因为个人被安全地植于支配性的意识形态的保护机体"。①"少数话语"理论拒绝成为一种"异国情调"，拒绝被西方资产阶级统治意识形态收编，拒绝成为虚假多元论的美学装饰。

其次，"少数话语"理论接合了后现代主义和后结构主义的"去中心"和"解构"思想。在《走向一种少数话语理论》中，阿布杜勒·贝·詹穆哈默德曾经把"少数话语"理论勾连到德勒兹和瓜塔里的"少数文学"概念，认为他们的"少数文学必然是集体性"的论述在"少数话语"理论中仍然行之有效。这透露出"少数话语"已经视德勒兹和瓜塔里的后现代思想为其批评建构的重要资源。德勒兹和瓜塔里的"少数文学"概念最初的灵感来自卡夫卡在1911年12月25日一篇日记的标题，这则日记记载了卡夫卡对"少数文学"在公共生活中的意义及其特征的复杂思考。在卡夫卡看来，"少数文学"对于公共生活的意义在于"吸纳不满的元素"，使"'解放与宽容'地表达国家缺失成为可能"。这样，"少数文学"中个人与政治就相互穿透，"少数文学"是集体性的，是全然政治的，"使个人的冲突变成社群的'生死攸关之事'"。德勒兹和瓜塔里正是从这里出发建构其"少数文学"概念的，他们把卡夫卡的文学称之为"迈向少数文学"，在《卡夫卡》一书中开列了构成"少数文学"的若干要

---

① ［美］阿布杜勒·贝·詹穆哈默德：《走向一种少数话语理论：应该做什么？》，王逢振译，《外国文学》1994年第4期，第84页。

素，并且在《千座高原》中深入阐述"少数文学"理念。在他们看来，"少数文学""立即是政治的"，其最突出的政治性表现在语言被"高度脱离疆域之系数所影响"以及作家透过"发声的集体装配"操作。① 卡夫卡写作的"少数文学"性，不在于它是某种特定族群的文学，甚至也不在于它是少数族裔的文学，而在于其语言的"少数"用法——"卡夫卡遵循布拉格德文的脱离疆域路线，创造独特而孤独的书写"，这一"少数用法"破坏了既定的语言结构，颠覆了由这种既定语言结构所代表的社会支配秩序。所以，语言的"少数用法"立即就是一种政治的行动的方式。

詹穆哈默德对德勒兹和瓜塔里的"少数文学"概念最感兴趣的部分在于："少数文学"是集体性的，是全然政治，它使个人的冲突变成社群的"生死攸关之事"。詹穆哈默德认为：少数民族个人总是被作为集体对待，他们被迫作为整体来体验自己。由于被迫形成一种否定的、整体性的主体——地位，所以被压迫的个人便通过把那种地位转变为一种肯定的、集体的主体——地位来做出回答。在他看来，这里可以发现存在巨大差异的少数族群联合的基础。②

再次，"少数话语"理论坚持一种斗争哲学，坚持承担批判和解构西方统治意识形态的使命。詹穆哈默德认为，统治文化和少数族群之间的斗争的一个重要方面，即是"对仍然屈从于'体制的忘却'的文化实践的恢复和调停；而'体制的忘却'作为控制人们记忆和历史的一种形式，是对少数文化最严重的破坏形式之一"。在他看来，"体制的忘却"是占支配位置的意识形态的功能之一，它以普遍性的人文主义计划的名义压抑排斥充满异质性的少数文化，并且使这种压抑和排斥变得合法化。"少数话语"理论的使命就在于揭示出这

---

① ［美］雷诺·博格：《德勒兹论文学》，李育霖译，台湾麦田出版社2006年版，第172—177页。

② ［美］阿布杜勒·贝·詹穆哈默德：《走向一种少数话语理论：应该做什么？》，王逢振译，《外国文学》1994年第4期，第85页。

种意识形态生产机制，不断地揭示出"体制的历史条件和形式特征"，持久地批判这种支配意识形态，并且发掘出少数文学文本中所隐含的任何反抗性元素。①

难能可贵的是，詹穆哈默德并没有把这种斗争局限在纯粹文化和美学的领域，他认为，对少数文化的研究，如果没有社会学、政治学和经济学以及历史学以至教育领域的知识，就不可能真正展开。没有跨学科的视域尤其是政治经济学的批判视域，要发现当代文化复杂形式背后的意识形态机制几乎是不可能的。这样，"少数话语"理论就比后现代主义局限于语言和话语场域要显得更具开放性，也可能更富有批判和解放的力量。

综上所述，在争取弱势族群的文化权力和政治经济权力上，"承认的政治"和"少数话语"采取了两种有所区别的路线。前者坚持对话和协商，试图在民主宪政的框架中争取建立一种宽容多元的现代文化格局，使多元价值多元文化获得社会的承认；而后者则坚持走一种激进的斗争路线。但两者对宽容差异的诉求和平等的文化政治追求则是相通的，批判的少数话语极力追求的也是一种真正能够"容许差异的社会和文化构成"，批判与否定的是那种倾向于将复杂丰富的人化约为单向度的普遍主义的统治结构。② 所以，"承认的政治"和"少数话语"或许在这一点上可以找到接合的可能，在为少数或弱势群体争取文化和政治权利的斗争中，在构建一种更加宽容多元的文化结构中，两种理论立场和论述策略存在对话、互补和辩证的空间。

在多元族群和多元文化构成的社会中，作为一种"少数话语"或"弱势论述"，海外华人文学具有文化政治的意义，是弱势族裔文化参与和政治参与的一种形式。以美国华人文学华裔马来西亚文学为

---

① ［美］阿布杜勒·贝·詹穆哈默德：《走向一种少数话语理论：应该做什么？》，王逢振译，《外国文学》1994 年第 4 期，第 84 页。

② ［美］阿布杜勒·贝·詹穆哈默德：《走向一种少数话语理论：应该做什么？》，王逢振译，《外国文学》1994 年第 4 期，第 88 页。

例，"文化抗争"与"文化协商"主题可谓贯穿了其漫长的华人文学和文化思潮史的始终。

众所周知，美国是一个典型的移民社会，如何处理和协调多元种族和多元文化问题是美国社会整合的一个关键。早在18世纪末，出生在法国的美国作家和农学家J. 埃克托尔·圣约翰·克雷夫科尔在《一个美国农场主的来信》中就提出了处理这一重要问题的基本理念，即"熔炉论"（melting pot）思想。"熔炉论"阐述的是如何"成为一个美国人"的认同叙事，在他看来，人的成长和植物的生长有相同的原理，都受制于自然和社会环境的影响，美国的独特气候和政治制度，以及宗教和工作环境就像一座伟大的"文化熔炉"，在这里，所有民族的人都将融化为新的人种，即一种"新人""新美国人"。1908年，犹太裔移民作家赞格威尔创作了剧本《熔炉》并且在百老汇上演，再次把美国比喻为"上帝的熔炉"，在这个上帝的大熔炉里，"欧洲所有的种族都被熔化，重新形成！……德国人、法国人、爱尔兰人、英国人、犹太人和俄国人，你们走进熔炉吧！上帝正在铸造美国人"。① 但这座"上帝的熔炉"是盎格鲁—撒克逊人的，并不向非洲人、亚洲人、墨西哥人和印第安人等有色人种开放。正如约翰·海厄尔在《美国的同化问题》一文中所指出的："'熔炉论'中最明显的矛盾是理论和现实之间的矛盾，因为在实际社会中，黑人和白人之间的关系表明'熔炉论'的同化对象并不是所有的移民和民族。"

1782年《一个美国农场主的来信》的发表，到20世纪80年代"多元文化主义"思潮的勃兴，少数族裔经过近两百年的斗争，"熔炉论"所隐含的白人种族主义霸权终于遭到了有力的解构和批判。对白人种族主义的"熔炉论"的反抗正是"多元文化主义"和"少数话语"理论为什么会在美国产生并且形成一种思潮的根本原因。

---

① ［美］米尔顿·M. 戈登：《美国生活中的同化：种族、宗教和民族来源的作用》（*Assimilation in American Life: The Role of Race, Religion, and National Origins*），纽约，1964年，第120页。

美国原住民文学、非裔文学、亚裔文学以及墨西哥裔文学都是"多元文化主义"和"少数话语"运动的组成部分，为形成宽容、多元、正义的文化政治空间，付出了长期的艰苦的努力。美华文学，作为亚裔美国文学的重要组成部分，从19世纪中期的最初充满血与泪的开创，到20世纪二三十年代第二代华裔以"模范族裔"的方式寻求被"同化"和被"承认"，从60年代华文文学中认同的挣扎和华裔文学自我意识的觉醒到对"美国文学史"的重写，构成了美国"多元文化主义"思潮史的重要部分，也是"承认的政治"的一个生动而且典型的文化史案例。

在《美国华裔文学史》中，洛杉矶西方学院美国研究系主任尹晓煌教授指出：早期华人在美国这个"大熔炉"中深受排斥和歧视，"早期华人移民恳求宽容，抗议歧视的声音充满了苦涩、愤怒与哀求"。这部资料扎实的"美华文学史"，第一章为"早期华人移民的呼声：恳求宽容，抗议歧视"，第二章为"'开化'华人的文学作品：改善华人形象以求主流社会的理解与接纳"，都以十分翔实的历史和文学资料论述了早期华人移民对宽容和平等的迫切需要和为此而付出的充满血泪的斗争史，揭开了被文学和文化"体制的忘却"所"掩埋了的过去"。

在进入海外华人文学创作与批评的世界时，我们首先要面对的是这样的问题：海外华人的文学写作何为？他们的文学与文化论述又何为？其意义何在？是单纯的审美创造活动吗？抑或是使"'解放与宽容'地表达国家缺失成为可能"的少数话语？这的确应该成为华人文学研究首先必须思考的命题。对于广大华族而言，华文文学书写不仅是一种审美创作活动，而且是一种文化政治行为。其一，从记忆政治的层面看，华人文学作为一种少数族裔的话语，一种边缘的声音，其意义在于对抗沉默、遗忘、遮蔽与隐藏，争取华族和华族文化的地位从臣属进入正统，使华人离散的经验，进入历史的记忆。如果没有"天使岛诗歌"的铭刻与再现，那么美国华人移民的一段悲惨历史，将可能被遗忘或遮蔽。恰如单德兴所言："天使岛及《埃仑诗集》一方面印证了'当时典型的华裔美国经验'，另一方面也成为'记忆场域'。"①《埃仑诗集》整理、出版和写入历史无疑是美国华裔经验被历史记载的标志。对于美国华人而言，天使岛书写显然具有记忆政治的意义。其二，从认同政治的角度看，华人作为离散的族裔，面临认同的重新建构，华人文学既作为华人历史文化的产物，又参与了华人历史/文化的建构。叙事是阐释历史进而建构历史的一种方式。《埃仑诗集》中的作品一开始即是政治的，是集体性的，是全然政治的，它使个人的冲突变成华人移民的"生死攸关之事"。

的确，美华文学史可以视为一部"追求宽容和抗议歧视"的历史。对于华人移民而言，如何表述自我再现历史，如何建构自己的历史意识进而阐释自身参与其间的历史，无疑是一个重要的命题。美华文学的历史叙事及其对历史叙事的再叙事，使"解放与宽容地"表达这个所谓伟大"文化熔炉"的国家的"缺失"成为一种可能。

美华草根代表作家黄运基在为"美国华侨文艺丛书"所写的总序中如是言："美国是一块富饶的土地，开拓和灌溉这块土地的，也有我们千千万万华侨先辈们的血与汗；在横贯大陆的中央太平洋铁路的建筑工程中，在开拓加利福尼亚州沙加缅度——圣金三角洲地区，把四十多万英亩沼泽地变为良田的垦荒工程中，华侨先辈们叫山河让路，向土地要粮。但这些披荆斩棘的感人事迹，我们在美国的历史教科书里找不到影子，在美国的主流文化艺坛上得不到应有表现。"②的确，华侨华人广泛参与的历史往往为所谓正典的历史和文学所遮蔽，华人的文学书写理应成为恢复华族记忆还原多民族共同建构的美国史的一种重要媒介，承担着再现与铭刻历史的文化使命。打开被排除被遮蔽的历史是使历史书写摆脱单一意识形态控制的途径，它可以

---

① 单德兴：《忆我埃仑如蜷伏——天使岛悲歌的铭刻与再现》《再现政治与华裔美国文学》，"中研院"欧美所 1996 年出版，第 6 页。

② 黄运基：《美国华侨文艺丛书总序》载宗鹰《异国他乡月明时》，沈阳出版社 1997 年版，第 3 页。

使历史变得宽容，而宽容多元的历史意识的形成则是迈向现实的文化宽容的基础。我们在许许多多的华人文本中看到了书写华美历史的自觉意识，恢复移民的历史记忆其实就是抵抗"体制的忘却"。

近年来，在多元文化主义思潮兴盛的语境中，"华美文学"乃至整体的"亚裔美国文学"越来越成为文学研究领域的一个热点，这本身也构成美国文学批评和文学史逐渐走向开放和包容的表征之一。在众多的研究成果中，加州大学凌津奇的《叙述民族主义——亚裔美国文学中的意识形态与形式》是独特而具有理论深度的一种。凌津奇用四个概念来阐释"亚裔美国文学"的历史，"文化差异的生产""协商式的变革""重置现实主义叙事"和"语境中的文化民族主义"。凌津奇的文化叙事学分析阐释了亚美文学如何以"文化异议"的方式介入当代美国多元文化场域的建构，这种"文化异议"包括了"文化抗争"和"文化协商"两个维度，这样凌津奇的论述就在"承认的政治"和"少数话语"之间找到了一个有意味的接合点。尤其耐人寻味的是，凌津奇一再使用了文化"协商"的概念。在第一章的一个尾注中，凌津奇援引了萨提亚·莫杭提的一段论述来说明"协商"的含义：

"多元化既是一个方法论的口号，又是一种政治理念。但这两种相持不下的理性会引出一个令人烦恼的问题：那就是，我们应该如何协商我的历史与你的历史之间的区别？我们又怎样找回我们之间的共性？这种共性不是将我们与动物区分开来的那种人类共有的特点以及帝国主义——人文主义的晦暗神话；更重要的是，这些共性是我们各自的过往经历与现在所发生的某种交叠以及那些既共同享有又彼此抗争的意义、价值和物资资源之间无法逃逸的关系。我们有必要强调自己不可替代的独特性以及我们所经历的和想象出来的差异，但我们是否可以对下列问题根本不做理论上的阐释呢？我们之间的差异是如何互相缠绕并按照等级序列编排在一起的呢？换句话说，我们是否可以拥有完全不同的历史，并认为自己正生活在——或是一直生活在——

全然异质性，且泾渭分明的空间中呢？"①

　　这段引文虽然有些长，但它提出的一系列问题深刻地触及了差异和共性、抗争与协商、自我与他者以及话语竞争与对话交往的复杂的辩证关系，处理好这些问题在多元种族多元文化并存的国家和地区的确十分重要，它关涉到如何建构真正宽容多元的民主文化空间的时代课题。既是对多元论中本质化的极端差异主义倾向的回应，也为解决多元主义中隐含的特殊和普遍之间的矛盾和冲突提供了一种富有参考价值的思考。这样的思考方向，对"华美文学"的书写与批评迈向更加开放光明，并且更具文化包容性的道路是有意义的。

　　凌津奇的亚裔美国文学研究提出了这一"协商"批评的范式，并且试图在"文化抗争"和"文化协商"两个层面建立一种平衡的关系。在他看来，包括华裔文学在内的亚裔美国文学从20世纪50年代到80年代的话语生产，是由一系列充满活力的复杂协商运作所形成的过程，这个过程充满矛盾冲突。那些著名的华人文本如《吃一碗茶》《鸡笼华仔》《中国佬》《女战士》等都隐含着"文化抗争"和"文化协商"双重性，是多元文化力量之间的矛盾、冲突、对话与协商的族裔历史叙事，以其"复杂性、混杂性和多样性"的历史叙事深刻地介入了当代美国史的书写，为多元文化主义运动提供了意味丰富的叙事成果。而这些华裔文学、日裔文学以及墨裔文学等少数话语逐渐进入了美国文学史，则意味着少数族裔的"文化抗争"和"文化协商"已经打开了主流文化的封闭空间。一系列的少数族裔文本的逐渐正典化，一方面表明美国文学史对"文化异议"的接纳和包容，这是少数族裔长期不懈的斗争和持之以恒的协商的积极成就；但另一方面也表明这些文本对新的权力结构可能已经不再具有批判性和反抗性的作用。这样，华裔文学叙事和批评就需要重构一种新的批判策略，必须在新的历史语境下重新展开"文化抗争"和"文化

---

　　① 凌津奇：《叙述民族主义——亚裔美国文学中的意识形态与形式》，中国社会科学出版社2006年版，第42页。

协商"。

萨提亚·莫杭提和凌津奇提出的"文化抗争"和"文化协商"思路拓展了"宽容"概念的内涵，这一富有意义的思考提示我们在阐释文学/文化发展中的"宽容"命题时应该深入关注多元价值和多元话语之间的竞争与协商的双重关系，在提倡宽容诸种文化差异的同时，在发掘差异、维护差异文化权力的同时，在强调不可替代的族裔文化的独特性时，还应该建立没有"绝对的差异"和"全然的异质性"的观念，还应该进一步思考萨提亚·莫杭提所提出的命题，即"如何协商我的历史与你的历史之间的区别？又怎样找回我们之间的共性"？

20 世纪 90 年代以来，"承认的政治"仍然构成了马华文学思潮和论述的核心主题。在新世代马华文化批评家看来，长期以来，"面对马来文学与学界的国家文学论述，马华文化与文学界的反应无疑是招架乏力的。无论从理论的阐发，到论辩形式，都显示马华批评界/思想界的积弱与贫血。因此，在面对马来学界的理论构筑工程，马华文化人能做的仅仅是诉诸直接的情绪宣泄，或消极地摆出战斗性姿态。因此，对不断出现的阐释与立论没法跟进，更遑论展开具有意义的对话和论辩"。① 近十几年来，新时代马华作家和文化批评家尝试提出了一系列的应对策略和论述，试图重新参与这场远未结束的"对话和论辩"。简而言之，他们的应对策略包括以下方面：

其一，重建马华文学的自我反思性的批判思考：马华文化与文学为什么无力应对马来文学与学界的国家文化/文学论述？除了"国家文化"框架的压抑外，马华文化与文学自身存在什么问题？"中国性"对马华文学的影响为何？语言的困境如何突破？马华写实主义如何可能？"峇峇文化"化是马华文学突围的可行方案吗？

---

① 庄华兴：《叙述国家寓言：马华文学与马来文学的颉颃与定位》，陈大为、钟怡雯、胡金伦编：《马华文学读本 II：赤道回声》，台北：万卷楼，2004 年版，第 81—82 页。

其二，重新命名马华文学的策略。早在 20 世纪 80 年代中期，张锦忠就在《蕉风》杂志撰文提出"华马文学"即"华裔马来西亚文学"概念；1990 年黄锦树提出把"马来西亚华文文学"改为"马来西亚华人文学"；2000 年张锦忠又提出"新兴华文文学"的概念，认为马华文学建立"新兴华文文学"的理论。命名是一种文化策略，在我们看来，最恰当的名称是"华裔马来西亚文学"，既找到了马华文学在马来西亚文学中的位置，摆脱了"本族圈子"的局限，又容纳了不同语种的华人文学创作。正如黄锦树所言："名词的更动意味着一个彻底的变革，把'马华文学'的指涉范畴尽可能地扩大，取其最大的边界；所取的华人定义也是最宽广的人类学的定义——最低限度的华人定义——不一定要会说华语、不一定要有族群认同。跨出这一步并没有想象的简单，因为马来西亚的华文书写一直隐含着一种过度的民族主义使命，语文的选择一直被视为族群内部族群身份重要的区分性差异，这也是为何受不同语文教育之间的华人为什么会有这么大的（心理）区隔。因而这样的调整其实是一个非常重要的突破，让其他的思考成为可能。"①

其三，"去中国性"策略与"召唤民族文化"立场的分歧。黄锦树强烈批判马华文学的"中国性"，认为"中国性"是马华文学无力回应文化和政治现实挑战的重要原因之一，因而提出"去中国性"的策略，强调马华文学必须解构乡愁书写并且回到生存具体问题。林建国则用"断奶论"形象地表述这种"去中国性"思路。但这一极端的看法并没有得到马华界普遍的认同，另一位新时代学者许文荣就提出了相反的思路。在许文荣看来，中华文化不仅不是一种压抑力量，反而是文化抵抗的资本。在《召唤民族文化与政治抵抗资本》一文中，许文荣明确指出：他"关注的是马华文学如何借用中华能指（语言、意象、意境、象征、神话等）作为文化抵抗的资本，并

---

① 黄锦树：《反思"南洋论述"：华马文学、复系统与人类学视域》，《中外文学》第 29 卷，第 4 期 2000 年 9 月，第 39—40 页。

且在文本中如何表现这种抵抗形态。基本观点是，虽然召唤民族文化的声音蕴含有某种恋母情结，但是激起这个本能的因素并不只是我们一般所谓的'原生意识'（primordial consciousness），其中更加起着主导催化作用的是对现实政治与社会的不满，特别是官方/主导文化压抑的苦闷，借着召唤民族文化来安慰愤懑的情感，因此中华文化微妙地成为华人的集体无意识，经常在书写中被引用与再现出来以中和族群内在的焦虑与不安"。① 的确仅仅从原始情感的层面难以完全解释马华文学的文化乡愁，只有回到文化政治的场域才能真正认识乡愁书写的功能。在马华当代文化论述场域中，许文荣对"中国性"的阐释构成了与"去中国性"相对立的另一种文化取向、另一种思维。他的观点值得华文学界深思。

其四，双重语言和文学翻译策略。庄华兴提醒人们关注"土生马华文学"（indigenous Mahua literature）对马华文学突破语言困境所提供的路径。的确，"峇峇文学方案"提供了华裔文学融入马来西亚文学的一种方式。在此基础上，庄华兴认为："为了汇入国家文学主流，马华作家何妨考虑朝华马双语创作的路向走。"这一思考方向是有参考价值的，即使可能存在不少困难，但无论如何，将马华文学经典作品翻译成通用语言读本都是促进良性交流和互动的一种有效方式。"双语写作起码能避免掉入非黑即白、二元对立的思考窠臼，在直接面对相关语言群体时，亦能发挥更大的思考意图，至少交流（或交锋）就在这里开始。"② 在庄华兴看来，双语和翻译是实践的也是务实的应对策略，"一方面它标志着马华文学主体的在场，另一方面也借以维护大马的多元特色"。也有马华学者如属于"出走派"的黄锦树就不认同这种策略，认为："庄华兴的国家文学论述（回归

① 许文荣：《马华文学的政治抵抗诗学》，马来西亚南方学院出版社2004年版，第36—37页。

② 庄华兴：《魂兮归来？——与黄锦树讨论国家文学议题》，《星洲日报·文艺春秋》，2004年11月21日。

版）和我们这些出走者版本有一个决定性差异——他似乎首肯了国家一元化语言文化策略的国家暴力，而那是我们反复批判的。"①

其五，"走出马华"策略。双语写作和文学翻译是"走出马华"的语言基础，但更重要的在于文学再现摆脱"本族圈子"的局限，扩大文学的社会关怀面。在《魂兮归来？——与黄锦树讨论国家文学议题》一文中，以马来文学华裔作家杨谦来书写大马印裔社会的长篇《穿越风暴》为例，庄华兴提出了一个深具参考意义的重要观点，即马华文学必须"走出马华，走向国家，走向全民"。

其六，后现代主义策略及其逃逸路线。"文化解构"是马华新时代文学书写的一种精神向度，后现代主义成为他们否定、颠覆既定模式和价值秩序的解构性策略。他们的文学书写或消解历史深度，或解构"英雄主义"，或解构经典，或颠覆自我……后现代主义的美学思维构成了对既定的文化权利秩序和意识形态的批判和否定。在新时代那里，"逃逸"也是一种抵抗的策略："逃成一只夜游的鸟/穿过古典的凄清越过现代的迷离。"某种意义上看，马华作家的旅台写作其实就是一种特殊的逃逸方式。而在《出走，还是回归？——关于国家文学问题的一个驳论》一文中，黄锦树采用逆向思维，"反过来据以批判马来文国家文学——文学领域的资源独占，权力傲慢"。甚至直接"提倡非国家文学——否定国家文学"。②的确，拒绝和批判"国家文学"也是一种抵抗文化霸权的策略，这一策略的核心是从"国家文学"的框架中逃逸出去，从而获得一种文学以及个体存在的自由和独立性。但问题是这种"逃逸"方式对生存现实的改变能否起到真实的作用。

对于弱势/少数族裔文学而言，认同与承认无疑是一场永恒持续

---

① 黄锦树：《出走，还是回归？——关于国家文学问题的一个驳论》，《星洲日报·文艺春秋》2004年11月7日。

② 黄锦树：《出走，还是回归？——关于国家文学问题的一个驳论》，《星洲日报·文艺春秋》2004年11月7日。

的奋斗。实现多元族群多元文化之间真正的宽容、多元、平等和相互承认，人文知识分子需要更积极的文化参与和政治参与，需要进行不断的"文化抗争"和"文化协商"。海外华文文学正艰难地走在这一道路上。

在大同诗学与地方知识之间

2004年，周宁先生发表《走向一体化的世界华文文学》一文引起了海内外华文文学研究者的关注和讨论。周宁在走向一体化的世界华文文学意义上，提出了多中心主义的、跨越国家界限、以文学想象为疆域的"文学中华"概念。从"语种的华文文学"到"文化的华文文学"，从"族性的华文文学"到"文学中华"等一系列概念的提出，都意味着作为新兴学科的"世界华文文学"的理论活力和自我阐释的焦虑。的确，许多迹象表明"世界华文文学"的学科基础理论建构越来越引起学界的重视。

以"文学中华"为基础性范畴构筑"一体化的世界华文文学"的理论体系和整体视域是一个有意义的思考方向。当然，"文学中华"概念并非一种新发明，它显然缘起于当代新儒学的"文化中国"概念，它也是华文文学研究的"中国学派"的一个基本理念。从刘登翰的"分流与整合"阐释模式到饶芃子、费勇的华文文学整体观和"美学中国"概念，从陈辽、曹惠民的"百年中华文学一体论"到黄万华"20世纪世界华文文学史"的构想……世界华文文学的整合研究在中国学界颇为兴盛，它甚至成为华文文学研究的"中国学派"的一个突出特征。

"世界华文文学研究的一体化""美学中国""文学中华"以及"华文文学大同世界"和"华文文学联邦"等整合性理念的提出，为世界华文文学学科建设提供了学理基础。但每一次"一体化"观念的提出都遭遇了相似的质疑："一体化"与"多中心"的矛盾与悖谬。本文的意图不在于重新处理各区域华文文学的谁是中心谁处边缘以及有多少个中心的问题。我们以为今天这个问题对于华文文学的发展和研究而言，其意义已经不太重要，因为中心与边缘的二元化观念过于静态，而人们对世界华文文学几大中心的描述也往往是非历史性的。重要的是在"一体化""大同世界""文学中华"等整合性概念支撑下所形成的一种世界华文文学的研究范式和路径，它可能已经长期地左右着我们的世界华文文学研究。这一范式和路径我们姑且称之为华文文学的"大同诗学""共同诗学"（common poetics）。对于世界华文文学学科建设而言，反思多年来形成的"大同诗学"观念的意义、贡献与限度，以及如何重新建构更具阐释能力的"共同诗学"范式则是更重要的工作。

"大同"思想的缘起应该上溯到孔子。而文学领域的"大同诗学"也可以追溯到歌德的"世界文学"概念，19 世纪的西方美学早已从许多层面阐释了"大同诗学"的理论构想。康德在其著名的《判断力批判》一书中为建立审美的普遍性理论而提出了"人类共同感觉力"概念，认为人类共同的心性、感觉结构是审美普遍性的可靠基础。之后，席勒在《美育书简》中阐发了文学之所以能够超越国家、地区和民族的界限而成为普遍的文学，是因为人类有共同的普遍的人性。当代文学理论家韦勒克和沃伦曾经指出：歌德发明"世界文学"其意在于把各国民族文学合而为一，"统起来成为一个伟大的综合体，而每个民族都将在这样一个全球性的大合奏中演奏自己的声部"。① 提格亨、韦勒克和沃伦在歌德"世界文学"的基础上提出"总体文学"的概念——一个与"民族文学"相对而与"比较文学"互补的用以研究超越民族界限的文学运动和文学风尚的概念，他们认为自成一体的"民族文学"概念存在明显的谬误，至少西方文学是一个统一体，因为它们继承和共享着《圣经》和希腊、罗马古典文

---

① ［美］韦勒克、沃伦：《文学理论》，生活读书新知三联书店，1984 年版，第 43 页。

化的伟大遗产。无疑，从19世纪"世界文学"的提出到20世纪"总体文学"观念的出场，西方的文学理论为建立文学研究的"共同诗学"而持续努力，也取得了丰富的成果。尤其在普遍的人性论和形式诗学研究以及西方文学理论向非西方世界的扩张等方面，一再显示出西方"共同诗学"的文化魅力。在经济全球化和文化的全球性蓬勃发展的语境中，作为世界主义的普适的文学理论的"共同诗学"的可能性越来越被人们所认可。

"世界华文文学"概念可以视为华人世界/华文世界的"世界文学"概念。其意也在于把散居于世界各地的华文文学合而为一，统起来成为一个伟大的综合体，而不同地区不同国家的华文文学都将在这样一个全球性的大合奏中演奏自己的声部。正如周宁先生所言：它形成一个精神共同体，使用同一的语言，源于共同文学传统的审美价值，拥有共同的作者群、读者群、媒介和共同的文化价值观念。① 其实，这一理念在我们的华文文学研究界早已产生深刻的影响，并且深远地制约着华文文学批评和知识的生产。我们把在这一理念支撑下的世界华文文学研究称之为"共同诗学"的研究范式或路径。这一学术路径的研究重心在于阐释海外华文文学与中华文化的亲缘关系。这一重心的产生有以下几个因素：第一，无论从历史还是现实抑或未来看，海外华文文学与中华文化之间的亲缘关系都是存在的。从书写语言到文学传统，从美学趣味到文学伦理，等等，中华文化一直都是海外华人文学生产的最为重要的文化资源之一。这一判断可以直接从海外华文文学文本普遍存在的与中国文学与文化的互文性关系获得文学史的支持，这种情形也与西方文学与希伯来和希腊文化的关系颇为相似；第二，从事海外华文文学研究的学者大多有中国文学尤其是中国现当代文学研究的学术背景和兴趣，因此在研究海外华文文学时往往偏重于讨论其与中国文学传统的关系。其立论自然而然地倾向于寻找

---

① 周宁：《走向一体化的世界华文文学》，《东南学术》，2004 年第 2 期。

和阐释海外华文/华人文学与中华文学传统的传承脉络。这种批评位置和学术视域无疑形塑了华文文学研究的"中国学派"的优势、特色和取向。我以为这可以看作是周宁等学者提出"文学中华"概念的学术语境。应该说，这是一个十分合理的研究取向，因为作为华人华裔表征文化的华文文学与中国文学之间所存在的复杂的传承与变异关系有着十分丰富的研究空间。

我们就海外华文文学研究的成果做初步的观察，很容易就能发现一个高度集中的现象：许多成果都偏重于讨论华文文学的中华文化意蕴、中华人文精神、中国美学特色等即华文文学的"中华性"命题。这种研究取向在华文文学研究的论文中显然占有相当高的比重。的确"中华性"构成了华文文学研究"大同诗学"的经验和理论基础。香港学者黄维樑先生指出："我们大可高举《文心雕龙》的大旗，以其情采、通变说为基础，建构一个宏大的文学批评理论体系。这个体系体大思精虑周，而且具开放性，可以把古今中外各种文评的主义、理论都包罗在内，成为一个'大同诗学'（common poetics）、一个文学批评的百科全书式宏大架构。这个'情采通变'体系足以处理、应付、研究任何语种、地域、时代的文学。冰岛之小（甚至更小如瑙鲁），以致中国之大，其文学的方方面面，我们探讨时，都可用此理论架构、此方法学。世界华文文学的方方面面自然也可用此理论架构、此方法学。"① 这里他直接提出了以《文心雕龙》"情采通变"体系为基础构建世界华文文学"大同诗学"的方法学构想，与周宁等提出的"文学中华"概念一样无疑对占据主流的华文文学研究范式具有总结和提升的意义。

黄维樑甚至认为所有的文学作品都可以用《文心雕龙》一网打尽，因为文学无非是一种想象和文采的表现。这种普泛的美学的研究在任何时候都是正确的，但却常常忽视了特定作家和作品的历史语境

---

① 黄维樑：《世界华文文学的研究如何突破？——从这个学科的方法学说起》，第十二届世界华文文学国际研讨会论文（上海 2002 年）。

和脉络。文学的确是一种想象和情感的表达，但为什么某些作家选择这种想象方式和表现形式，而另一些作家选择了另一种想象方式和美学形式？《文心雕龙》以及其他各种"大同诗学"都难以回答这一不能规避的问题。

"大同诗学"与"文学中华"概念试图建立想象的世界华文文学共同体，发现和阐释华文文学的共同性和普遍的美学规律。其研究路径近似于提格亨、韦勒克和沃伦的"总体文学"的范式。但韦勒克和沃伦并非没有意识到"总体文学"论所遭遇的困难："全球文学史"的书写是一项十分艰难的工作，今天我们可能离一个伟大的文学综合体更加遥远了。其实在歌德提出"世界文学"构想的时代也正是"民族文学"兴盛的时代，"世界主义"与"地方主义"的拉锯至今并没有停歇过。这种张力在全球化语境中甚至有进一步强化的趋势。当代文学理论乃至所有的人文社会科学所面临的困境正是普遍主义与特殊主义的两歧。华文文学的"大同诗学"无疑也要面对特殊主义的挑战。马来西亚学者张光达以马华作家潘雨桐小说研究为个案来说明，中国的潘雨桐研究偏重于讨论其传统意境的营造，"受到传统印象式分析法和西方的新批评方法学的局限"。没有进入作家的历史语境。① 的确，重要的不是分析潘雨桐小说的古典意境，而是阐释他为什么做出这种美学选择，即发现美学形式背后的意识形态和文本在世性的复杂脉络与场域。显然，我们有必要追问华文文学的"大同诗学"遮蔽了什么？"总体的世界华文文学"研究范式遗漏了什么？我们一直追求的整合研究可能忽视了什么？"大同诗学"的限度即是普遍主义的限度，普遍主义有可能遭遇特殊主义的质疑：谁的普遍主义？这些问题不能不引起华文文学研究者的重视。

应该说，华文文学界的一些学者早已意识到了这些问题。饶芃

---

① 张光达：《小说文体/男性政体/女性身体：书写/误写 vs 解读/误读——潘雨桐小说评论的评论》，马来西亚《人文杂志》2002 年 1 月号第 10—19 页。

\,

子、费勇在谈到海外华文文学的中国意识时，曾经提醒人们慎重使用"中国意识"概念，他们在强调海外华文文学整体观的同时，引入注重差异研究的比较文学方法。刘登翰的"整合与分流"的阐释框架同样对特殊性给予了充分的关注，在这个架构中我们特别强调对不同国家、地区和个体的华人不同的"文化与生存境遇"应给予充分的理解、同情和重视。的确，在追求华文文学的整合研究的同时，有必要对文学分流及其形成分流的诸种个性化、历史性和脉络性因素予以充分的关照。唯有如此，整合研究才不至于牺牲如此复杂多元的异质性元素和独特的生命形态。

面对散居世界各地的华文文学的复杂多元的异质性元素和独特的生命形态，我们的华文文学研究在追求"大同诗学"的同时，或许还应该建立另一种研究范式——一种从特殊性、具体性和"情境论"出发的范式，即人类学家克利福德·吉尔兹所提出的"地方性知识"的研究范式，以弥补"大同诗学"可能产生的遮蔽与忽视异质性元素的缺陷。

其实，文学研究对地理性元素、地方性的重视是源远流长的学术传统。19世纪的德国批评家J. G. 赫尔德，他的自然的历史主义的方法把每部作品都看作其社会环境的组成部分，他常常论及气候、风暴、种族、地理、习俗、历史事件乃至像雅典民主政体之类的政治条件对文学的深刻影响，文学的生产和繁荣发展依赖于这些社会生活条件的总和。斯达尔夫人对南方与北方文学做了有趣的比较：以德国为代表的北方文学带有忧郁和沉思的气质，这种气质是北方阴沉多雾的气候和贫瘠的土壤的产品；而以法国为代表的南方文学则耽乐少思并追求与自然的和谐一致，这也与南方的气候和风光密切相关，这里有着太多新鲜的意象、明澈的小溪和茂盛的树林。泰纳明确提出影响文学的生产与发展的社会因素有三大方面：种族、环境与时代，其中"环境"包括地理和气候条件。这种文学与地方性的关系，从中国古代文学中也可找到丰富的例证，比如《诗经》有十五国国风之分别，《楚辞》乃楚地之文学；现代文学则有"京派"与"海派"之分殊，等等。周作人在《谈龙集·地方与文艺》中曾经论及代表绍兴地缘文化的一大特色的"师爷传统"对形成文学"浙东性"的深刻作用。文艺的地方性是人们所普遍认同的研究维度。华文文学批评存在对地方性重视不足的缺陷，但近来华文文学界已经意识到这个问题的存在，开始重视华文文学的地缘诗学研究。①

但对文学地方性因素的重视还不是我们从克利福德·吉尔兹"地方性知识"概念与方法中延伸出来的华文文学"地方知识"研究路径的全部含义。克利福德·吉尔兹的人类学理论与研究方法有三点特别值得华文文学研究者的重视：其一是"文化持有者的内部眼界"。所谓"文化持有者的内部眼界"最初来自人类学家马林若夫斯基的教诲，他主张人类学研究要用一种特别的感情方式，或几乎是一种异乎寻常的能力像真正的当地文化持有者一样去思考，去感知，去参悟。吉尔兹在此基础上有所发展，在他看来，"在不同的研究个案中，人类学家应该怎样使用原材料来创设一种与其文化持有者文化状况相吻合的确切的诠释。它既不应完全沉湎于文化持有者的心境和理解，把他的文化描写志中的巫术部分写得像是一个真正的巫师写的那样；又不能像请一个对于音色没有任何真切的聋子去鉴别音色似的，把一部文化志中的巫术部分写得像一个几何学家写的那样"。② 这近似于"移情的理解"或"同情的理解"；第二是"情境论"，所谓"情境论"即是回到具体，回到"对某些事物的现实解释"，其意近似于波普尔在反对总体论和历史决定论时所一再强调的"情境逻辑"；第三是"深度描写"，即对复杂的文化层次结构的揭示，是"对别人阐释的阐释"。另外，"地方知识"拒绝把特殊性上升为一般理论。

克利福德·吉尔兹的"地方性知识"理念代表了人文科学的一种新范式。当代社会学家杰夫瑞·C．亚历山大指出："地方性知识"

---

① 曹惠民：《地缘诗学与华文文学研究》，《华文文学》2002年1期。
② ［美］克利福德·吉尔兹：《地方知识——阐释人类学论文集》，中央编译出版局2000年版，第73页。

是对社会科学普遍化即"一般理论"的一种有力反动，是以"情境"为立场对抗普遍主义的学术倾向。我很赞同新加坡华人学者王润华的看法，华文文学研究有必要引入克利福德·吉尔兹的"地方性知识"观念和方法，以补充作为一般理论的"大同诗学"的缺陷和不足。今天的华文文学研究在建构一般理论寻找散居世界各地的华文文学的"华人性"与共同美学理想的同时，的确有必要重视"地方知识"的研究方法与路径。因为我们看到了太多的过于普适性的放之四海而皆准的论述，这些普泛的美学的研究在任何时候都是正确的，但却常常忽视了特定作家和作品的历史语境和脉络。许多时候，我们甚至可能已经长久地局囿在我们自己的文化"视域"里而形成某种思维的惯性，一种特定的发言位置和学术语境影响了对研究对象"入乎其内"的理解与阐释。

这种普适性的研究在华文文学史的书写中尤其盛行，人们常常习惯于用萌芽、发展、挫折、壮大、多元化这一普泛的历史观来描述世界各国和地区的华文文学史，却不能真正进入华文文学史的内部世界，没有真正进入其历史语境，因而不能有效地阐释世界各国和地区华文文学史的内部张力和矛盾运动的规律。面对华文文学批评的当下状况，我们觉得有必要提倡一种与普遍主义的一般理论相抗衡的特殊主义路径即"地方知识"的路径。尽管这种特殊主义也可能产生走入某种褊狭的危险。

与追求普适性的"大同诗学"不同，华文文学的"地方诗学"路径有以下特点：

"大同诗学"试图建立的是全球华文文学共同的美学成规和诗学体系，它以中华性/文学中华/美学中国为基础，体现的是世界华文文学的华人文化属性。而"地方诗学"试图阐释的是不同国别、地区华文文学的差异美学和地方性色彩的知识形式。"大同诗学"的视野是全球性、一体化的，而"地方知识"则追求接近于"文学持有者的内部眼界"，它反对一体化与总体论的化约主义。"大同诗学"研究的重心在于探讨全球华文文学与中华文化的传承与变异关系，"地方知识"的研究重心则在于分析不同国别与区域的华文文学与所在国的国家文学与文化的结构关系，把华文文学放到其所在国的国家文学与文化的发展脉络中，探讨其美学取向、生命形态、演变轨迹以及文化认同的"情境性"。"大同诗学"最终成果是建立具有普遍意义的华文文学的形式诗学体系，"地方知识"则回到具体的生存现实，重视研究具体的问题，阐释特殊问题的产生与演变脉络。

"大同诗学"与"地方知识"的分歧是共同性与差异性、普遍性与特殊性的分野，这两种研究路径并没有高下之分。酒井直树指出："某种地方主义和对普遍主义的渴望是一枚硬币的两面。特殊主义与普遍主义不是二律背反而是相辅相成的。实际上，特殊主义从来不是让普遍主义感到真正头疼的敌手，反之亦然。"① 的确，在人类思维史上，普遍与特殊的冲突与辩证源远流长。华文文学研究的"大同诗学"的思维方式和"地方知识"的学术路径也不是水火不容的，两者之间同样存在着冲突与辩证及互补的关系。真正具有阐释能力的"大同诗学"必须建立在全球华文文学的平等对话和相互理解的基础上，从不同国别和地区多种多样的华文文学抽象出共同的诗学规律和文化典律，从而构建华文文学的整体诗学体系。这对世界华文文学的学科建设是至关重要的，所以包括"文学中华""美学中国""语种的华文文学"以及"大同诗学"等具有统合性的基础概念的提出对新兴学科的成熟与发展都是有意义的。

但必须警惕的是任何总体化的统合视域或"普遍性知识"都可能遮蔽异质性因素，都难免遭遇"谁的普遍性知识"的质疑，也难以完全克服"同质化"的弊端。所以，"大同诗学"与"地方知识"两种研究路径的整合就十分重要了。全球华人的"共同诗学"／"大同诗学"的理论想象或"一体化"的诗学想象必须建立在由多元"地方知识"的辩证对话所形成的交互普遍性的基础上。

―――――――――

① ［日］酒井直树《现代性与其批判：普遍主义和特殊主义的问题》，张京媛编：《后殖民理论与文化批评》，北京大学出版社1999年版，第388—389页。

文化诗学与华文文学批评

——关于"华人文化诗学"的构想

　　文化诗学是近年学界关注的理论焦点之一。把文化诗学引入中国现当代文学的批评，是一些学者追求的目标；同样，把文化诗学引入华文文学研究，也是我们的理论期待与批评尝试。作为一种理论资源与方法学，文化诗学将在何种程度和哪些方面给予华文文学的诗学建构以启发和丰富？这是我们所关切的。这里，我们尝试提出"华人文化诗学"概念和初步构想，期待华文学界的批评。

突出华人性与批评重心的转移

　　提升华文文学研究学术品质的关键，在于加强华文文学的诗学研究，它包括形式诗学和文化诗学两个层面。文化诗学是近年文学研究从形式分析向文化深入的一种新的范式转移。虽然华文文学的形式分析远未充分和成熟，但仍然无法回避文化诗学这一新的研究范式的诱惑。因为它是进入华文文学内面世界的一个有效通道，是华文文学自洽性的理论需要。

　　"华人文化诗学"是由"文化诗学"延伸出来的概念。当我们尝试以文化诗学的观念和方法进入华人文学的批评实践时，我们首先遇到两个问题：一、华人文学何为？作为少数、弱势的华人族群，为何执着于自己母语或非母语的文学？二、华人文学书写如何迥异于其他"散居族裔"文学的"华人性"问题。对这两个问题答案的寻索，把我们导向华人文化诗学。在这个意义上，华人文化诗学不是论者随意的附加，而是内在于华人历史变迁和华人文学的发生与发展之中的。

环顾当今世界，华人和黑人、犹太人，都是影响最大的"散居族裔"。战后半个多世纪来，黑人学、犹太学和华人学的相继兴起，是后殖民时代重要的文化现象。它们各有自己族裔形成的特定历史和命运遭遇。在以白人为中心的权力话语结构中，后崛起的这些少数族裔，都以他们强烈的族性文化，为自己在这个多元和多极的世界中定位。因此，对他们历史的研究，也是对他们文化和文化行为的研究。美国的非裔黑人文学研究者，曾经引入怀特、詹姆逊、福柯的理论，分析非裔美国黑人文学的叙述文本。在《蓝调、意识形态和非裔美国文学》《非裔美国文学》等著作中，成功地揭示出非裔美国文学中的"潜文本/潜文化"，从而以对"黑人性"和黑人文化行为的分析，把黑人文学批评提升到黑人文化诗学的境界。同样，犹太文学以其享誉世界的崇高成就日益获得学界的广泛关注。研究者从犹太族裔流散的历史、文化渊源、身份变移、母题转换以及文化融合和文化超越等方面，来揭示犹太文学中的文化政治行为和族性表现，从而走向犹太文化诗学。这些研究都启示我们，作为少数族裔的文学书写，不仅只是单纯的审美活动，而包含着更复杂的文化政治意蕴。在研究华人族裔文学时，分析和认识其表现文化中的"华人性"和文化行为的政治意义以及"华人性"的诗学呈现方式，是华人文化诗学研究不可回避的题中之义。

"华人文化诗学"的提出首先意味着华文文学批评重心的转移——从重视中国文化、文学对海外华文文学的影响研究到突出华人主体性、华文文学主体性的转移，从中国视域为主导的批评范式转向以华人为中心的"共同诗学"与"地方知识"双重视域的整合。我们认为华文文学是华人性的一种表征方式，华文书写是最为重要的华人表征文化实践之一，对华文文学"华人性"的形成、变迁、结构形态及其美学呈现形式的研究构成"华人文化诗学"的核心命题。华人文化诗学是突显华人主体的诗学建构。华人在文学书写中的主体性地位，构成"华人性"的首要含义。华人散居世界的历史波折，身份变易、文化迁移、生存吁求、冲突和融合等，形塑了华人文学的主要内容。华人既是这一文学书写的创造主体，又是这一文学书写的描绘客体。它从文学创造的精神层面和文学表现的对象层面共同构成了华人文学的主体性内涵。其次，"华人性"是华人表现文化的一种族属性表征。它是在华人从原乡到异邦身份变易和文化迁移中形成的文化心理、性格和精神，以及表现文化和行为方式的特殊性之体现，成为区隔不同族裔之间族属性特征的标志。再次，"华人性"还是华人文学反映华人生命历程和精神历程的一系列特殊文学命题。诸如华人对文化原乡（文化中国）的审美想象问题；华人文学现代化建构中的中华性、本土性和世界性关系问题；华人原乡的文化传统与文化资源的继承、借用和转化问题；华人文学母题中的漂泊/寻根与中华文学游子/乡愁母题的联系与变化问题；华人家族母题中父子符号的文化冲突象征与母子符号的文化融合象征问题；华人文学意象系统（如东南亚华人文学的热带草木意象和欧美华人文学的都市意象）与华人族群生存的文化地理诗学的关系问题，等等。这些特殊命题所呈现的"华人性"特征，为华人文化诗学拓展了广阔的批评空间。对这些问题的充分诠释，不是单纯的审美分析所能完成，而必须打通文本内外，将文本分析放诸具体历史语境的权力话语结构之中，即通过文化诗学的路径，才能抵达这些特殊命题诠释的深层。

"华人文化诗学"强调"共同诗学""地方知识"以及"个人知识"的整合，既重视研究海外华文文学共同的诗学规律，从散居世界各地的华人华裔的文学创作中抽象出海外华文文学共同的美学与普遍的特征，又关注不同地域、国别、不同阶层、性别、个体的文化差异即特殊性。长期以来，华文文学研究一直偏重于对以抽象的"中华性"为中心的"共同诗学"的追寻，而多少忽视了对"地方知识"和"个人知识"的具体阐释。在这种普遍主义文学观念的影响下，我们对"华人性"的认识有可能产生同质化和抽象化的弊端。在"华人文化诗学"的视域中，"华人性"则是一个普遍与特殊统一的概念，它既是结构性的，也是建构性的概念。一方面，"华人性"包含了普遍的"中华性"，也蕴涵着"本土性""个人性"等具体的特殊的内涵；另一方面，"华人性"又是不断建构的历史性范畴。对"华人性"的认识与阐释必须返回到海外华人生存的具体性之中，返回到华文文学所置身其中的文化政治场域之中。

华人叙事的文化政治诠释

"文化诗学"强调重新认识文学的文化政治功能。文学是文化的构成要素与记忆方式之一。按照葛林伯雷的看法，在复杂的文化网络中，通过作者的具体行为的体现、文学自身对于构成行为规范的密码的表现以及文学对这些密码的反省观照，文学承担着话语的流播、论辩与文化的塑造功能，这种塑造是双向的政治性的活动。文学是一种建构活动即格林布拉特所谓的"自我塑造"，而自我的建构是主体与社会文化网络之间的斗争与协商。一方面，文化网络以"一整套摄控机制"（control mechanisms）对个体进行摄控；另一方面，文学以一种特殊的感性形式瓦解或者巩固文化系统的"摄控机制"。这就是文学话语的文化政治功能或意识形态性。

同样的，"华人文化诗学"也把海外华人的华文书写视为一种文化政治实践，它尤其关注与"华人性"密切相关的华人身份政治命题，关注华人主体与其置身其中的复杂的社会文化网络之间的斗争与协商。

研究新叙事理论的英国学者马克·柯里在《后现代叙事理论》中谈到"身份的制造"这一隐含着文化政治的命题时，对于身份的建构持有两个基本观点：一、身份由差异造成；二、身份存在于叙事之中。"我们解释自身的唯一方法，就是讲述我们自己的故事"，或者"从外部、从别的故事，尤其是通过与别的人物融为一体的过程进行自我叙述"。①华人文学尤其是华裔美国英语文学中存在着大量的家族史和自传书写文本。这一现象说明，家族母题的选择与偏爱有其内在的文化动力——通过叙事阐释华人华裔与其他族群共同创造的历史，实现族群建构的自我认同。

按照马克·柯里的理论，叙事建构身份，而身份由差异构成。在这个意义上，能够建构身份的叙事，应是一种"差异叙事"。对于不同的族群，"差异叙事"是族性的表现。华人文学正是通过差异的族性叙事，呈现出华人族裔迥异于其他族裔的"华人性"特征。这里所谓的"华人性"，首先是一个文化的概念。它深深植根于中华民族漫长历史的文化积淀之中，是溶解在民族共同生活、共同语言、信仰、习俗与行为之中的一种共同文化心理、文化性格与文化精神。同时，"华人性"又是华人离散的独特命运和生存现实所酿造。华人的离散与聚合，导致华人文化的"散存结构"。分布于异邦文化夹缝之中的华人文化，必须通过对于自己族性文化的建构和播散，表现出强烈鲜明的"华人性"，才能在异邦文化的夹缝中建构自我和获得存在的位置。华人文学作为散居华人播迁历史和生存状态的心灵记录和精神依托，成为"华人性"最重要的文化载体之一。因此，"华人性"又不仅是单纯的文化命题，而有了丰富的文化政治蕴含。

长期以来，对华文文学政治维度的忽视，一直是这一领域研究的一大缺陷。成功的黑人文学和犹太文学批评，其重要的突破是打通形式诗学分析与意识形态批评的门阀，实现新批评的文本分析与社会学批评的对话、辩证和统合。这个被有些学者称为"形式的意识形态批评"或"意识形态形式诗学"，成为文化诗学最基本的批评理论和方法。诚如美国著名的黑人文学研究者裴克所言：作为一种分析方法，福柯的知识考古学认为，知识存在于话语之中。人们可以在这种形式本身中追寻其形式的谱系和发现其形式的规则。因此，对于裴克

---

① ［英］马克·柯里：《后现代叙事理论》，宁一中译，北京大学出版社2003年版，第21页。

的研究来说，如果没有形式主义和新批评的修炼，就不可能精妙地分析黑人叙事文本中的内面形式结构；如果没有后结构主义的视域，也就难以穿透文本的盔甲，抵达幽暗的"政治无意识"。相同的道理，从华人文学的印象批评到华人美学的建构再到华人文化诗学的形塑，"形式的意识形态批评"无疑是必经之路。它直接开启了研究华人文学书写与华人政治的关系之门，有助于我们理解"华人文学何为"这一关键性问题。

　　把华人文学书写不仅视为海外华人的审美创作活动，而且看作是一种文化政治行为，有两个方面的原因：其一，从记忆政治的层面看，华人文学作为一种少数族裔的话语，一种边缘的声音，其意义在于对抗沉默、遗忘、遮蔽与隐藏，争取华族和华族文化的地位从臣属进入正统，使华人离散的经验，进入历史的记忆。如果没有"天使岛诗歌"的铭刻与再现，那么美国华人移民的一段悲惨历史，将可能被遗忘或遮蔽。恰如单德兴所言："天使岛及《埃仑诗集》一方面印证了'当时典型的华裔美国经验'，另一方面也成为'记忆场域'。"[①]《埃仑诗集》整理、出版和写入历史无疑是美国华裔经验被历史记载的标志。对于美国华人而言，天使岛书写显然具有记忆政治的意义。其二，从认同政治的角度看，华人作为离散的族裔，面临认同的重新建构，华人文学既作为华人历史文化的产物，又参与了华人历史/文化的建构，华人文学书写便具有了认同政治和身份政治的意义。身份存在于叙事之中，"我们解释自身的唯一方法，就是讲述我们自己的故事"，或者"从外部，从别的故事，尤其是通过与别的人物融为一体的过程进行自我叙述"。[②] 马克·柯里的观点或许有助于我们理解与认识"华文文学何为"这一关涉到华文文学批评命脉的根

---

　　① 　何文敬、单德兴：《再现政治与华裔美国文学》，台北"中央研究院"欧美研究所1996版第6页。

　　② 　［英］马克·柯里：《后现代叙事理论》，宁一中译，北京大学出版社2003年版，第21页。

本问题。

我们提出"华人文化诗学"概念，意图之一在于终结华文文学研究的纯文学批评传统，终结文学性与非文学性的二元对立思维。与华文文学批评的"中国学派"相比，近年来海外尤其是马来西亚华人的华文文学批评在这一问题上已经有了明显的突破。陈鹏翔的《政治/他者的偷窥仪式》、何国忠的《马华文学——政治和文化语境下的变奏》、黄锦树的《中国性与表演性》、林建国的《方修论》、刘育龙的《诗与政治的辩证式对话》、安焕然的《马华文学的背后》以及许文龙的《召唤民族文化与政治抵抗资本》等一系列文章的相继出现，表明马华的马华文学批评已经大步走出传统批评的格局。在华裔美国文学研究方面，这一转向表现得同样显明。单德兴的专著《铭刻与再现》以及与何文敬合编的《再现政治与华裔美国文学》都体现出对华人文化政治的高度关切。在这些研究中，华裔叙事成为再现华裔美国史、建构少数话语的一种重要方式，其文化政治意义得到了前所未有的关注。

的确，"政治的回归"无疑是建构"华人文化诗学"的必经之路。"华人文化诗学"主张从纯审美研究视域转向文化政治阐释。很长一段时期，华文文学批评受到形式主义的纯审美观念的统治，偏向于以本质主义的"文学性"观念为依据评判华文文学，却有意无意地忽视华人文本与政治的关联。这无疑导致华文文学批评的贫血症。其实所谓"纯审美"只是一种虚构，正如西方马克思主义文论的代表人物特里·伊格尔顿所指出："审美只不过是政治之无意识的代名词：它只不过是社会和谐在我们的感觉上记录自己、在我们的情感里留下印记的方式而已，美只是凭借肉体实施的政治秩序。"① 所以审美问题实际上是发生在感性领域的规训与反规训的文化政治问题。这里的"政治"显然是一个广义的概念，它是内在于所有的生活领域

---

① ［英］特里·伊格尔顿：《美学意识形态》，王杰译，广西师范大学出版社1997年版，第27页。

并决定人们真正的存在论条件的一个维度，即包括阶级（阶层）、性别、族群、文化等在内的某种权力结构关系。这种权力结构关系是"华人文本"生产与传播的存在论条件，而且内在于华人文本的叙事结构、抒情形式、文类偏好、修辞风格乃至更加隐蔽的语言文理之中。不同于传统的华文文学批评，"华人文化诗学"致力于揭示这种隐蔽的权力结构关系，或力图把华人文本的生产与传播重新置于多元族群多元文化构成的充满历史张力的场域与脉络中予以阐释，并且把华文文学视为在复杂的权力结构网络中华人表征实践的文本化形式，视为意义生产与华人主体发明的重要场所。

华人文化诗学的阐释策略

伊格尔顿和杰姆逊都用"形式的意识形态"这一概念来解释文学与政治的关系："生产艺术作品的物质历史几乎就刻写在作品的肌质和结构、句子的样式或叙事角度的作用、韵律的选择或修辞手法里。"[①] 西方马克思主义文论重新建构了文学形式与社会意识形态的隐秘关联，打通了文学研究内部与外部的关系。后结构主义则打破了结构主义和新批评那种稳定而静态的文本结构，瓦解了二元对立原则所构成的稳定系统，封闭的文本被文本间性和意义的播散所取代。在福柯看来，在任何社会中，话语的生产，都会按照一定的程序而被控制、选择、组织和再传播。其中隐藏着复杂的权力关系。因而，任何话语都是权力关系运作的产物，性话语、法律话语、历史知识、文学乃至医学和其他自然科学话语都是如此。"文化诗学"或新历史主义批评事实上是后结构主义的遗产，美国学者弗兰克·林特利查曾经直接把葛林伯雷的"文化诗学"称为"福柯的遗产"。因而，"形式的意识形态批评"构成了"文化诗学"批评的基本方法。

---

① ［英］特里·伊格尔顿：《美学意识形态》，王杰译，广西师范大学出版社1997年版，第114页。

华人文学诗学提倡"形式的意识形态批评"，并非是倒退回旧历史主义的阐释框架中去，而是主张从文本到政治和从政治到文化的双向互通："形式的意识形态批评"无疑是以形式诗学为分析基础的，但与传统的形式诗学研究不同，"形式的意识形态批评"寻求如詹姆逊所说的"揭示文本内部一些断续的和异质的形式的功能存在。"①即华人文学在文类、美学修辞、形式结构、情节、意象、母题以及各种文化符码的选择模式中，隐含着的华族意识形态和政治无意识。美国华裔文学书写中的杂粹文化符码（杂粹食物、杂种人、杂粹语言、杂粹神话和传说，等等），便隐含着建构华裔文化属性，重写美国历史的华裔意识形态内容。菲华文学中父与子的主题（典型如柯清淡的小说），呈现着菲华社会的文化冲突。而马华文学中的漫游书写（如李永平的小说）以及"失踪与寻找"的情节模式（如黄锦树的小说），所隐含的潜文本则是"离心与隐匿"的华人身份；马华文学文本中大面积呈现的民族文化符码，正如许文荣所分析的，具有抵抗官方同质文化霸权的政治意味。而在泰华文学的大家族中，湄南河的书写占据着举足轻重的位置，"湄南河形象"是泰华文学的一个典型的标识；它是泰华文学情感与想象的发源地，也是构成泰华文学写实主义传统的重要的历史风俗画的背景，更是形塑泰华文学独特的地缘美学的人文地理要素，与潮汕文化共同构成泰华文学的精神原乡。至于新加坡华人文学文本中常见的鱼尾狮意象的文化政治意味，更是人所共知的了。形式本身所潜隐的意识形态，使华人文学书写同时具有复杂的文化政治意味。

为此，华人文化诗学还应选择自己诠释的策略。格林布拉特指出："办法是不断返回个别人的经验和特殊环境中去，回到当时的男女都要面对的物质必需与社会压力上去，以及沉降到一部分共鸣性的

---

① ［美］詹姆逊：《政治无意识》，王逢振、陈永国译，中国社会科学出版社1999年版，第86页。

文本上。"① 这段话提出了文化诗学两个互相关联的阐释策略：其一是历史语境的重建；其二是文本互涉的阐释方法，这也是华人文化诗学的基本方法。所谓"不断地返回个别人的经验和特殊环境中去，回到当时的男女每天都要面对的物质必需与社会压力上去"，强调的是文本生产的历史语境。这里，格林布拉特显然吸取了克利福德·吉尔兹在《文化的阐释》和《地方知识》中提出的文化人类学的阐释策略，即以"文化特有者的内部眼界"重建文本生产的历史语境——在不同的研究个案中，使用原材料来创设一种与其文化特有者文化状况相吻合的确切的诠释是必须的，但不能完全沉湎于文化特有者的心境和理解，而是"文化特有者的内部眼界"与批评阐释语境的交叠、对话与论辩。的确，华人文化诗学对华文文学的阐释，也需这种交叠语境的建构。一方面努力获取各种社会历史材料，不断返回到文化生产的具体历史语境之中；另一方面不断反思阐释者自身所处的现实语境，反省批评的位置。在中国从事华人文学研究，无疑具有基于自身历史文化和学术背景而产生的独特立场与视域，从而形成迥异于域外华人文学研究的中国学派。这样的立场和视域，可能产生对华人文学深刻的洞见，也可能出现某种盲视。正如域外的华人文学研究学派同样也可能在优势与劣势并具的情况下，产生洞见和存在盲视。反省批评因位置而产生的洞见与盲视对于华人文学研究是十分重要的。

所谓"沉降到一部分共鸣性文本上"指的是文本互涉的批评方法。这一互文性的分析，包括文学文本之间的文本间性的建立，也包括文学文本与其他非文学性的社会文本间关系的建立。将华人文学文本放置／"还原"到其生产与传播的历史场景之中，阐释诸文本之间的相互对话、呼应、质疑与解构关系，或许正是分析华人意识形态的形成与变迁以及"流动的华人性"的一个有效方法。以华裔美国文学为例，华美女作家创造了一系列"共鸣性文本"——如汤婷婷的

① ［美］格林布拉特：《文艺复兴的自我塑造》，社科院外文所编：《文艺学与新历史主义》，社会科学文献文版社1993年版，第81页。

《女勇士》、谭恩美的《喜福会》、伍慧明的《骨》以及任璧莲的《梦娜在应许之乡》等——这些文本显然构成某种呼应与对话关系：这一系列的以母与女之间的世代冲突与文化纠葛为核心的"家庭叙事"之间具有或显或隐的"共鸣"关系，是可以彼此参读的。"沉降到这些共鸣性的文本上"，是阐释华美女性文学自我属性建构和族裔属性重建主题的一个有效方法。许多时候，阐释诸文本之间的质疑与解构关系更是饶有兴味的——它更能凸现不同世代、阶层、性别乃至不同背景的个体对"华人性"的认知差异。赵健秀与汤婷婷之间的论争以及文本中所显示出的中国性想象的巨大差异已经人所共知。在马华文学史上，新时代尤其是 20 世纪 90 年代旅台作家群的文本与温瑞安、温任平兄弟作品之间的质疑与解构关系，以及以小黑为代表的马来本土作家与旅台文学的南洋历史叙事之间的共鸣与分歧，或许可以成为我们认识当代马华文学史的一条重要线索，而在新时代的文本中（如黄锦树的小说与林幸谦的诗文之间）这种彼此质疑的关系同样存在。华人文本之间的相互质疑与解构关系，表明"华人属性"是多元复杂的没有终点的历史建构，它是流动的、复调的，我们不能把它理解成某种同质化的静态的一个概念。某种意义上说，"互文性"隐含着自我与他者的结构关系的密码。因而"互文性"的阐释可以提供我们真正进入华人文本及其生存状态的有效路径。

华文文学作为"散居"的世界华人播迁历史和生存状态的精神记录和心灵化石，只有进入特定的历史语境，才能有效地解读。因此，把华文文学的文本历史化和文化化，对文本进行互文性的双重解读，即透过文本进入特定的历史/文化语境，从特定的历史/文化语境再返回文本，这种互文性对于华文文学文本多重价值的充分揭示和发挥，有着根本的意义。这是文化诗学对华文文学理论建构最重要的启示。

建构以"华人性"为研究核心，以"形式诗学"与"意识形态批评"统合为基本研究方法的"华人文化诗学"，在更加开放的社会科学视域中审视与诠释华人文学书写的族裔属性建构意义及其美学呈现形式，应是我们拓展华文文学批评空间的一个有效途径。

从华文文学批评到华人文化诗学

在《华人文化诗学：批评的期待》一文中，我们认为："建构以'华人性'为研究核心，以'形式诗学'与'意识形态批评'统合为基本研究方法的'华人文化诗学'，在更加开放的社会科学视域中审视与诠释华人文学书写的族裔属性建构意义及其美学呈现形式，应是我们拓展华文文学批评空间的一个有效途径。"[①]我们提出"华人文化诗学"概念，隐含着的意图之一在于终结华文文学研究的纯文学批评/纯审美研究的传统，终结文学性与非文学性的二元对立的思维成规。华文文学的诸种问题不应视为单纯的文学问题，而应看作华人问题的表述与象征。它涉及政治、经济、文化、教育诸领域，涉及族群、性别、阶级与国家的多元文化的冲突与融合等问题，对文本的纯文学评价距此肯定还有一段很长的路要走。因而华文文学研究超出了纯文学批评的范围，需要多学科学者的参与，"华人文化诗学"是跨学科的研究，唯有科际整合的研究才能有效阐释华人性的复杂面向。换句话说，华人文化诗学以华人表现文化与表征政治为研究对象，必须建立与当代开放的社会科学相适应的开放的理论和灵活多样的方法。

从传统的华文文学批评到"华人文化诗学"的转换，首先意味着学科研究对象的拓展。长期以来，我们的华文文学研究局限于华人

---

① 刘登翰、刘小新：《华人文化诗学：华文文学研究的范式转型》，《东南学术》2004 年第 5 期。

知识分子的文学作品，没有完成从传统的"作品"概念到"文本"和"话语"的观念转换。在这个意义上，华文文学批评显然落后于文学理论的历史发展。从作品到文本意味着两次巨大的理论跨越，第一次跨越是结构主义与新批评完成的，20世纪的文学理论用"文本"取代了"作品"，因为"作品"总是提示着作者的存在——这是一种浪漫主义的文学观念。结构主义与新批评的"文本批评"确立了文本的独立自足性，把文学批评的重心从作者的心理学与社会学研究转移到文本内部的结构即诸种话语单位之间的相互关系的分析。"20世纪文学理论的种种波澜都可以追溯至文本概念的提出。'文本'概念的使用是文学理论与批评的一场革命。"① 后结构主义完成了第二次理论跨越，它打开了结构主义那种封闭自足的文本概念，消解了文学与非文学文本之间的学科区隔，重新建构文本的形式分析与社会、历史的意识形态研究之间的隐蔽关系。对于根基并不深厚的新兴学科——世界华文文学——来说，从"作品"到"文本"的概念转换与理论跨越是十分必要的。它要补结构主义与新批评的文本形式诗学研究的课程，也需完成后结构主义式打开文本空间的跨越。"华人文化诗学"把自己的研究对象定位为"华人文本"，它包括华人的文学文本和华人其他表现文化活的或所物化而成的一切社会文本。在我看来，华文文学批评在研究对象上的划地自限应该休矣，建立开放的文本观念，开放华文文学研究的边界，或许是开创华文文学批评空间的一个路径。

"华人文化诗学"所谓的"开放的文本观念"有三个层次的含义：

其一，"华人文本"包括文学文本，也包括华语电影、华人美术、华人音乐、华人戏剧、华人口头传播的歌谣等艺术文本，"华人文化诗学"注重跨艺术的文本研究。许多时候，跨艺术文本之间的

---

① 南帆主编：《文学理论新读本》，浙江文艺出版社2002年版，第49页。

影响研究、并比研究有可能更完整地认识华人问题、华人文化属性的复杂面向。《中外文学》杂志的"离散美学与现代性"专辑是一个很好的例子，以对蔡明亮的电影文本与李永平的小说文本的彼此参读来阐释马来西亚华人的离散经验，的确能够给予我们更多的启发。刘登翰对《过番歌》文本的考证与诠释是另一个好例子，对民间口头形态的华人文本《过番歌》的研究以及与知识分子关于"过番"书写的参读来诠释华人移民经验的民间记忆，开启了一个有意味的批评空间。在我看来，这项研究与单德兴等学者的"天使岛诗歌"研究有着某种相近的学术意义。单德兴所言："天使岛及《埃仑诗集》一方面印证了'当时典型的华裔美国经验'，另一方面也成为'记忆场域'。"①《埃仑诗集》的整理出版和进入文学史，则成为这段华裔美国经验被历史记载的标志。的确，民间形态的华文文学文本是值得人们关注的。

其二，"华人文本"是一个更加宽泛广义的"社会文本"概念，诸如华人的各种文化论述、旅行、华文教育运动、仪式庆典、宗教祭祀等都是广义的"华人文本"。人们可能会质疑文本概念的这种扩张将带来华文文学研究的学科独立性的更大危机；"华人文化诗学"对边界的消解会不会导致华文文学研究被"华人学"所收编？在文化研究大面积入侵的文学研究的语境里，这种对学科独立性的紧张和焦虑是普遍存在的情绪。但我们要问的是西方近代以来越来越细的人文学科划分体系就一定具有不能质疑的合法性权利吗？我们曾经强调华文文学研究要从华人学研究成果中获取知识资源，同样，从华文文学批评到"华人文化诗学"的转换也可能构成"华人学"研究的一种理论与方法学资源。引入"华人社会文本"概念将对传统的华文文学研究产生巨大的影响，至少对改进华文文学批评的品质有所助益。以马华文学研究为例，对马来西亚的华教运动以及马华知识分子的文

———————
① 何文敬、单德兴主编：《再现政治与华裔美国文学》，"中央研究院"欧美研究所1996年版，第6页。

化论述一无所知的马华文学批评事实上是很难深入把握马华文学的处境、存在形态与历史运动的，也不可能有效阐释马华文学文本。这也是黄锦树在讨论马华文学的限度时高度重视林开忠的马来西亚华教运动研究成果的一个重要原因。

其三，所谓开放的文本观念还意指文本与社会历史、政治意识形态之间的开放关系的建立，即文本的脉络化与"世界性""在世性"（赛义德《世界、文本、批评家》中的概念）解读。在"华人文化诗学"视域中，没有所谓的纯文学或纯美学问题，有的只是处于某种历史场景之中的复杂的华人问题；没有孤立的自足的文本，唯有存活于文化场域间性中的华人文本。政治、经济与美学，族群、性别与阶级形成的复杂交错的网络以及国际政治关系的风云变幻构成了华人文本的历史场景（不是旧历史主义意义的"背景"），所以回到文本生产与传播的历史场景是真正有效理解与阐释华人文本的唯一路径。

如此，"开放的文本观念"延伸出来的问题是华文文学批评将向华人文化/符号批评的转向。的确，如同保罗·鲍威所言：今天我们生活的时代是在以符号为基础的结构中并通过符号实施统治与支配的。关于华人文学的理论与批评要真正有效地介入当代华人的历史与现实，真正有效地阐释当今华人文化问题的复杂性，就必须开放其边界。这里所谓的华人文化批评或符号批评显然隐含着文化政治的批评维度。"华人文化诗学"把华人文本以及其他符号的生产与传播视为某种文化政治行为，所谓"文化政治"，乔丹（Glenn Jordan）和魏登（Ghris Weedon）曾有过如此诠释："哪种人的文化是正统的？哪种人的文化则是臣属的？什么样的文化被认为值得展示？哪些则需要隐藏？谁的历史要被记载？谁的又要被遗忘？什么样的社会生活形象要予以规划？而哪些则须被边缘化？什么声音能被听到？而哪些则需保持缄默？谁可以代表人？其代表又基于何种基础？凡此种种均为文化政治领域。"① 此段论述或许有助于我们理解海外华人文学书写何为这一关键性问题。"华人文化诗学"从华人华裔的表征政治的层面理解与认识华人文化符号、论述、文本生产的文化政治功能，华人文本的生产与传播的意义在于反抗被主流历史遗忘的命运，反抗臣属化、边缘化的文化际遇，使少数族裔的声音在多元文化构成的国家文化场域中占据应有的位置。

在多元族群的国家和多元文化构成的国家文化中，每一个族群都对国家的建构有所贡献，每一种族裔文化都是国家文化建构的一种资源与构成部分。这是一种历史事实，也可能只是某种理想化的认识。历史的压抑与遗忘常常发生。每一个族群在历史中的位置得靠族裔文化符号、文本生产与传播来铭刻与再现，所以表征政治的核心是历史的阐释权问题。在研究华文文学过程中，我们曾经与两种相近的说法相遇：一种人认为海外华文文学没有读者，所以是可有可无的"盲肠文学"（朱大可语）；另一种人说他们总是写乡愁，是一种"吃饱后的文学"。这表明我们对海外华人的文学书写的意义缺乏正确的理解与同情。而我们的华文文学批评界又往往战战兢兢地回避华人政治命题，常常用普泛化的审美模子取代对华人文本所隐含的政治无意识的阐释，取代一种文化政治的分析。这可能是二十多年来的华文文学批评缺乏深度与广度的一个深层次原因。从传统的华文文学批评到"华人文化诗学"的转换，其实质即是从对华文文学的纯审美认知转向对华人华裔表征政治的研究。这里我想引入斯图尔特·霍尔对"表征"问题的看法来支持我们的观点。在霍尔的研究中，表征实践是文化生产的主要实践活动之一。人们理解事物，生产与交流意义进而拥有某种"共享的意义"，是通过表征以及由诸种文化表征实践构

① 孟樊：《后现代的认同政治》，台北扬智文化事业股份有限公司2001年版，第32页。

成的"表征系统"而实现的。① 表征实践或话语生产深深地卷入了意义的争夺之中，如同南帆所说的"符号的角逐"。知识生产尤其是历史知识的生产总是如此深刻地陷入意识形态与权力的漩涡——在福柯的讨论之后——这已经是人所共知的。我们之所以提出"华人文化诗学"，是期望华文文学研究把学术重心与热情从一种无关痛痒的作品欣赏以及对华人作家那种缺乏标准的赞美修辞，转移到对华人表现文化、表征实践和表征政治的研究。

但以华人表征文化实践和表征政治为研究中心的"华人文化诗学"不走旧历史主义的批评路径。旧历史主义往往从早已预设好了的政治经济社会的宏大背景出发阐释文本的政治意义，旧历史主义批评中有一种坏的倾向，常常把文本分析处理成宏大政治叙事的某种注解。"华人文化诗学"以新历史主义、新马克思主义为重要理论资源，取从文本到政治的路径。这即是詹姆逊等学者的文化研究与文学批评所坚持的阐释范式：从文本的句法分析开始，从审美与形式分析开始，"然后在这些分析的终点与政治相遇"。② 许多时候，我们谈论华文文学小心翼翼地悬搁"政治"，我们只谈文学，谈意境、语感等美学形式以及某种大而无当的"传统与现代"的融合或者普遍抽象的"乡愁"，而不去碰触华人文本背后的政治无意识，有时这甚至也成为华文文学批评的一种集体无意识。当然，这种现象在华人文本的生产中同样大量存在。这就是我们常常感到许多华文文本和华文文学批评同样无力甚至无用的一个根本原因。但我们也能够读到大量的有历史勇气与人文政治关怀的文本。以历史悠久的马华文学为例，如方北方的小说、吴岸的诗歌、方修的文学史、小黑的南洋反思小说，以及那些隐晦的现代主义者或者"解构与遁逃"的后现代主义者，都

————————

① ［英］斯图尔特·霍尔：《表征导言》，商务印书馆2003年版，第1—2页

② ［美］詹姆逊：《晚期资本主义的文化逻辑》，北京三联书店1997年版，第7页。

以某种形式传达出丰富信息。他们所提供的都是文化政治意味深长的华人文本。我不能认同黄锦树对方北方的评论，黄锦树否定了方北方的现实主义实践，他认为方北方的现实主义在意识形态上是历史环境决定论乃至国家意识决定论，因此现实主义的三大典律思想性、社会性、艺术性都陷入困境无法真正实现。也不能认同黄锦树对马华现代主义（不是"中国性现代主义"）的过度信任。其实马华现实主义遭遇的限制性因素，同样存在于马华现代主义身上。在文本的措辞、修辞和结构中，这些限制性因素（社会权力结构与权力资源的配置方式）都可能留下了某些或隐或显的踪迹。正如马华旅台学者林建国所言，一切都卡在资源的关口上。记得詹姆逊说过："注重某种再现方式在特定语境中的困难甚至不可能性，注重形式的残缺、疏漏、局限和障碍。在我看来，形式的失败……可以成为导向某种社会意义和社会真实的线索。"① 这种"症候式"文本阅读法或许也可以成为我们理解马华现实主义的不彻底性与马华现代主义隐蔽困境的一种方式。

本文的讨论是对《华人文化诗学：华文文学研究的范式转型》一文的某种补充。以上不成熟的谈论涉及"华人文化诗学"中的文本概念的开放性和表征政治的阐释两个问题。我们认为"华人文化诗学"议题关心的重心在于华人文本与社会历史、族群政治及意识形态的隐蔽结构关系，我们想象的"华人文化诗学"是关于作为文化论述的华人文本的生产、传播、影响及其内外限制的知识社会学。它企图引起人们对构建关于华人文本的一种"社会形式诗学"批评的兴趣和热情。这一研究理念的形成与深入讨论或许对推动华文文学批评范式转型进程有所助益。

---

①　［美］詹姆逊：《晚期资本主义的文化逻辑》，北京三联书店1997年版，第14页。

海外华文文学的后殖民批评实践
——以马来西亚、新加坡为中心的初步观察与思考

后殖民批评在 20 世纪 90 年代登陆以后，渐成文艺理论与批评界十分青睐的理论资源，甚至有演变为又一显学的趋势。在台湾地区似乎到了言必称"后殖民"的状况。对这一学术症候的分析显然是一个有趣的课题。但在海外华文文学批评界，"后殖民热"现象却迟迟没有出现。查询 1994 年至今的学术期刊有关海外华文文学研究的论文目录和关键词，涉及后殖民的理论、方法和概念的为数稀少。直接使用这一理论解读华文文学作家作品的是：许文荣的《挪用"他者"的言说策略——从殖民话语到后殖民话语的马华文学》、古添洪的《旅游：亚洲的后殖民记忆——评诗集〈我想像一头骆驼〉兼述陈慧桦诗中的几种基调》。前文的作者是马来西亚华人学者，后者是台湾地区学者的文本。在大陆地区的海外华文文学学者中，杨乃乔的《诗者与思者——一位在海外漂泊的华裔诗人及其现代汉诗书写》在讨论马华诗人林幸谦诗歌时使用了"后殖民文化"这个关键词；饶芃子的《"女儿国"里的文化精神——菲华女作家作品管窥》《海外华文文学与比较文学》大概是最早出现"他者研究"术语的论文，但她的概念更多地来自比较文学学科理论；钱超英《自我、他者与身份焦虑——论澳大利亚新华人文学及其文化意义》、王列耀《全球化背景中菲律宾华文文学的文化取向》、刘俊《"他者"的存在和

"身份"的追寻——美国华文文学的一种解读》①等论文涉及"他者"与"身份"概念，处理的命题与后殖民论述有些类似。饶芃子、费勇《本土以外：论边缘的汉语文学》和黄万华的《文化转换中的世界华文文学》以及钱超英的《诗人之死——一个时代的隐喻》等华文文学论著对殖民心态造成失语和文化属性的建构等问题有所论述。

　　除了人们偏爱的文化身份研究外，多年以来，大陆的海外华文学批评的确很少关注后殖民论述。大陆以外的情况似乎也基本相似。这令王德威有些困惑："后殖民论述谈得如火如荼，怎么会没有人谈马来西亚的华人?"南治国在评论王润华的新马华文文学研究的成就时，认为："新马华文文学研究中引入后殖民理论，一直都是众多学者多热切关注，却又难以拿捏，甚至不敢涉足的批评前线……后殖民论述似乎只是一种憧憬，而且还只是一个卡在'瓶颈'的憧憬。"②但就我们有限的材料阅读来看，近年来，海外华文文学研究导入后殖民理论的趋势已逐渐显现。王润华的著作《新马华文后殖民文学》及其引起的议论可能正在产生某种示范性作用，马华新时代学者许文

---

　　① 许文荣《挪用"他者"的言说策略——从殖民话语到后殖民话语的马华文学》载《华文文学》2001 年 02 期；古添洪《旅游：亚洲的后殖民记忆——评诗集〈我想像一头骆驼〉兼述陈慧桦诗中的几种基调》载《华文文学》2003 年 03 期；杨乃乔《诗者与思者——一位在海外漂泊的华裔诗人及其现代汉诗书写》载《天津社会科学》2001 年 02 期；饶芃子《"女儿国"里的文化精神——菲华女作家作品管窥》载《暨南学报（哲学社会科学版）》1995 年 03 期；饶芃子《海外华文文学与比较文学》载《暨南学报（哲学社会科学版）》2000 年 01 期；钱超英《自我、他者与身份焦虑——论澳大利亚新华人文学及其文化意义》载《暨南学报（哲学社会科学版）》2000 年 04 期；王列耀《全球化背景中菲律宾华文文学的文化取向》载《海南师范学院学报》2001 年 05 期；刘俊《"他者"的存在和"身份"的追寻——美国华文文学的一种解读》载《南京大学学报》2003 年 5 期

　　② 南治国：《全球视域下的多元思考——读王润华先生的〈新马华文后殖民文学〉》北京大学跨文化研究中心《对话丛刊》12 期 http://www.pku. edu. cn/academic/ccs/duihua12.htm

荣、张锦忠、黄锦树、林建国、张光达等的后殖民阐释实践也已经产生了一些有深度的研究成果。中国大陆一些批评家开始跃跃欲试，清华大学比较文学与文化研究中心和中国比较文学学会后现代研究中心共同主办举办了"流散文学和流散现象学术研讨会"，人们普遍认为：虽然对流散写作或流散现象的研究始于20世纪90年代初的后殖民研究，但进入全球化时代以来，由于伴随流散现象而来的新的移民潮的日益加剧，流散研究以及对流散文学的研究已经成为全球化时代的后殖民和文化研究的另一个热门课题。比较文学学者王宁在《流散写作与中华文化的全球性特征》中应用霍米·巴巴的"少数人化"的后殖民论述讨论流散写作的抵抗策略与意义：将帝国主义的强势文化和文学话语的纯洁性破坏，使其变得混杂，进而最终失去其霸主的地位。晚近在山东召开的第十三届世界华文文学国际研讨会的四个主题发言中，刘登翰、叶维廉、张错、黎湘萍不约而同地以"离散"为主题谈论华文文学的生存状态与美学形态。这与大会论文集中马华旅台学者黄锦树等人的"离散现代性"以及早些时候龚鹏程的"散居中国及其文学"论述产生了某种有意味的呼应与对话。人们在"流散""离散"这个概念上找到了海外华文文学研究与后殖民批评之间的一个契合点。许多迹象表明海外华文文学研究全面导入后殖民理论已经为时不远了。

我们不想对可能出现的趋势的喜忧与好坏做预设判断（那种蜂拥而上的言必称"后殖民"无疑是令人厌恶的），这里我们只想从现有的批评实践做一些初步的观察与思考。讨论华文文学的后殖民批评的现状及问题显然不能不重视新马华人学者的批评实践。据王润华自己的说法，1973年到新加坡南洋大学任教时他已经开始思考后殖民文学问题。直至2001年出版《华文后殖民文学》，王润华建构了其所谓的"华文后殖民文学"的批评模式与基本观点：本土的文学就是后殖民文学。从其书的"自序"对自己早期关于本土知识与中原文化二元处理的后殖民知识认定到终篇以本土传统为标准定位黎紫书小说为"最后的后殖民文学"，可以看出，在他的视域和阐释框架中，

"本土"承担了反抗殖民文化的"后殖民"重大使命。新加坡国立大学中文系博士生南治国《新马华文文学的本土性建构——以王润华的相关论述为中心》对此有详尽的评述和高度评价，认为王先生在注重新马华文文学的历史书写、强调本土色彩的文学创作与批评以及建构新马文学典律三大方面"居功大焉"。应该说王润华的研究的确打开了海外华文文学研究的一个可能的空间。

但他的后殖民批评显然也存在许多明显的问题，这些问题的严重性足以使其后殖民批评开创华文文学研究空间的意义大打折扣：其一，王润华对新马华文文学文本的后殖民批评明显有过度阐释之嫌疑，比如他对吴岸《民都鲁二题》意蕴的阐发就显得过于微言大义。吴岸如是写道："Caterpillar/已啃去一片绿林/又将山/深深剖开/处女地/裸露着赤红的丰腴/在晴空下/一望无际　Hino/隆隆然把未来城市的钢筋/曳向地平的高点……"王润华从中发现了后殖民的深意：多国资本主义控制下的现代化城市，是另一种霸权建立的表征。吴岸的《民都鲁》揭示了全球资本主义在婆罗洲建立其基地的开始。"他告诉我们，英殖民者虽撤退了，多国霸权却建立在意识形态之上。"①（注：不知是否也是"后殖民"的原因，王润华的这段中文有好几处明显的语法错误）王先生说得没错，跨国资本对第三世界的大面积入侵的确是后殖民的突出状况。德里克在后殖民批评的前面加上"跨国资本时代"的定语其意便是突出这一时代的本质特征和后殖民批评的主要理论命题。但王先生还是过于明察秋毫了，"今天一部电视机、一座电影院、一间快餐厅，就代表霸权文化的展开"。这话则说得过于随意了，似乎到处都是霸权文化的地雷，只剩下一些本土自然风景植物"达邦树""榴莲""原始雨林"等才是反抗殖民文化霸权的象征。这肯定是一种奇怪的后殖民文化叙事。王先生常常很随意，比如他随口说黎紫书小说为"最后的后殖民文学"，王先生的许多说法或许当不得真的。

---

① 　王润华：《华文后殖民文学》，学林出版社 2001 年版，第 154 页。

其二，王先生把"本土"概念处理得过于理想化纯粹化了，因而有些简单化，也有些封闭。新马华文文学需要进一步的本土化，这无疑是正确的。但电视机、电影院、快餐厅、Caterpillar 不也是"本土"现实的一部分？英语不也是新加坡的本土现实？如果把阶级、族群、性别、资本以及国际政治等社会关系所构成的权力结构考虑在内，"本土"将是一个充满张力和歧义的结构性、历史性概念。"本土性"本身就是斗争的场所，一个开放的场域，所谓"本土"早已被各种力量爆破了，不可能像想象中的那么纯洁。这里我们十分赞同朱崇科的看法：在使用"本土"概念时需理性警觉，警惕肆意预支、过分迷恋本土性或者把本土性当作褊狭的抵抗工具。① 朱崇科的看法应该不是直接对王先生的批评，但显然指出了王润华类型的后殖民华文文学批评的"本土性迷思"。王先生的"本土"扮演着抵抗帝国文化的游击队角色，被想象成找回并葆有"自性"的文化飞地或纯洁的文化处女地。在王润华那里，被化约处理过的单向度的"本土"概念可能揭示出某种压抑，却可能同时遮蔽了另一种压抑即本土内部的权力结构关系——族群、阶级、性别以及学院政治等同样存在压抑与反抗压抑的权力关系。今天一些学者开始质疑本土与非本土的对立思维而言，西方的拉图尔、罗伯·威尔逊以及德里克等都指出：在全球跨国资本主义时期，日渐明显的是全球和地方的最终难以区分，他们用"全球本土"（glocal）这个新造的术语来表述这种混杂与杂交状态。王先生处于文化十分混杂多元的新加坡，又是如何构想出其本土性"迷思"神话的？人们完全有理由提出这个有趣的问题，并且期待王先生对此做出令人信服的回应。

其三，王先生的《橡胶园内被历史遗忘的人民记忆：反殖民主义的民族寓言解读》是一篇优秀的后殖民华文文学研究论文，我之所以如此认定是因为它对殖民历史的揭示。在 20 世纪 30 年代的作品《生活的锁链》《囚笼》和《橡林深处》中，王润华重新打捞出"被

---

　　① 朱崇科：《本土性的纠葛》，唐山出版社 2004 年版，第 12 页。

历史遗忘的人民记忆"——华人移民的痛苦经验、殖民地的历史伤痕和白人殖民者的残暴统治。但王先生在讨论新马华文文学与中国文学的历史关系时，这种历史理性和学术理性却令人遗憾地丧失殆尽。他把五四新文学为中心的文学观视为殖民文化的主导思潮，把反抗殖民的鲁迅视为"殖民霸权文化"的代表。① 对新马华文文学自主身份和独立性的追寻与建构是无可厚非的，但他无视新文学作家在新马的华文文学拓荒与播种、反抗西方殖民统治以及推动新马文学本土化的历史，又把文学影响简单地等同于殖民文化霸权，一种"影响的焦虑"和"成长的烦恼"被无限放大成为虚拟的反抗殖民霸权的批判勇气，这无疑是对后殖民理论的误用和滥用。鲁迅何其无辜！中国新文学何其无辜！后殖民理论何其无辜！而王先生自己大量引入詹明信的有关第三世界文学的民族寓言说以及来自西方的后殖民理论却没有对可能被"西方后殖民"文学理论所文化殖民的后殖民警觉，对比前后之立场，岂不是有些反讽的意味？

近来我们读到新加坡《联合早报》有关"文化殖民"的小规模论争。南洋理工大学商学院研究院院长黄海博士认为："文化殖民地比军事殖民地更可怕。身为华人，我们必须以华族文化作为文化根基，建立和珍惜属于自己的文化系统。否则一切跟在西方背后，我们在语言和文化程度上将永远比不上他们。"这与王润华先生的看法恰恰相反。而学人王昌伟则提出了另一种质疑："新加坡文化的组成部分不仅仅是亚洲文化。从一开始，西方文化就已经是新加坡文化的一部分，自己又怎么会被自己的文化侵占？"② 把这三种观点彼此参读是颇有意味的，他们的分歧与差异值得人们进一步思考。

尽管存在不少令人不满的问题，但王润华的后殖民华文文学批评在海外华文文学研究界还是产生了不大不小的反应。他的《华文后殖民文学》是这个领域迄今以"后殖民"为讨论中心并作为书名的

---

① 王润华：《华文后殖民文学》，学林出版社 2001 年版，第 70—71 页。
② 王昌伟：《文化殖民？》，《联合早报》，2004 年 3 月 24 日。

唯一著作，这本书2001年同时在海峡两岸的出版多少表明学术出版与传播界对其研究课题及其成果的重视。南治国的《新马华文文学的本土性建构——以王润华的相关论述为中心》、朱崇科的《"新""新"视角与后殖民解读——试论王润华〈华文后殖民文学〉——本土多元文化的思考》和《"去中国性"：警醒、迷思及其他——以王润华和黄锦树的相关论述为中心》对王润华的后殖民研究有正面和负面的评述。朱崇科从"本土性的纠葛"到"中国性"作为当今华人文化论述的核心命题的阐发把思考向前推进了一大步。我们认为"后殖民王润华"个案不是一个单纯的文学问题，也不是仅仅属于有些新潮的王润华们的问题，而是涉及华人文化属性建构的诸多面向及其矛盾的课题。在后殖民与全球化的视域中，新马华文文学乃至各区域的华文文学都面临着如何建构独立的文学与文化身份的历史性课题，面临着处理本土化与中国性、世界性的结构关系的现实课题，面临着如何应对急剧变化的本土现实与国际政治文化关系的挑战问题，面临着如何阐释自己的历史如何建构自己的文化观点和文学立场的课题。归根结底，华文文学的后殖民关怀牵涉到的是华人现代性和新华人理念的形塑。这是我们尝试把王润华的"华文后殖民文学"转换成作为某种文化症候的"后殖民王润华"的重要原因。

谈论海外华文文学的后殖民批评实践不能不提到马华学界尤其是新生代学者提供的研究成果。黄锦树、林建国、张锦忠、许文荣、张光达、林春美等学院派和实力派学者的阐释实践和文化论述提升了马华文学乃至整个海外华文文学研究的学术性和思想性，也显示出华文文学的后殖民批评的可能性、关键问题及其阐释的限度。黄锦树、林建国、张锦忠都具有旅台的学术背景，马华背景、台湾经验与离开马华本土的发言位置深刻地影响了他们的马华文学论述。[①] 张锦忠说过："在台大念博士班那几年，新历史主义、后殖民主义、少数族群

---

① 朱崇科：《台湾经验与黄锦树的马华文学批评》，《本土性的纠葛》，唐山出版社2004年版，第205—224页。

论述等更当代的西方理论新浪潮开始登陆台湾。"的确，20世纪90年代初后殖民理论开始登陆台岛，而近年来后殖民批评在台湾则有愈演愈烈的趋势。置身其中的旅台马华青年知识分子不可能不受到这种文化思潮和学术时尚的浸染。许多时候，他们的马华文学论述难免染上台湾版后殖民理论的某些色彩。今天看来，这一影响自然存在正负两面性，对此华文文学批评界有必要认真辨明和深刻检讨。

黄锦树的《马华文学：内在中国、语言与文学史》《马华文学与中国性》①，林建国的《为什么马华文学》《方修论》以及张锦忠的《马华文学：离心与隐匿的书写人》处理的是相同或相近的命题：马华文学的边缘位置和文化身份建构的困境。他们的讨论深入触及了"失语的南方"与边陲文学的语言表征之困境，经典缺席、文学史叙事的权力结构与文化政治，"国家文学"与"官方记忆"对马华文学的压抑，"中国文学本位意识"与马华文学"自性"建构的颉颃，官方语言与方言的二元对立结构，地方知识与西方文化霸权的对抗等一系列影响马华文学的生存与发展的重要问题。而"身份焦虑"或"自性"危机与追寻显然是这一系列问题的核心。与王润华相比，他们的阐述要更深地触及马来西亚华人华裔的政治文化处境。两者之间的差异是颇为明显的，这或许是新马两地政治与文化状况的不同所造成的吧。

马华本土学者张光达和许文荣在王润华和黄锦树等人的基础上做了进一步的讨论，但二者的观念有一些值得辨明的差异。张光达是马华本土最为新潮的理论家之一，他十分熟悉后殖民、后现代、新马克思主义如阿多诺的美学等西方理论资源，也十分了解当代中国海峡两岸的学术文化思潮。这些资源在他的批评操作中应用得相当自然。他的《小说文体/男性政体/女性身体：书写/误写 vs 解读/误读——潘

---

① 黄锦树《马华文学：内在中国、语言与文学史》由马来西亚华社资料中心1996年出版；黄锦树《马华文学与中国性》由台北远流1998年出版。

雨桐小说评论的评论》① 是一篇颇有意味的论文，张光达比较了中国学者陈贤茂、旅台学者黄锦树和女学者林春美对潘雨桐小说的三种不同阐释方式：印象概括式、后殖民批评与女性主义诠释。在他看来，印象概括式批评停留在对小说文体的表层修辞的纯美学分析，文体形式和语言修辞与社会历史、政治意识形态完全隔离——这是存在于中国大陆多数华文文学批评者身上的共同问题，也是我们的华文文学批评常常无关痛痒的一个根本原因。而后殖民批评与女性主义则具有"政治性阅读的批评视野"。很明显张光达十分认同黄锦树的"后殖民流离族群解读"和林春美的"女性主义的批评视野"：后殖民和女性主义理论都以一种强力的方式重新引入了文学批评被新批评和纯美学批评所抛弃的政治维度，为揭示社会权力结构关系提供了一种可能。《文学体制与60年代马华现代主义：文化理论与重写马华文学史》是张光达另一篇分量很重的论文。其中"后殖民话语与马华现代主义"一节的分析是对王润华《走出殖民地的新马后殖民文学》和张锦忠《马华文学：离心与隐匿的书写人》议题的延伸思考与推进。他基本认同王所提出的新马后殖民文学的基本构想，但他解构了王润华对"本土主义"的信仰——本土主义掩盖了存在于本土体制内部的压迫与被压迫的权力结构。张光达试图建立文学置身其中的政治与文化场域的分析架构，认为马华文学/文化的历史现实与后殖民经验比塞伊德的《东方主义》单向式殖民/被殖民模式要复杂得多：西方现代主义文化思潮、官方主导强势文化和中国中心论的历史文化积淀同时构成了对60年代马华现代主义三大压抑与宰制。问题在于这一阐释框架中三者的关系如何？这个问题无论如何是不该存而不论的。另外，值得人们注意的是张光达与黄锦树之间存在着某些微妙的差异，比如他对中国台湾地区文学在马华的影响还是有所反省的，而且把西方现代主义也视为压抑马华现代主义文学的一种霸权势力。这与黄锦树对西方现代主义不加反省的信奉有所不同（在黄锦树的论述

---

　　① 文载马来西亚《人文杂志》第13期，2002年1月。

中，西方现代主义很少成为必须抵抗的文化霸权势力，他对西方知识的霸权地位明显缺乏批判性视野），而与林建国在《方修论》中所表达的对西方理论霸权的深刻质疑相一致。林建国发现了方修在马华文学史中建构的"地方知识"的现代性，一种第三世界文学的现代性。这种现代性拒绝做西方大国理论大户的"操盘手"，拒绝替他们打工做注解，而是"拿着最简陋的考古工具，走进那片贫瘠的田野，自己当起自己的人类学家"。① 这种对西方理论殖民的批判性反省是必要的，但一种纯洁的地方知识是否可能？不同的是张光达强调的是对西方理论的挪用与翻转，以一种"殖民学舌"（colonial mimicry）的方式将殖民者的语言文字或观念转化为"杂种文本"来颠覆西方理论的霸权。这显然是对霍米·巴巴等人所提出的解殖策略的直接"学舌"借用。

许文荣是另一位使用后殖民批评十分得心应手的马华本土学者，后殖民成为他反思马华历史与社会处境的批判性思想资源。王德威如是评价他的著作《南方喧哗：马华文学的政治抵抗诗学》："从对华族文化精髓的怀想，到对'他者'的命名挪用，到文本内外的指涉，到魔幻诡异风格的操作，以迄离散意识的形成，层层推演，颇能见他的用心之深。他借鉴了不少当代理论，如民族主义论、众声喧哗论、后殖民论等，但如何将理论付诸他所关切的历史情境，是他念兹在兹的目的。"② 需要指出的是，许文荣的阐释与王润华、黄锦树、张光达在观念上有很大差异，提供了另一种后殖民的马华文学批评。许文荣与张光达都注意到马华文学"挪用'他者'的言说策略"，但他对汉语文化传统在马华的影响及其意义的认知，与张光达、王润华和黄锦树等人完全不同。在许文荣看来，中华文化不仅不是一种压抑力量，反而是文化抵抗的资本。在《召唤民族文化与政治抵抗资本》

① 林建国：《方修论》，《中外文学》（第29卷），2000年，第4期。
② 王德威：《读〈南方喧哗：马华文学的政治抵抗诗学〉》，《南洋文艺》2004年8月28日。

一文中，许文荣明确指出：他"关注的是马华文学如何借用中华能指（语言、意象、意境、象征、神话等）作为文化抵抗的资本，并且在文本中如何表现这种抵抗形态。基本观点是，虽然召唤民族文化的声音蕴含有某种恋母情结，但是激起这个本能的因素并不只是我们一般所谓的'原生意识'（primordial consciousness），其中更加起着主导催化作用的是对现实政治与社会的不满，特别是官方/主导文化压抑的苦闷，借着召唤民族文化来安慰愤懑的情感，因此中华文化微妙地成为华人的集体无意识，经常在书写中被引用与再现出来以中和族群内在的焦虑与不安"。① 的确仅仅从始原情感的层面难以完全解释马华文学的文化乡愁，只有回到文化政治的场域才能真正认识乡愁书写的功能。在马华当代文化论述场域中，许文荣对"中国性"的阐释构成了与"去中国性"相对立的另一种文化取向、另一种思维。他的观点值得华文学界深思。许文荣与黄锦树们的差异在多大程度上可以视为马华本土知识社群与旅台知识社群之间的差异？这个问题或许存在某些值得深入分辨的有趣之处：不同的发声位置和学术背景在何种程度上影响了人们对马华政治文化处境的不同认知以及回应策略？哪一种更切近马华的历史与现实？

上文我们主要讨论了马来西亚与新加坡的华文文学后殖民论述实践的现状。现在我们要问的问题是：在华文文学领域引入后殖民理论意味着什么？它有什么意义？简而言之，后殖民批评开启了海外华文文学研究的新视域，为海外华文文学批评空间的开创提供了一种可能，使我们重新认识海外华文文学的文化意义和政治功能。而作为华人文化政治论述的华文文学观念的形成将深刻地改变传统研究模式和成规，尤其对长期那种流行的只触及华人文本美学表层的批评方式构成一种有力的挑战。华文文学的各种问题在这一视域中凝聚起来获得

① 许文荣：《召唤民族文化与政治抵抗资本》，文载世界华文文学研究网站 http://www.fgu.edu.tw/~literary/wc-literature/drafts/Malaysia/xu-wen-rong/xu-wen-rong.htm.

了整体观照，当代新马华人的后殖民论述深刻地触及了该区域华文文学发展面临的一系列重要理论与现实命题，诸如影响的焦虑与文学典律的自创，文学史叙事中的压抑与反抗压抑的权力结构，批评的话语权的争夺，美学与意识形态的关系，文学自性的迷思与追寻，社会资源的配置方式、文化场域与现实主义和现代主义的困境，中国性、马华性与本土性建构以及关系等，都有了更深入的阐释。更为重要的是，华文文学的后殖民批评已经成为华人华裔知识分子介入当代社会现实的一种方式，成为海外华人的文学批评重建政治关切、阐释历史和"公共论坛"功能的一个契机与思想资源。但是后殖民论述反抗肯定不是华裔知识分子政治关切的唯一入口，后殖民批评无疑有其限度。还需要指出的是新马华文文学的后殖民论述存在一些值得人们深思的问题：其一，"后殖民"理论运用的泛化倾向，这种倾向有可能削弱后殖民理论的批判性力量。如果到处都是殖民文化霸权或反抗文化霸权的符号，那么后殖民理论的使用也就随便得有些过度了，可能蜕变成为某种流行的学术时尚。其二，过度强调/强化压抑与反抗压抑、霸权与反抗霸权的对立关系，这样有可能把问题处理得过于僵硬而缺乏必要的辩证与弹性。其实无论文学内部的关系抑或族群政治关系都应是一种团结与斗争的统一。其三，新马华文文学的后殖民批评中存在一种错误的倾向即"去中国性"倾向，"中国性"被想象或放大成新马华文文学不能长大成人的一种最大障碍，一种替罪羔羊。华文文学研究领域所谓的"中原心态"（朱崇科）、所谓的"中国大陆主导的大叙述"（王德威）是否只是某种虚构？"中国性"的复杂性是不是被化约成单质、同质化的概念？其四，马华文学史的后殖民重写往往犯割断历史的弊病。文学史的延续与断裂的矛盾辩证运动被简单化成断裂。其五，作为少数族裔而言，大马华人族群可能会长期处于弱势文化的位置。解构霸权文化意识形态、反抗文化霸权的宰制是弱势族群知识分子的责任。后殖民理论无疑是十分有效的批判武器。但回到马华文学内部场域，后殖民批评有时也变成话语权力和文化资本争夺的工具。争夺的结果只是权力结构的翻转与颠倒，一种新的压抑与霸权代替了旧的压抑与霸权，解殖运动走向自己的反面演变成三十年河东三十年河西式的轮回。这里我们也许应该提出这样一个问题：当代马华文学经过内部解殖运动的洗礼之后，谁获得了话语权力？什么声音同时被压抑了？20世纪90年代马华文学批评经历了熟练掌握现代学术生产机制与操作技艺的"旅台学派"的强力冲击，一种新的话语秩序已经成型。但另一些声音逐渐变得微弱，这些声音的退隐又意味着什么？

接着我们要提出的问题是：除了后殖民论述反抗还有没有其他更具建设性的华人文化发展理念和论述策略？促进多元族群、多元文化和谐繁荣发展的国家建设应成为华人知识分子文化论述的根本目标与核心理念。在此基础上，对华人后殖民论述的意义与限度的肯定与反省才是合乎理性的，才有可能避免产生某种认知偏执。在本文的结尾，我们还想引入新马地区以外的学者钟玲和谢平以及后殖民批评家德里克的相关阐述，对这一问题做两点补充说明：

1. 如何看待其他族群/种族的文化、西方文化和中华文化？认识到强势文化对弱势文化的支配性影响，并且以"后殖民"批评的方式解构这种支配以及挪用"他者"的言说策略，是一种对抗性的策略。但人们也可以正面积极地把所谓的"他者"文化作为自我建构的理论资源。对于马华知识分子而言，全面地吸取其他族裔文化、中华文化以及西方文化的精华，把它们视为自己的文化资源并且转化为文化资本可能是发展马华文化的更为积极的一种策略。如同作家钟玲所说的："为什么一个好的作家作品中会吸收多元的文化传统，熔铸多元的文化传统呢？因为在现实中没有一种文化是完全单一的，因为任何人所处的社会不时都在进行多元文化的整合，有的是受外来的文化冲击，有的是社会中本土文化之各支脉产生相互影响而有消长。作家的作品必定反映这些多元文化之变化。另一方面，有思想的作家必然会对他当时社会的各文化传统做选择、做整合、做融合。"① 作为离散族裔文学之一的海外华文文学无疑具有其独特的文化优势，空间和时间以及文化的"离散"状态与视域赋予了海外华人作家瓦解本质主义文化概念的力量，而多元文化交汇的离散经验又为文化的"创造性融合"提供了可能。后殖民批评家斯皮瓦克曾经提出每一个人都有无数的根的看法，离散族裔尤其如此。这种复数原乡的概念原本是离散族裔的文化优势，这种文化优势不能由于后殖民的文化抵抗而丧失。如果能在移出国文化与居住国文化之间保持一种辩证的张力，使自己始终处于两种文化/多种文化之间复杂而富有弹性的位置"，并且从单一视域中跳出而达成双重视域乃至多重视域的创造性融合，那么海外华人文学与文化就可能获得更加宽阔开放的发展空间。因此，我们认为后殖民批评视野的建立，不应成为华裔知识分子吸取各种文化资源并转化为华人文化资本的障碍，而应视作为建构开放多元的华人文化和居住国国家文化扫清各种文化霸权的一种批判性思想武器。因而今天深入思考华文文学后殖民批评的可能性及其限度是华文学界不能规避的一个重要理论课题。

2. 阐释历史与记忆政治问题。在李陀和陈燕谷主编的《视界》杂志第 4 辑上曾经刊登谢平题为《华侨的两种普世主义与后殖民时代的民族记忆》的长文，对于我们理解东南亚华文文学的后殖民处境及其阐释历史的功能应有启发意义。谢平以 Roscad 的一部关于记忆的英语小说《战争状态》（*State of War*）为例说明积极的文学是再现东南亚反抗殖民主义的历史，这段华人广泛参与的历史往往被遮蔽："在现今的东南亚，许多后殖民国家通过教育手段和舆论控制，维持公共记忆的丧失，这是它们维持对经济和政治格局高压控制的手段之一。在这种语境中，文学成为恢复后殖民国家民族记忆和还原殖民时

---

① 钟玲：《落地生根与承继传统——华文作家的抉择与实践》，《华侨新闻报》文艺沙龙版 2002 年 3 月 16 日。

代新殖民主义和后殖民国家力图抹杀的民族革命历史的一种媒介。"①
作者的意思是文学书写必须承担恢复华侨华人与东南亚各族人民共同
反抗西方殖民主义统治、共同建构现代多民族国家的历史记忆的责
任。在华社内部这种历史书写显然具有维持族性记忆的功能。但关于
华族与其他族群共同反抗殖民统治、共同创造东南亚国家历史的书写
还应该获得跨语际多语种的传播，通过文学翻译使这一历史理念变成
国家文化的共识。华文文学理应承担再现与铭刻历史的文化使命，这
是华文文学摆脱软弱无力状态的一个重要途径。正如后殖民理论家德
里克在《本土历史主义视角中的后殖民批评》一文中所言：殖民统
治常常是通过否认人们的历史性，"夺去了压迫与抵抗压迫历史真
实""对于受到压迫、被排斥到社会边缘、其历史被强权抹杀掉的人
而言，在他们努力使自己在历史上拥有一席之地时，重温过去或重修
历史便显得尤为重要，因为只有拥有了历史身份，跻身于历史舞台的
斗争才会有用"。② 在这个意义上，方北方的《马来亚三部曲》、小黑
的南洋反思小说等的历史书写，或许反而比那种晦涩阴暗个人化的现
代主义以及后现代的播散游戏书写要具有更高的思想价值。

---

① 谢平：《华侨的两种普世主义与后殖民时代的民族记忆》，《视界》
杂志第 4 辑，河北教育出版社 2001 年版，第 49 页。

② ［美］德里克：《跨国资本时代的后殖民批评》，北京大学出版社
2004 年版，第 41 页。

文化属性意识与东南亚华文文学研究

近十年来，东南亚华文文学研究日益受到重视，也取得了可喜的成绩。但毋庸讳言，这门年轻的学科仍然存在诸多不足，如缺少方法论意识、忽视理论构建、研究主体和对象间存在割裂、文学史的逻辑建构力薄弱，等等，导致一些研究成果在历史定位上的失当和分析上的表层化。近年来这些问题逐渐引起华文文学界的关注。一些学者从刘登翰先生的"整合与分流"模式衍生出多元共生的研究理路，企图解决一个中心抑或多个中心的争执，以达成对世界华文文学的整体观照。另一些学者则从饶芃子的比较文艺学视野中推导出汉语文学的讨论脉络，旨在把东南亚华文文学纳入汉语文学的宏大格局中加以研究。这些成果都具备了文化学的宏观视野，但就东南亚华文文学的文化属性问题进行比较综合的深入探讨仍属少数，而此问题是东南亚华文文学发展中难以规避的相当复杂又具挑战性的课题，这个课题的展开将赋予东南亚华文文学研究领域浓厚的理论思辨色彩，而学术性的凸现也将吸引众多学人的兴趣。本文拟对文化属性概念的内涵及在东南亚华文文学批评上的应用做初步的探讨。

在经济全球化背景下，文化霸权主义表面上有所松动或受到普遍质疑，为多元文化的并存和对话提供了生存土壤，西方中心论的白种男性权力话语体系受到弱势族群、少数话语、女性主义、东方主义的挑战，学者们开始关注权力话语之外的弱势族裔的声音，他们的口述历史、民谣、文字书写、传说的文化生存论价值逐渐浮出水面。说故事或者文字书写呈现出弱势或少数族群的生存踪迹，成为建构弱势自我或主体的一种方式，这种自我意识或主体意识的核心是身份或文化属性的自觉。在西方学术界，文化属性观一般有两种：其一为原生论的文化属性观，其二为建构主义的文化属性理念。

原生的文化属性观源自启蒙主义的主体论，认为人是宇宙中心具有推理、意识和行为能力的前后一贯的主体，其中心是与生俱来的永恒不变的本质。这种本质论的属性观（或主体论）在古希腊体现为奴斯和肉身的二元论，奴斯是恒定不变的，肉身是短暂的时间之流；康德诠释成物自体和现象界，费希特则说成是不变的自我和千变万化的非我，在席勒的哲学体系内则演变为无限的绝对的超历史的人格和花开花谢不断变化的现状。在此哲学脉络里衍生出的文化属性概念具有预设性稳定性特征，它预设了文化属性的先验本质，在变动不居的时间之流中维持个体自我乃至民族性的统一和恒定性。按霍尔（Hall）的解释，在这个思想脉络里，我们的文化属性反映我们共同的历史经验与共享的文化符码，在我们实际的历史推移不已的分裂与兴衰之中，提供我们——作为一个民族——稳定不变与持续的指涉及意义架构……①它提供了思想与行动的终极保证。

这种本质主义基础主义的属性概念在 20 世纪受到哲学、社会学和文化学的挑战。原生属性论暗含着三个设定：第一，族裔成员是在继承或历史血缘遗传时获得属性的；第二，这一属性是未来成长的母体，成为族裔成员文化体验的始源和核心；第三，维持原生属性的需要是族裔生存的最内在动机。在哲学领域，萨特首先摧毁了本质的先验设定，提出"存在先于本质"的思想，海德格尔则把从苏格拉底开始的西方形而上学史视为一部遗忘了"在"的历史，他试图终结本质主义的哲学而使思想回到存在和事物，实用主义者杜威把经验即做和行动放在知识和理性之前的首要位置，等等，他们的思想已经把本质主义的文化属性观念彻底摧毁了。在社会学和社会心理学领域，查尔

---

① Hall, Stuart: Cultural Identity and Diaspora, Identity：Community, Culture and Difference：Jonathan Rutherford（ed）Lawrence & Wishart 1990：223.

斯·库利和乔治·米德的研究显现出属性绝非先验的抽象的存在物，它是心灵、自我和社会的互动关系中建构而成的。库利在其著作《人性与社会秩序》《社会组织》和《社会过程》中提出社会是一个有机整体，个体与群体注定生活在这个整体中，属性是个体自我与社会我（镜中我）彼此互动共生的，而乔治·米德在《心灵、自我与社会》中发明了"主我""客我"一对范畴来讨论主体属性的形成，自我属性究其实质乃是个体与社会，主我与客我的相互作用内在化于一个人的自我之中，因而属性是个体或族群社会经验的文化塑形。原生属性是概念的第二个设定即自主自足的始源和核心本质在现代社会学视域中便成为不真实的虚假设定了。

在文化学领域，持建构论的文化属性观的学者以霍尔（Hall）为代表，他在《多重小我》（*Minimal Selves*）文中提出属性原本就是一种发明的观点，亦即属性不是一种先验的存在，而是由族群在具体的历史处境中建构而成的。他说："文化属性"既属于过去，也属于未来。文化属性不是已经存在的东西，并非超越了空间、时间、历史、文化。文化属性来自某处，具有历史。但就像每一件历史事物一样，会不断变形。它们绝非永恒固定于某些本质化的过去，而是受制于历史、文化、权力的持续游戏。[①]在霍尔的视野里，属性绝非某种自然、天生、永恒、固定不变的族群文化本质，而是族群适应环境变化的再创造。此种建构论的属性观在后现代主义和后殖民论述中则变异为杂种形式，霍米·巴巴称为"殖民杂种"，而哈拉薇干脆命名为"后现代合成人"，从而完全颠覆族裔本性。这种杂种论的属性理念试图搁置本土化/全球化的二元对抗模式，颠覆种族纯洁性和某种文化的优越性，达成反抗殖民宰制的企图，笔者以为在西方白种男性的政治霸权和文化霸权主义愈演愈诡异的现实处境下，杂种属性论的政治抗争

---

① Stuart Hall, "Minimal Selves," in L. Appignanesi, ed., The Real Me: Post - modernism and the Question of Identity, ICA. Documents 6 (London: Institute of contemporary arts, 1987, p. 44.

意义是颇为可疑的。

我们要追问的是在本质主义文化属性观和反本质主义的属性建构路向之间，是否还有别的可能或者说是否还有更好的选择？所谓更好是指更有利于族群的生存和发展。笔者以为第三种选择是可能的，即在本质主义和建构论之间保持某种微妙的平衡，在属性持有、认识和发展上从两个向度展开，即在历史之维上维护族群自始源而来的文化情感，而在现实之维上，使始源情感更具弹性而不僵化，承认属性受现实政治、经济、文化情境的制约，进而确立以始源为起点的创造性重塑的属性建构理念。文学书写借始源想象和历史记忆和生存写实参与了族裔属性创造性重塑的工作，其意义对身处边缘的族群而言就不仅仅在于艺术上的某种独创性了。

回到东南亚华文文学领域，以往的研究常有种一厢情愿的误解，特别是在欧美华文文学与东南亚华文文学的比较研究中，学者们常以为欧美华文文学是一种弱势文化，面对的是西方的强势文化，而在东南亚华文文学处强势，面对的是弱势文化。这种观念是先入为主的、一厢情愿的，它把文化从政治、经济、教育等具体生存境况中抽象出来，而成为一种非现实的幻象，否则便无法理解一些东南亚华文作家的边缘感和印尼华人的悲情了。属性和身份焦虑普遍存在于移民族群和弱势族群中，因而东南亚的华文文学也日益关注其文化属性问题，一些华文学者也开始尝试用文化属性概念来研究诠释文学史和作家作品。尤其在马来西亚华文学界这方面的成果颇为丰富。黄锦树、张锦忠、林建国、林幸谦的马华文学的属性论述给我们提供了一种身份批评的范式。

黄锦树的文化属性批评尝试在以下几个方面展开，其一以文化属性为参照重写文学史，就海外华文文学的形成过程设计出四段论的发展脉络：（一）以外来文学为主体的阶段，（二）本土意识为主导的阶段，（三）文学主体性的建构阶段，（四）独特文学风貌的建立阶段。第一第二阶段为"前文学史"，第三阶段为文学史的转折点，第四阶段为文学史的真正确立并自为主流巨流。① 按黄锦树的诠释，海外华文文学史是文化属性的寻找和建构的历史，缺少文化属性意识的历史只能是文学史的酝酿期。黄在《马华文学的酝酿期》一文附论中甚至认为"马华文学目前还没有内在于文学属性、意义重大的'特殊性'"。要质疑的是：既然海外华文文学史是文化属性建构的历史，那又为什么要割断文学史呢？就拿马华文学来说，从 20 年代南洋色彩的萌芽与提倡到 30 年代马来西亚地方性的倡导再到 40 年代马华文艺独特性的自觉，实质上就是马华文学属性建构的历史。

　　黄锦树的第二项尝试是用文化属性概念重新诠释华文文学的文化乡愁主题，《神州：文化乡愁与内在中国》一文勾勒了新马华文文学文化乡愁主题的历史嬗变和书写脉络，从绿洲诗社到天狼星诗社再到神州诗社，神州想象构成了其文学书写的核心，他们循着中国文字去追溯中国文化传统，去追寻那一整套象征系统。在黄锦树的论域里，过度的文化乡愁将成华文文学属性建构的一个情感障碍，神州想象的问题在于：（1）把神州情怀凌驾于南洋情境之上；（2）神州想象事实上呈现出的是华裔子弟的无力感和对实际政治的冷感；（3）神州想象把东南亚华人的整体苦难化约为文化的失根，反而模糊了本土现实处境。② 应该说黄锦树的分析是颇为尖锐的，在我看来，黄的深刻处在于认识到华文文学的尴尬："在文化与社会之间，确然存在着鸿沟，在乡土意识与文化乡愁之间，存在着紧张关系。"东南亚华文文学属性建构历程中确实面对文化情怀和历史处境的紧张关系，黄锦树多次强调要找到两者间的平衡点或中间状态，但从具体的作家论作品论所呈现的理念看，黄对文化乡愁更多持质疑和批判态度，偏向于主张文学书写应回到存在的历史具体性。文化乡愁的过度泛滥确有其负

----

① 黄锦树：《马华文学：内在中国、语言与文学史》，马来西亚华社资料中心 1995 年版，第 42 页。

② 黄锦树：《马华文学：内在中国、语言与文学史》，马来西亚华社资料中心 1995 年版，第 84—129 页。

面性，但彻底地断裂对华裔族群的身份建构是否就有利？这一点仍需追问，事实上始源的追溯和历史记忆仍将是一个族群文化属性建构的起点，也仍将是族群意识的一种整合力量。

被黄锦树批评为文化乡愁过度泛滥的林幸谦以杨炼式的大散文方式参与了海外华文文学的属性建构，他真正做到了黄所谓的保持在文化情怀和现实情境间的张力和平衡关系。尽管从作品的表层看不出多少现实的内容，但现实性已转化为内在的感受性。黄锦树的批评文章《中国性，或存在的历史具体性》对林幸谦的思辨是一种误读，黄认为林只追求中国性却遗忘了华裔存在的历史具体性，身为化外之民却变成唐君毅式的"文化遗民"。黄的立论弱点有二：一是将中国性与存在的历史具体性进行了想当然的人为区割，而事实上"中国性"本身也是海外华人存在的历史具体性的一部分。二是把林幸谦读简单了，在他看来，林反复抒写的就是过度泛滥的文化乡愁。事实上林的思考要复杂得多，充满了矛盾和吊诡。书写对于林氏而言是寻找文化身份建构属性的艰难历程，由个人的命运朝向整体命运的探索，林氏的探索涉及民族、国家、政治、历史、文化乃至身份、性别、权力、欲望、语言、现实、神话和个人之间的互相交缠。从事实上看，林幸谦的作品真正处在中国性与华人的历史实在之间的"中间人"的辩证空间位置。林幸谦的书写充满张力，一方面是解构颠覆边缘与中心的二元对立，另一方面是抵抗失语建构集体记忆，因而我们以为林的属性建构在两个向度上展开，既有断裂与差异的一轴，也有类同与延续的向度。

讨论东南亚华文文学的文化属性问题，林建国的《为什么马华文学？》应是一篇重要的文献。这篇长文尝试阐释马华文学的属性与定义、主流与支流的问题，思考的是马华文学能否自成中心即马华文学为何这个命题。在海外华文文学的属性问题上学界一般有两种看法：一种以周策纵为代表的多元中心论，即东南亚各国的华文文学自成中心；另一种看法以刘绍铭为代表把它视为中国文学的一个流脉。在马华文学界温瑞安就从来源、书写的文字和作品中的传说神话及心态来说明马华文学的支流属性，林建国把第二种观念视为中国本位观。他在两种截然相反的属性定位的基础上展开马华文学为何的追问：（1）质疑作为书写工具的文字是否决定了文学的属性，提出同样是使用中国字，但在不同的历史情境中却有自己的命运的观点，从而解构了文字本质论；（2）马华文学从哪里来，学界一般认为马华文学乃至整个东南亚华文文学都来自中国新文学，而林建国别开生面地认为马华文学是马来亚中文作者在解释他们的历史情境时所产生的概念，是马来亚部分人民记忆的具体呈现。从而从源头上确立了马华文学的独立性；（3）马华文学哪里去，林建国思考的是独立于中国文学之外的马华文学和大马国家文学的关系，按他的阐释马华文学的位置应在国家文学之内又在国家文学之外，这样马华文学才能保有弹性的发展空间；（4）马华文学为何？他们为什么书写？书写是准备被遗忘还是被操纵？林建国没有直接回答这些问题，但问题的提出本身就意味着文化属性的觉醒。林的论文的价值在于努力确立马华文学与中国文学、马来亚国家文学的辩证对话关系，这个思考的路向对整个东南亚华文文学属性建构都具有建设性意义。①

　　另一位学者张锦忠则没有林建国的积极进取精神，而更具危机感，我们把他的意见称为"属性危机论"。从学术背景看，张锦忠深受欧美少数话语理论尤其是裴克的非裔美国文学论述的影响，从华裔文化诗学的层面讨论华文文学的命运。《马华文学与文化属性》《马华文学：离心与隐匿的书写人》等论文都从语言、文化、教育、政治等范畴诠释马华文学的属性危机，调子很悲观。在他看来，马华文学难以摆脱双重边缘化的生存境况：其一，马华文学几十年来一直在马来亚国家文学主流之外自生自灭，马华作家的身份始终是离心的隐匿的；其二，作为海外华文文学重镇的马华文学仍然处在远离中心的边缘位置。在这种双重边缘化的境遇中，马华作家何为？张锦忠认为他们的存在方式有如下几种：（1）销声匿迹；（2）返回小我的象牙塔；

---

① 林建国：《为什么马华文学》，《中外文学》，1992 年第 10 期。

（3）变成消费的花边文学；（4）成为异议分子；（5）流放他乡。无论哪种方式都是消极被动的，张锦忠有强烈的身份焦虑和属性危机感，而我以为过度悲观的认识对华文文学属性建构只有一种警醒的作用，但缺乏建设性的价值。如果失声甚至失身是宿命般的必然命运，那这种思想本身又有什么意义呢？

文章的第二部分评述了东南亚本土的批评家运用文化属性概念展开华文文学研究的一些尝试。这些尝试体现出东南亚华文文学界对文化属性问题的高度关注，构成近十年文学思潮的重要部分，从一侧面说明文化属性问题应是我国研究东南亚华文文学的学者难以规避的命题。我们以为这项课题还有大量工作可做，而且这些工作也颇有价值，它能改变华文文学研究的表层分析的状况。那么有哪些工作可做？我以为至少有以下问题可以探讨：（1）东南亚华文文学文化属性意识的生成；（2）东南亚华文文学的文化属性危机意识及其在创作中的表现；（3）东南亚华文文学从属性危机走向属性建构的趋向及其文化属性建构的三种观念：属性危机论、"内在中国"论和本土主义倾向；（4）东南亚各国华文文学属性建构的差异；（5）东南亚华文"本土化"与"中华性"的辩证与对话；（6）汉语思维与东南亚华文文学属性之关系；（7）探讨东南亚华文文学从文化摆荡走向文化适应的途径和方法，等等。本文不想就这些问题做面面俱到的分析，只想从几个问题入手展开。

（一）从文化属性建构的层面重新认识东南亚华文文学的意义和价值。研究海外华文文学的学者常常遭遇华文文学的意义问题，流行的说法是一流学者治思想史，二流学者钻研现当代文学，三流学者搞海外华文文学。言外之意是华文文学艺术水准低，而搞华文文学的人素质也低，不然何以沦落到治华文文学？一些学者的辩解是海外华人文学创作面临的困难太多，能写作就不错了，因而应该鼓励，这样的辩解仍无济于事。如果我们从海外华人属性建构的层面看，华文文学的价值和意义就凸显出来了。

　　对于移民或弱势族群而言，文学书写是肯定存有的一种重要方式。文学想象成为一种特别的文化建构行为，透过想象建构起具有深度和广度的生命共同体，说故事即叙述则具有建构弱势自我的功能，而且华文文学书写本质上是抵抗失语重新拾回一个族群的集体记忆，书写保有了生存的踪迹。从这个角度看，海外华文文学具有在多元种族多元文化并存的社会中保持自身的文化身份的作用。用海德格尔的话说：语言是存在之屋，人是通过语言来拥有世界的，言说的展示中蕴含占有自我的力量，即将一切现存的和阙如的存在逐一归化到自身，通过这种力量展示自我的本来面貌。海外华族正是借文学言说来建构自身的文化身份的。因而单纯从纯艺术的角度看东南亚华文文学是十分不够的，而那种从艺术性角度贬低华文文学的做法是浅薄的。

（二）从文学意象看东南亚华文作家的文化属性意识。文学意象或者文化意象往往是分析一个民族或族群文化属性的很好方式，（人类学家本尼迪克的《菊花与刀》就从菊花与刀这两个意象阐释日本民族的文化特征），本文仅举一个案例来分析这一问题。在新加坡五月诗社的作品中两首写鱼尾狮的诗作，一首是梁钺的作品："说你是狮吧/ 你却无腿，无腿你就不能/ 纵横千山万岭之上/ 说你是鱼吧/ 你却无鳃，无鳃你就不能/ 遨游四海三洋之下/ 甚至，你也不是一只蛙/ 前面是海，后面是陆/ 你呆立在栅栏里/ 什么也不是/ 什么都不像/ 不论天真的人们如何/ 赞赏你，如何美化你/ 终究你是荒谬的组合/ 鱼狮交配的怪胎。"这首诗中的鱼尾狮意象直接体现诗人对文化属性的忧虑，文化杂交在他看来会导致本质的弱化和变异，使文化身份认同变得模糊和困难。梁钺的文化属性意识明显是反霍米·巴巴的"殖民杂种"和哈拉薇的"后现代合成人"观念的，而持原生的或本质主义的属性观。如果把梁钺的《鱼尾狮》和伍木的《断奶》彼此参读，更能证实这一点："千年恨事莫过于一朝断奶/ 不足岁/ 你是多代的单传/ 太早遇到断奶的苦恼/ 临渊，临渊你顿成一头没有姓氏的兽/ 一把无从溯源的/ 灵魂。"梁从荒谬的组合即杂交表达文化属性的危机意识，而伍木则从与始源的断裂来传达文化身份失落的忧患，都是本质主义的属性观念，这种观念源自启蒙主义的主体，强调属性的恒定性、持续性、单一性和纯洁性，主要诉诸文学的民族本质特征和带有民族印记集体记忆的文化本质特征。

而贺兰宁的《鱼尾狮》则不同："非鱼非兽的变体族类／在海啸地震环围中／会随时间成长。"借鱼尾狮意象，诗人建构了杂种形式的文化身份，放弃了梁钺和伍木的本源纯种的文化属性观，贺兰宁的理念更具开放性和后现代主体论色彩。

（三）旅行书写与属性建构。文学学者一般不太重视旅行书写的意义，近十年来西方一些学者开始探讨旅行文学的文化表意作用，如巴恩斯和邓肯编的《书写世界：风景再现的论述、文本与譬喻》一书提出旅行是"大地书写"，世界仿如一部巨大的文本，地点是互文的场域。文化批评家米乐则认为旅行书写是探讨旅人的属性身份与特质的特殊文类。因此在讨论东南亚华文文学的文化属性问题时，我们不可遗忘众多的旅行文本，这些文本在处理旅行者与地理、旅行者与文化他者以及旅人与自我的复杂关系方面，往往真实地呈现出作家的文化属性观念，旅行书写或明或暗地检视了被探索的地理文化与探险者自我属性之间的关系，是分析东南亚华文文学文化属性意识的一个标本。我们以戴小华和李忆的旅行书写为例略做分析。

戴小华的旅行作品颇多，结集的有《戴小华中国行》（1991）、《天涯行纵》（1993）、《深情看世界》等，戴小华说："《中国行》所写的绝不只是游记，而是我生命中一段刻骨铭心的历程，这段历程是用了40年的生命才获得的。"她的神州之旅是心念之旅，是带有自传性质的心灵之旅。我是谁？我从哪里来？始源和属性的困惑终于从痛楚的远处猜度和想象中落到实处，"即使生在台湾，长在台湾，内心深处，始终有种漂泊无依的感觉……多少年来，心里面常有一种说不出来的闷闷的感觉，好像有一种委屈，有一种不安，更有一种渴望。渴望的是什么？只不过是有一个能让自己安心地去爱与被爱的家"。这是母亲的家，由酿在记忆里的点点滴滴构成。戴小华的旅行书呈现的是原生的属性观，意味着华裔的属性是透过历史承传获得的，始源是获得身份的母体，而且维持原生属性成为她的迫切需要，甚至变成一种情结。同为南洋女作家的李忆莙则不同，她的旅行书《大地红尘》透露出的属性意识就复杂一些。其间有互相矛盾之处，《黄河》一文中谈到郑义的《老井》，说：《老井》写的是中国人的感情（人与土地的血肉般联系的情怀），而我是不能理解的，看《老井》时，我只觉得其蠢……我到底不是中国人，没有那种感情……实际上黄河与我是没有关系的。李忆莙的中国游完全没有戴小华那种回家的感觉，在文化情怀上与始源有着明显的断裂性。但她的文化身意识存在情与理的矛盾，理性上神州文化已与马来性分得清晰了，但在情感上李忆莙却流露出难以割舍的情怀，尽管有时是不自觉的。《祖传》一文就呈现出海外华人文化属性的延续性一面。父亲的白切鸡做法是祖传的而鸡肝总是让最小孩子享用，李忆莙发现了这些生活细节上的雷同之处，这些小事小节，自是五味杂陈。我虽不刻意求工，却总有震撼之处。祖先即使没有所谓的庇荫，还是有不刻意的延展，铺陈在不自觉的日常生活之中，天长地久传了一代又一代……李忆莙这种文化情感上的矛盾性，或许可以说明海外华人文化身份建构所具有的双重性，既是类同与延续，亦是断裂与差异。断裂更多的是理性的判断和认知，而延续则源于内在的情感，发生于不自觉的日常生活的细微之处。

（四）集体记忆与属性定位。海外华文作家的书写从某个角度看就是族性的记忆方式，林幸谦就把写作定位在抵抗失语和集体记忆的建构之间，而裴在美则把书写视为记忆的方式，记忆的图像以及围绕着记忆的方式打转的各种阐述。东南亚的华文文学一遍又一遍地书写从而一层又一层地发掘更深层的集体记忆，如同昆德拉所说以记忆来对抗遗忘，借此完成属性的历史建构。霍尔曾指出文化属性既属于过去也属于未来，它受制于历史、文化和权力的持续角力，绝非只立足于重新发现过去。但过去一旦被发现将会使族群的自我感变得稳固，因此记忆的书写与铭刻以不同的方式给予属性以历史的定位。对于身处边缘的东南亚华裔而言，如果要使现实的具体性富有意义，必须重新发现过去，必须自己保留历史，不然就会永远丧失历史的诠释权。

钟怡雯的《我的神州》和《可能的地图》就是抵抗遗忘的记忆文本，"祖父们的过去仅仅是沉思默想的对象或者老家啊"的质朴的叹息，正因为这些见证历史的老者哑然失语，新一代华人才应该回溯、书写和重构，让历史的缝隙及断裂处的真相浮现出来。① 钟怡雯从个体身世角度追踪被遗忘的地理，挖掘嵌在正史缝隙的"野史"，个体的记忆加上自我的历史诠释，汇聚而成族群的宏大历史叙述，从而建构华裔历史的主体性。

以上的讨论仅仅是个纲要，深入全面的论述有待今后的努力。文章的最后要说明的是文化属性概念的应用所要注意的一些问题：

第一，文化属性不是单纯的文学问题，它涉及政治、经济、文化、教育诸领域，关于文化属性的研究超出了纯文学批评的范围，需要多学科学者的共同参与和跨学科的研究。

第二，文化属性具有多重性和复杂性，正如著名学者王赓武所言东南亚华人身份认同状况包括历史认同、民族主义认同、村社认同、国家认同、文化认同、种族认同、阶级认同等，所有这些概念都曾或多或少地有助于我们对东南亚华人的理解，但任何一个概念都不足以表达华人身份认同的复杂状况。②

第三，东南亚各国的政治经济文化状况也存在差异，因而各国华人的身份认同文化属性意识也存在差异，不能化约。即使是同一国别或同一地区的华文作家，由于所属阶层、性别、族群、世代、地域空间等方面的差异，在文化属性认知方面必然存在种种差异，显然也不能一概而论。

第四，文化属性建构是充满矛盾张力的漫长历程，由文化情感和生存策略交织而成。由差异所带来的文化张力或许正是华文文学的丰富性和魅力所在。在多元种族多元文化并存的境况中，比较妥当的理

---

① 朱立立：《原乡迷思与边陲叙述》，马来西亚《人文杂志》，2000 年第 4 期。

② 王赓武：《中国与海外华人》，香港三联 1990 年版，第 245—247 页。

念是把属性视作自我和他者、过去和现在、中心和边缘的辩证对话而得以建构的。

第五，文化属性建构没有终点，文化属性建构就是对文化属性的恒久追问。

第二辑　思潮与现象

马华旅台文学现象论

当代马华文学的发展与中国台湾地区的文学思潮关系十分密切，"旅台马华文学"扮演了两者间交流与互动的中介角色。旅台作家的文学书写、论述和活动不仅影响了马华文学史的进程，而且也对台湾当代文学产生了微妙但至今仍未彰显的影响。本文从台湾学者杨宗翰"马华文学与台湾文学史"论述及其马华旅台学者的反弹入手，分析研讨存在于马华文学与台湾文学之间的"旅台文学"现象。

"马华文学与台湾文学史"

"马华文学与台湾文学史"是台湾学者杨宗翰写过的题目，这个标题牵涉的问题多而且复杂。杨的宏文包括以下部分：首先，提出"马华旅台文学是台湾文学史写作有待填补的空白"；其次，讨论马华文学的概念和生存处境；再次，以温瑞安、方娥真、陈大为、林幸谦的例子分析马华旅台作家的国族意识；最后是结论："现在旅台作家们已更加确立了自己的身份认同，体认到马来经验是他们生命中不可割舍的一部分，至于入不入'我们的'文学史，早已不是太重要的事了。他们的'台湾经验'也是文学史的重要组成部分，不该再让他们在台湾文学史里'流亡'了。"① 从结构看，论文的逻辑性显

---

① 杨宗翰：《马华文学与台湾文学史》，《中外文学》（第29卷），2000年第4期。

然有些毛病，除了开头与结尾略触及"马华文学与台湾文学史"问题外，主体论述竟与它没有直接关联。其重心明显落在"旅台诗人的例子上"，这不能不被人诟病。在"答众疑"里，杨以为把文章题目直接改为"马华旅台诗人与中国想象"就能解决问题，至少能部分解决问题。但事实上文章结构上的逻辑弊病仍然存在，只是没有原来那么明显。

此文引起了研究马华文学与历史的学者黄锦树、杨聪荣、高嘉谦等人的批评与质疑。黄锦树的批评意见有三点：①讨论马华文学与台湾文学必须先处理许多理论问题，杨文跳过了；②讨论旅台文学只以温瑞安、方娥真、陈大为、林幸谦为例，代表性有问题，李永平、张贵兴、王润华等不能被忽视的重要作家却被忽视了；③文化乡愁与中国想象的阐释构架没有新意，而且把共享同一美学与价值谱系的温瑞安、方娥真、林幸谦等划出了界线。① 杨聪荣更敏锐地发现杨宗翰论述中出现的"他们"与"我们"的划分，"我们"即台湾作家，而"他们"即旅台作家。这种划分意味从台湾文学架构看，旅台马华文学只是"他者"，而作者又企图把旅台文学纳入台湾文学史。这个"我们"的发言位置直接颠覆了论文首句的立论："马华旅台文学本来就是台湾文学史的一部分。"② 高嘉谦的意见实际上可看作是杨聪荣的补充和展开，他们都认为在杨宗翰的论述里，马华文学与台湾文学之间并没有产生应有的对话关系。那些最应讨论的问题都被忽略了，如马华文学对台湾文学史的种种介入、干扰、影响，甚至体制对马华文学的漠视、边缘化的场域结构问题；以及台湾文坛的主导美学对马华文学创作的影响和公共领域所形构的马华文学论述和出版，等等。

---

① 黄锦树《关于〈马华文学与台湾文学史〉》，《中外文学》（第29卷），2000 年第 4 期。

② 杨聪荣：《我们与他们：谈马华文学在学史》，《中外文学》（第29卷），2000 年第 4 期。

然而杨宗翰的论述困难及其引发的批评反弹，对马华文学研究却是富有意味的。这篇问题百出的论文恰恰暴露出旅台马华文学身份的暧昧性：旅台文学是马华文学？抑或是台湾文学？杨宗翰的问题在于不能舍弃其中任何一种属性定位，却又没有找到整合二者的有效途径。因此他的发言位置和他的立论之间自然发生矛盾甚至互相拆台了。如果杨文的矛盾和缺陷仅仅是作者未做好理论准备就匆匆上阵，或者杨仅是个过路客从台湾文学偶尔越界跨入马华文学疆域而造成的，那么这个问题就没有再进一步讨论的必要。然而对杨宗翰而言，仅为一种论述困难和表达障碍的问题，却是马华旅台作家真实而内在的文化处境。这种境遇对旅台文学的影响可以从两个正好相反的角度予以诠释：一方面，马华旅台文学很可能既进不了台湾文学史，又不被马华文学史所接纳，而成为马华文学与台湾文学的双重边缘角色。就像著名的旅台作家陈大为所说的：身份定位问题一直困扰着他，很多人问他到底是马来西亚的诗人还是台湾的。"台湾的很多本土派当然不承认我。"这种困扰在旅台作家中很普遍，林幸谦、钟怡雯等多数旅台作家都遭遇过。事实上，台湾文学史从来没有留下马华旅台文学的位置，旅台作家如果不放弃其马华属性，只可能扮演台湾文坛外来的匆匆过客和"他者"角色。而在"正宗"的马华文学视域里，他们的"马华性"又变得十分可疑，一些马华文学论述已经将他们划入台湾文学圈内，拒绝把他们纳入马华文学史框架。但是，另一方面，"脚踩两只船"的旅台作家却绝不是无处安身的难民，他们往往从双重身份中获得诸种优势。比如他们比马华本土作家拥有更多的理论资源，也更容易接触到西方的艺术新潮，所以在当代马华文学史上，领风气之先的旅台作家，常常扮演着前卫、先锋、变革的文学角色。而在台湾文坛，旅台作家的南洋背景异域色彩又赋予他们某种神秘的美学魅力。这些都是马华旅台文学在马来西亚和台湾两地同时崛起的极为有利的因素，甚至连身份的暧昧不明与双重化本身也成为旅台作家文学书写的丰富资源，并转化成旅台文学鲜明的独特性。

介入台湾文学场

　　不管人们如何看待旅台马华文学的文学属性与文化身份，但都不能否认旅台文学的中介角色。旅台文学在大马华文文学与中国台湾地区文学之间架上了一座沟通交流的桥梁，形成两者间的互动关系。在当代文学史上，台湾文学对马华文学的影响是十分明显的；然而人们也许会对马华文学如何对台湾文学产生影响心存怀疑，这种怀疑是可以理解的。台湾文学确有许多高于马华文学之处。然而人们难以否定旅台文学社群在台湾的形成与崛起，已经构成 20 世纪 90 年代以来台湾文学思潮的一部分。一种更具包容性的观点认为：在台湾，至少存在着几种以"华文"（亦可称汉语、中文）为书写语言的文学社群，最多的一种是由台湾本地作者所生产的作品，其次则有由大陆（如王安忆、莫言）、香港（如西西、倪匡）引进的作者，再来便是来自有华文传统地区作者，包括新加坡、泰国、印尼、马来西亚等。共同构成台湾当代文学的主流。而在东南亚华文文学中，马华旅台文学群体已经在台湾文坛形成了一股新势力，这股势力已经成功地介入了台湾文学场乃至文化场的运作之中。当然旅台文学社群的介入是否已经改变了台湾文学场的结构、功能与运作方式，或者说它能在多大程度上影响台湾文学场，还是个有待观察并且需要学人实证分析研究的问题。

　　马华旅台文学的历史颇长，早在 20 世纪 50 年代，黄怀云、刘祺裕就成为旅台的第一代作家，如今他们早已封笔并从马华文坛销声匿迹；60 年代则有王润华、陈慧桦诸家，他们是第二代的旅台作家，亲身参加了 60 年代台湾风起云涌的现代主义诗潮。王润华出版了现代晦涩朦胧的《患病的太阳》和《高潮》，组织成立了以海外留台学生为主的"星座诗社"（1963－1967），并且出版《星座诗刊》。陈慧桦则一直致力于文学批评与研究工作，为日后马华文学潮的形成打下了基础；60 年代后期至 70 年代，温瑞安、温任平组建"天狼星诗社"和"绿洲诗社",是谓第三代。70年代后期温氏兄弟决裂,温瑞安另创"神州诗社"。"神州诗社"与以朱天文三姐妹为核心的"三三文学社",在当时台湾青少年中的影响可谓深远。现在因朱氏姐妹及其同仁在台湾文坛的出色表现,人们开始关注"三三"的历史。而"神州诗社"则渐行渐远。其实"神州诗社"的浪漫激情与中国想象,对台湾当时的文学少年乃至青年的文学感染也同样在文学史上留下了踪迹,80年代在散文、诗歌、小说、批评等广泛的文学领域都领风骚的林耀德,就有"神州诗社"的文学背景。这一脉络隐而不显,至今无人寻觅。然而它至少是一个马华旅台文学曾经干扰过台湾文学史的事实。而温任平则把台湾的现代主义带回到马来西亚,形塑了马华文学的"中国性现代主义"。80年代末90年代至今是马华旅台文学人数最多、影响日盛的时期。代表人物有:陈大为、钟怡雯、黄锦树、林幸谦、林建国、张锦忠等,可谓旅台文学第四代。他们对台湾文学的介入之深之广远远超过了前三代。

新一代旅台马华文学社群在台湾文坛的崛起,并卓有成效地介入台湾文学场,是90年代以降台湾文学思潮的一个颇为有趣的现象。导致这个现象产生的因素是多方面的,人们也许不会从80年代至90年代台湾文学思潮的转折背景去思考这一现象的出现。自从80年代台湾解禁之后,台湾文学就从乡土与现代的混战中脱身而出,进入了多元化的发展时期。文学史家曾这样描述这个时期的台湾文学:"80年代台湾文学的多元化趋向主要体现于文学思潮、创作方法以及题材主题、形式技巧等包含了分殊化和统合化的辩证演化过程。就创作方法和文学思潮而言,现实主义的延展,现代主义的复苏,后现代的崛起等,就都是文坛分殊化的表现。"① 被长期束缚的文学生产力获得了前所未有的解放与发展。然而进入90年代以后,台湾文学却显现出盛极而衰的迹象。林耀德的早逝使文坛失去了最有效的整合力量,

① 刘登翰等:《台湾文学史》(下卷),海峡文艺出版社1993年版,第498页。

而消费文化的凯歌高奏和政治的迷思又使文学披上了一层厚重的阴影。台湾文学日渐显现出世纪末的华丽与颓靡，身体消费性质的情欲描写、施虐或受虐的暴力描写、性别错乱的酷儿写作以及玩弄文字玩弄技巧蔚为风潮。正是在台湾文学高潮的衰退中，旅台马华文学社群悄然形成。他们的创作尽管也或深或浅地染上了台湾文学世纪末的色彩，但却保有一种警惕。黄锦树就曾经十分直率地说："当技巧层面的问题解决之后，剩下的便交付价值和信仰。认为可以任意操弄语言、把它玩弄于股掌之上的人，最终必然遭到语词无声的报复；台湾的后设小说不幸地就走到了这样的险地。借小说以展现'语言无非是说谎、自我解构'这种教条化的陈腔滥调，且刻意清除自己的世界观、想法和感性以维持形式的纯净度，结果除了写出了作者的贫乏和愚昧之外，小说中就几乎一无所有了。"① 许多旅台作家如陈大为、钟怡雯等都持有这种自信与警惕，陈曾批评台湾文学境界狭窄，比不上大陆文学之博大，钟则强调旅台文学的艺术性。他们因此更重视艺术性和思想性的表现与追寻，从而在台湾文学场中抢占了一个位置。

回头去看旅台作家介入台湾文学场的过程，人们也许很容易就会发现如下一些步骤与策略。首先是参加各种文学奖的角逐，这个阶段他们的目的极为明确，就是为获奖而创作，因为文学奖往往能够成为进入台湾文界和媒体的通行证。黄锦树就曾坦言，其短篇小说《M的失踪》是专为某文学奖而写，甚至把评委张大春写进作品。现已成名的第四代旅台作家多数都有角逐文学奖的经验与历史。据黄伟胜的不完全统计：仅1990至1994年间，旅台作家所获文学奖项已达二十多种。其中包括校园文学奖、全国学生文学奖；台湾新闻报、联合报、中国时报、中央日报、联合文学、创世纪杂志所举办的各类文学奖；台湾新闻报的年度最佳作家奖；中国—世界散文诗大奖和新世纪杯全国诗歌大奖赛；新马坡—亚细安金狮奖和青年文学奖；大马的花

---

　　① 黄锦树：《梦与猪与黎明》，九歌出版社1994年版，第2页。

踪、乡青、客联小说奖。^① 在诗歌、散文、小说等各种文类上，都有令人瞩目的表现。可以说，90 年代的马华旅台文学正是通过频频获奖而登陆台湾文坛的，并在海峡两岸和东南亚华文文学界刮起了强劲的大马旅台文学旋风。

其次是编辑出版以旅台作者为主的作品集，陈大为主编的《马华当代诗选》、钟怡雯主编的《马华当代散文选》和黄锦树主编的《马华当代小说选》先后在台湾推出，并赠送给中文地区的大学图书馆和华文文学研究者。这是一项颇具策略性的文学活动。这些作品集的选编至少含有这样一些企图：集中展示新世代旅台作者的创作实绩，表明旅台作家群的形成；建构马华文学新形象，改变以往人们对马华文学的刻板印象；同时也表明旅台作家是以马华文学的身份介入台湾文学场的，"凸显出旅台文学作为一种新势力在台湾文化市场的形成"。^② 也凸显出活动在台湾的马华文学社群有一种与台湾文学不太相同的另类品格。在一个喜欢另类文化消费的社会，旅台作家的南洋情调或马华性亦是打入台湾文化市场的最佳卖点。潘雨桐、张贵兴、黄锦树等旅台作家的小说，一再描绘渲染南洋热带雨林的神奇和异国情调。在旅台作家笔下，热带雨林故事的传奇魅力和婆罗洲家庭秘史的猎奇性表现得淋漓尽致。从《马华当代诗选》到晚近的《赤道形声：马华文学读本》，都表明旅台作家并不认同杨宗翰所谓的"马华旅台文学是台湾文学史写作有待填补的空白"，也不太愿意被台湾文学所收编。相反他们更愿彰显自己的马华属性，彰显自己的华马文学谱系，以"他者"身份和"另类"美学成功介入台湾文学场。然而另一方面，这种南洋风情与雨林传奇对旅台文学的艺术性也会产生负面影响，人们有可能因此把旅台作品看作流行的观光客虚假的探险和猎奇，而使旅台文学完全"沦为异国情调的阅读消费"。

---

① 黄纬胜：《大马旅台文学的星空》，《蕉风》1995 年第 7－8 合期，第 42 页。

② 陈建忠：《失乡的归乡人》，《四方书评》，2001 年第 2 期。

既要用异国情调的消费性进入文化市场，又要使人们不致把旅台文学读成纯粹猎奇的书写，旅台文学还必须掌握自己文学的诠释权。90年代以来，旅台文学批评群体的形成和壮大，牢牢地控制了旅台文学的诠释权。张锦忠、黄锦树、林建国、陈大为、钟怡雯以及一些更年轻的留学生都在台湾报刊发表大量的文章，评介旅台作品，探讨旅台文学的美学意义。他们的马华文学论述生产出了马华文学的意义，也建构了马华文学的知识成规。既影响了旅台作家的创作，也影响着人们对旅台文学的阅读接受。张锦忠对张贵兴的作品《猴杯》的后殖民诠释便是典型的例子："《猴杯》最大的书写/阅读乐趣/探索恐怕不是来自热带雨林的刻画，而是文类的杂糅交集与比喻修辞手法的娴熟运用。本书既是家庭秘史，也是冒险小说，更是爱情故事……既可视为婆罗洲博物志、风土志、罗东地方志或华人拓荒史，更宜当作种族冲突史或后殖民寓言读。"① 张锦忠既要点出《猴杯》的雨林传奇性，又要强调其意义超出了雨林描绘，而在于它的艺术性和后殖民寓言性。后殖民诠释是旅台批评群体惯用的方式，这种方式似乎有益于挖掘与生产旅台马华文学隐藏在雨林传奇深处的意义。

90年代以来，台湾的《中外文学》《文讯》《亚华作家杂志》《淡江评论》等杂志曾零星刊登过一些马华文学评论，到2000年张锦忠策划并推出《中外文学》的"马华文学专号"，马华文学论述在台湾达到了一个不大不小的高潮，用张锦忠自己的话讲："这是一个企图一网打尽马华文学论述、史料、访问与创作的专号，希望《中外文学》的读者既可浏览马华文学的赤道景致及其花鸟草木，也听听我们如何描述这片热带风光。"② 这个专号也许意味着旅台文学知识建制的初步完成。它告诉台湾读者（包括学人），马华有哪些作家、有

① 张锦忠：《婆罗洲雨林的后殖民叙事：张贵兴的〈猴杯〉》，《星洲日报文艺春秋》，2001年2月22日。
② 张锦忠：《编辑前言：烈火莫熄》，《中外文学》（第29卷），2000年第4期。

哪些作品、有什么意义，等等，为人们理解马华文学提供一条知识通道。黄锦树等人还频频介入台湾作家作品的批评活动，如对王文兴《背海的人》的评论、对朱天文姐妹创作的论述，也一再显示出旅台批评家诠释台湾作品的能力。黄锦树的这种努力和尝试十分重要，它是旅台作家与台湾作家直接互动最佳途径之一。从马华文学论述在台湾到马华旅台作家的台湾文学论述的疆域扩大，旅台文学将更深地介入台湾文学场。

旅台作家介入台湾文学场的另一个方式是直接书写台湾经验，或者把南洋想象和台湾经验拼贴组合成一体。他们已经意识到旅台文学要在台湾真正站稳脚跟，必须书写台湾经验。钟怡雯第一阶段的作品《河宴》写的是童年的记忆，即马来西亚本土的内容；到了近期的《垂钓睡眠》，就转入书写在台的生活经验。陈大为则把生命的原乡和文学的原乡区别开来，生命原乡是马来西亚的怡保，而文学的原乡在台北。他用散文表现台北生活而用诗歌书写马来西亚。张贵兴则让《猴杯》叙述在台北和南洋雨林的两度空间中来回穿梭。当然浓墨重彩地书写台湾经验的作品应数李永平的长篇《海东青》，它以寓言和象征的方式书写了台湾当代史，通过一个无根漂泊的马华知识分子的边缘视角，描绘出一幅台北的浮世绘。这部出版于90年代初的作品早已喻示出90年代末台湾的社会迷思与颓靡。这些都说明，那种认为旅台作家完全无法表现台湾生活经验的看法是不符合事实的。相反，旅台文学正是通过书写台湾经验而更直接地介入了台湾文学。

重写马华文学史

上文所述杨宗翰的论文《马华文学与台湾文学史》，不仅忽略了马华文学对台湾文学史的介入问题，而且也忽略了问题的另一面即台湾文学对当代马华文学史的影响。这两面共同构成马华文学与台湾文学的互动对话关系。而台湾文学又是如何影响了马华文学的历史进程的？这个作用的发生同样与马华旅台文学有关。旅台文学在介入台湾文学场的同时，又杀回故乡。在马华文坛造成一次次美学骚动，从而引发马华文学的范式转换、思潮嬗变，进而重写了马华文学史。

尽管黄锦树怀疑方修的马华新文学史有意遮蔽现代主义的脉络，他猜想约30、40年代间已经有过现代主义。但今天人们一般都认为：60年代至70年代，马华文学出现了第一次现代主义思潮。这次思潮由两股力量共同推动：一股是以陈瑞献为核心的新马作家，通过翻译引入了西方的现代派文学。据梁明广回忆："60年代，我主编南洋商报的副刊《文艺》时，发表的第一首诗，是巴斯特纳克的《星在疾行》，是陈瑞献的译品，也是《文艺》花园中的第一粒现代诗种子……他译的《星的疾行》一诗，可以说是为《文艺》宣扬现代文学创作开了山。"① 后来李有成、陈瑞献、姚拓改版《蕉风》，并翻译《尤利西斯》。从陈瑞献个人的创作看，他们的现代主义是翻译体的现代主义，带有西化色彩。另一股力量是以温瑞安、温任平等为核心的旅台作家，他们的艺术和文化取向与陈瑞献们的"西化"不同，而与中国台湾地区的白先勇、余光中、杨牧息息相通一脉相承，和中国古典美学有一种自然而亲密的血缘关系。就像温任平曾说的那样，现代诗的传统其实可以追溯到楚辞中去，屈原在河的上游，马华现代主义在河的下游，这种源流关系深深地影响了当代马华的现代主义运动。这是旅台作家第一次如此广泛深入地影响了马华文学史进程，或者说他们参与了创造马华文学史的活动。

旅台作家第二次介入、干扰或重写马华文学史是从90年代开始，至今仍方兴未艾。这次运动是由年轻的旅台作家推动的，他们包括黄锦树、林幸谦、陈大为、钟怡雯、林建国、张锦忠等，人数众多并在诗、散文、小说、批评等广泛领域兴起美学和观念变革的思潮。从"建立马华文学新形象"到重写马华文学史，他们的文学创作、批评及活动在马华文坛影响日盛，甚至形成晚近的马华文学主潮。在创作

---

①　张锦忠：《陈瑞献、翻译与马华现代主义文学》，《中外文学》，2001年第8期。

上，新旅台作家以现代与后现代的美学试验冲击现实主义传统与古典现代主义的艺术成规，并促使马华文学范式的转换。从语义的确定到流徙播撒，从抒情独白到众语喧哗，从统一的自我到主体性的黄昏，从反映现实到后设写作，从界线分明到疆域越界文类杂糅……这种种文学试验必然深刻地改变马华文学固有的成规。在活动上，新旅台作家挑起了90年代以来的马华文学论争。从"马华文学正名"到马华文学典律建构、从马华现实主义的困境到中国性现代主义的辩证、从断奶论到马华文学的文化属性定位，以及马华本土派与旅台派的分歧，等等，这些文学论争涉及的范围广大，讨论的问题之深度，观念之差异，都给人们留下了深刻的印象。正是借着这些论争，新旅台文学成功地从台湾文坛转战马华文坛，并书写了马华文学崭新的一页。

旅台文学诠释社群的核心工作是重写马华文学史。黄锦树首先挑战最权威的方修版马华文学史，即方修以现实主义文学意识形态为核心建构了马华新文学史。在方修的构架中，现实主义一直是马华文学的主流。从20年代的侨民文艺时期的汉语新文学的传播，到30、40年代的抗战文学一直到80年代更加开放包容的写实风格，现实主义从来都是文学话语的主导和中心。尽管在60、70年代曾受过陈瑞献的翻译现代主义和温任平的中国性现代主义的有力挑战，但现实主义话语和文学史观的主流地位并没有被根本撼动，反而以更开放的心胸收编了现代主义。黄锦树认为方修的文学史存在一些重大的问题：①方修遗漏了非汉语书写的华人文学；②方修的文学史分期完全以政治事件为脉络，而缺失艺术与审美的维度；③以政治事件为脉络的文学史必然忽视经典问题，没有经典的位置；④方修视现实主义为马华文学史唯一正确的发展道路，是片面的文学史观，黄锦树至今似乎还在怀疑方修的文学史故意遗忘了现代主义，否则为何马华新文学没有它的踪影？这种怀疑因缺乏史料的钩沉工作的支持而显得有些捕风捉影的味道，然而黄锦树的确努力尝试建构一种新的文学史构架，以期重写文学史。他的构架更强调审美性、马华性和经典性，从这三大典律看，从新文学到当代马华文学有一漫长的酝酿期。并且黄锦树否定了马华现实主义，认为这种现实主义是苍白贫血先天不足，并非马华文学的唯一可行的方向。

有台大外文系背景的张锦忠则从易文左哈尔（Itamar Even－Zohar）借来"复系统"理论（polysystem theory），借此重构马华文学史。张氏《文学影响与马华文学复系统之兴起》的理论工具正是左哈尔的复系统观，张氏概括出了这个复系统的若干理念：交集的多重性，因此人们无法孤立地分析单一系统；错综复杂的阶层性；多个中心与边陲；必须考虑更多的关系；符义建构过程充满异质性；反对把价值判断视为研究对象的先决标准；重非精英式非评价式历史观。从复系统出发考察马华文学史，就彻底跳出了方修的现实主义单向度文学史架构，或许能真正还原马华文学真实的复杂的历史场景。其中他寻觅出早被遮蔽的60年代马华现代主义踪迹，如果不从复系统视域看问题，陈瑞献的马华文学史位置是完全隐而难显的。张却发现陈瑞献在《南洋商报》的文艺副刊最早翻译西方现代主义文学，后来又与李有成、梁明广一起在《蕉风》翻译过《尤利西斯》等作品。从复系统看，新加坡籍的陈瑞献的翻译文学却可以进入马华文学史。而陈瑞献个案又改写了温任平的马华现代主义文学史观，即把天狼星视作马华现代主义的起源和主流的"定论"。

从黄锦树到张锦忠再到林建国，旅台文学诠释社群对马华文学史的理解与解释有了一些微妙的变化。黄的论述有些尖锐片面，陷入了一种二元对立的格局。"他的问题在于他自己也深陷在以一种主义否定另一种主义、以一种文学意识形态否定另一种意识形态的单向思维的泥淖里。方修们否定或排斥了现代主义，而黄锦树也否定或排斥了现实主义；方修走了极端，黄也同样走了极端；方修治史以客观史料为依据但仍未摆脱意识形态的主观性；黄虽讲求学院派的学理性却暴露了价值取向上的唯我主义。"① 张锦忠的复系统文学史观，就校正

---

① 刘小新：《"黄锦树现象"与当代马华文学思潮的嬗变》，《华侨大学学报》2000年第4期。

了这种意识形态偏差，而能相对客观地还原文学史的历史场景。有意味的是，林建国最近发表的长文《方修论》又进一步修正甚至是否定了黄锦树对方修的批判。林的重写方修或重写马华文学史以及与黄、张构成的某种对话辩证关系，表明旅台作家的马华文学史论述已渐入佳境。林建国可谓回到历史境遇感同身受地体认方修文学史所产生的所有问题，直接回应了黄锦树对方的批评和挑战。在林看来，方修的问题并非单纯的文学美学问题，而更是政治问题。林建国很敏锐地指出："我们困在主奴辩证里太久了，才不理解所有我们看似文学的'内在问题'（如经典缺席），皆卡在资源（文化资本）分配与抢夺的节骨眼上。方修看起来化约和跳跃的左倾思考，切中的是问题的要害。"① 林建国已从黄锦树的美学视域和张锦忠的西方文论格局中脱身而出，这次的脱身是一次对马华文学史理解的巨大的跳跃，它发现了方修的现代性，一种第三世界文学的现代性。这种现代性拒绝做西方大国理论大户的"操盘手"，拒绝替他们打工做注解，而是"拿着最简陋的考古工具，走进那片贫瘠的田野，自己当起自己的人类学家"。② 方修的文学史就是这种田野作业的人类学，在殖民统治的废墟里发现或记录下自己的身世和命运，他的工作建构了一种质朴的、本土的、应许自己族群身世答案的"地方知识"。从黄锦树对方修的怀疑、批判与否定到林建国对方修的理解、重读与朝圣，旅台作家对马华文学史的理解渐渐真切深刻内在起来。如果说黄还只是"从台湾看马华文学"，因处于不同的学术场域发声而获得批判的勇气，张锦忠也还只是援西方的理论而获得客观、冷静地阐释马华文学的契机，那么林建国则回到真正"从马华看马华文学史"的发言位置。但是林的论述也仍然存在一种困难：一方面，他发现第三世界的学者往往成为西方大国理论的注解者消费者，他拒绝替他们打工而宁愿做一个朴素原始的田野工作者；另一方面，他的长篇大论仍然援引西方

---

① 林建国：《方修论》，《中外文学》，2000 年第 4 期。
② 同上。

的理论，并明显借鉴了西方后殖民批评的思想与方法。这个困难有可能减弱其论述的力度，但这一困难也是第三世界的学者普遍遭遇的。也许人们已经注意到旅台作家重写马华文学史，有着台湾学术思潮的背景。张锦忠曾坦言："在台大念博士班那几年，新历史主义、后殖民论述、少数族群论述、文化研究等更当代的西方理论新潮开始登陆台湾，我躬逢其盛，加上身为马来西亚人的后殖民身份属性，我几乎不加深思地接受了这些论述模式和意识形态。"① 就像他们的创作不可能不染上台湾世纪末文学的某些色调那样，他们在重写马华文学史时，也同样会或浅或深地受到台湾当代学术思潮的浸润。当然这也正是马华文学与台湾文学互动关系的一个细腻部分。

"旅台文学"现象历时漫长，几乎贯穿整部当代文学史。这个现象的发生、发展、演变及其意义值得人们深入研究。

---

① 张锦忠：《文学批评因缘，或往事追忆录》，《蕉风》，1998 年第 9—10 合期。

黄锦树现象与当代马华文学思潮的嬗变

本篇论文将要讨论的是黄锦树现象与当代马华文学思潮的关系。在进入正题讨论之前，先要认识黄锦树其人。

谁是黄锦树？对中国大陆读者乃至文学爱好者而言，这是个十分陌生的名字，而在海峡彼岸的纯文学和学术圈子里这个名字还有点响亮。在另一个汉语文学的重镇马来西亚，黄锦树这个名字则意味着一种文学新潮的涌动，意味着20世纪90年代以降一股最强烈的文学旋风。黄锦树，祖籍中国福建南安，1967年生于马来西亚柔佛州。中学毕业后游学台湾，于台湾大学中文系毕业后进入淡江大学中国文学研究所，以论文《章太炎语言文字之学的知识（精神）系谱》获硕士学位，现于清华大学中文系博士班攻读学位，并任暨南大学中文系讲师。出版有短篇小说集《梦与猪与黎明》（1994）和《乌暗暝》（1997）；评论集有《马华文学：内在中国、语言与文学史》（1996）和《马华文学与中国性》（1998）。其作品曾获大马乡青小说奖、客联小说奖、联合文学小说新人奖、中国时报小说奖等。就这份不俗的文学履历，还看不出黄锦树如何刮起旋风而竟被视作马华文坛的现象。

所以我们要问何谓黄锦树现象？这要从黄锦树引发的马华文坛两次大论战谈起。一次论战发生于90年代初，由黄锦树发表《马华文学经典缺席》所引起。黄在文章中很尖锐地批评马华文学缺乏经典作品和经典作家，陈雪风以《襌素莱、黄锦树和马华文学》一文反驳，指出黄的判断言过其实没有客观地对待马华文学史，之后黄陈又各发表《对文学的外行与对历史的无知》和《批驳黄锦树的谬论》进行针锋相对的笔战。这场论争延续至今仍未结束，其间刘育龙、端木虹、何乃健、林建国、张锦忠等学者也参与讨论。这场讨论预示了90年代以降马华文学观念的内在冲突和嬗变。第二次论争发生在90年代末，由黄锦树在一次马华文学国际学术会议上发表《马华现实主义的实践困境》而引起。黄在文章中全盘否定方北方及其同代人的现实主义文学观念和创作实践，因文字的尖锐和观点的偏激而引起马华文坛的激烈反应和尖锐反击。以路璐璐的《骂街也算是文学研究么?》为代表的反击文章大多指控黄锦树全盘否定前辈作家的行为是不道德的。这场文学研究的道德性论争虽然停留在表面，却引出了黄锦树现象这一具有鲜明文学思潮色彩的议题。1998年社会文化学者何启良著文《黄锦树现象的深层意义》首次将黄锦树称为文学现象，但何启良的分析仍停留在文学研究的道德性视域中。在他看来黄的批评文章不像路璐璐等人所认定的不道德，相反黄锦树具有一种强大的道德力量，这种道德力量来自黄的反道德勇气，以背离道德来追求道德。其意是指黄很勇敢地挑战马华批评界传统的那种互相吹捧的批评德行，这种挑战直接凸显出个性主义的学术意义。①

何启良对黄锦树现象的深层意义的阐释，因视角的狭窄和过强的针对性而未能更广泛更深入地把握黄锦树现象的文学思潮嬗变意义。如果我们把这个现象纳入到当代马华文学潮流的流变脉络中来考察，问题就会变得清晰起来。

首先黄锦树现象不能仅仅看作是黄的一两篇评论而引发的文学论争，而应视为黄的《马华文学：内在中国、语言与文学史》和《马华文学与中国性》中的马华文学论述所表征的马华文学观念的转换；也不能仅仅视作文学观念的变革，还应看作黄的《梦与猪与黎明》和《乌暗眠》所代表的文学创作范式的革命。

---

　　①　张光达：《九十年代马华文学史观》，马来西亚华社资料中心《人文杂志》，2000年第2期。

其次黄锦树现象如果仅仅当作黄锦树个人的孤军奋战而激起文坛激烈反应现象，那就无法把握这一现象的内在本质和深层意义。从更广泛视域看，黄锦树现象是由一特定的文学群体的文学活动构成的。这个群体的成员有陈大为、钟怡雯、林幸谦、张锦忠、林建国、陈强华、黄胜、辛金顺、吕育陶、邱钧、林金诚、吴龙川、林春美、赵少杰、廖宏强、素莱、欧文林、林惠洲、许裕全、刘国寄……黄锦树是其中在评论和小说创作方面颇有建树的代表人物。这个群体成员大多出生于60、70年代，也大多有留学中国台湾地区的人文背景。这一新时代作家群的崛起是90年代以降马华文坛的最大事件，标志着马华文学已进入世代更替和文学范式转移的新时期，黄锦树现象便是马华文坛思潮流变美学范式转型和话语权力转移的聚焦式体现或象征性表征。因此从道德/非道德的道德主义考察诠释黄锦树现象是远远不够的。

从文学思潮的消长流变看，黄锦树现象隐含的是马华写实主义传统力量和现代主义变革声音之间的美学矛盾和意识形态龃龉。写实主义一直是马华文学史的主流，从20年代侨民文艺时期汉语新文学的传播到30、40年代的抗战文学一直到80年代更加开放的写实风格，写实主义从来都是话语中心和占主导地位的文学表现形态。尽管在60、70年代曾受到温任平和天狼星诗社的现代主义挑战，但写实主义主流地位从未动摇过，反而以更开放的胸怀收编这群现代主义者，到了80年代这两大思潮的融合是极其显明的。这也是80年代马华文坛缺乏有意义的文学论争而显得过于平淡的一个重要原因。

方修、方北方和吴岸是当代马华现实主义文学的三驾马车。方修是文学史家，他编撰的《马华文学大系》《新马文学史论集》和《马华新文学简史》是最权威的文学史著作，是新文学史料学方法和现实主义视野相结合的成果，但在方修的文学史脉络里没有现代主义的位置，仅有的几笔描述也是简单化的贬低。方北方是马华当代最杰出的写实小说家，1985年出版的长篇小说《树大根深》代表着马华写实小说的最高成就，这部作品通过翁华仁这个典型人物的塑造叙述了大马华人的历史。吴岸则是大马华人现实主义诗歌的优秀代表，其诗集《盾上的诗篇》《达邦树礼赞》《我何曾睡着》《旅者》《榴莲赋》等形塑了一种具有民族精神和南洋地域色彩的现实主义诗歌美学。方修从文学史精神流脉确定，马华文学唯一正确的道路——现实主义；方北方建构了马来西亚人写马来西亚的典型事件和典型人物的现实主义文学典律；吴岸则绍续了40年代苗秀等写实作家的马华文学独特性论述，他对马华文学独特性有一全面的阐释：它渊源于中国五四新文学，继承了中国新文学的现实主义的传统，由初期的侨民意识而逐渐根植于新马社会。马华文学作品在内容上反映了南洋地区社会现实的发展和变化，具有华族的民族性特色，又在不同程度上具有本地区的乡土色彩。这使它在内容和精神上，和中国文学及任何其他国家的文学有明显的区别。① 由这三驾马车构成了主流地位的现实主义文学在90年代受到新时代作家群强有力的挑战。

在文学批评领域，黄锦树的挑战声音最为尖锐刺耳。首先，他否定方修的文学史观，认为方修的文学史存在重大缺陷或问题：（1）从语言的层面看，方修遗漏了大马华人的文言文创作、BABA族群的文学以及华人用马来语、英语等其他语言创作的文学；（2）方修的文学史分期是以政治事件为脉络，因此是一种非文学的文学史；（3）这种政治分期的文学史造成马华文学经典缺席或失落的缺憾；（4）方修把现实主义视为马华文学发展的唯一正确道路，这种文学史观是单向度的先验的。其次，黄锦树否定了方北方的现实主义实践，他认为方北方的现实主义在意识形态上是历史环境决定论乃至国家意识决定论，因此现实主义的三大典律思想性、社会性、艺术性都陷入困境无法真正实现。这种苍白贫血先天不足的现实主义唯一剩下的是马来西亚背景。再次，黄锦树也否定了吴岸的马华文学独特性论述，认为独特性论述也是非文学的，所谓的马华文艺的独特性其实是一种无个性的普

---

① 吴岸：《马华文学再出发》，马来西亚华文作家协会1991年版，第120页。

遍性，充盈着华裔小知识分子喋喋不休的教条和喧嚣。① 黄锦树的一些见解是深刻的，尽管这种深刻是片面的深刻，黄锦树的部分论述也具学理性，尽管有时过于偏激尖锐而损害了这种学理性。但黄锦树的问题在于他自己也深陷在以一种主义否定另一种主义，以一种文学意识形态否定另一种文学意识形态的单向思维的泥淖中。方修们否定或排斥了现代主义，而黄锦树也否定或排斥了现实主义；方修走了极端，黄锦树也同样走了极端；方修治史以客观史料为基础但仍未摆脱意识形态的主观性，黄锦树的文学批评讲求学院派的学理性却无法掩盖其价值取向上为我主义。因此，这场论争并非纯学术的对话，而是两种思潮之间的冲突，更是新时代作家群登上马华文学舞台的舆论表演，从中可窥见文学思潮嬗变的清晰轨迹。

在文学创作领域，以黄锦树为代表的新时代作家群更感性直观地消解现实主义的审美规范。黄锦树的小说《梦与猪与黎明》用后设技巧质疑写实主义的真实观，进而消解真实与虚构的二元对立。《M的失踪》写的是一次马华文学奖的评审过程，连评审者张大春也被后设进小说。通过后设叙述，小说穿行在真实与虚幻之间，真实与虚构的界限不再存在，两者都是小说家创作出来的。在黄锦树看来，所谓客观历史现实的本真反映是完全不可能的，就像《死在南方》所叙说的郁达夫南洋之死永远是个无法还原的谜，其本真样式已不能还原。黄锦树创造了一个真幻莫辨、真即幻幻即真的世界。传统的写实主义完全有理由认为黄锦树是个玩弄技术的形式主义者。但对黄锦树自己而言，后设是一种疲惫却又难以避免的存在样态。它更能凸现海外华裔历史定位的困境，能更好地表达乡人漂泊离散离心隐匿的存在体验。在小说叙述技术革新的背后，潜藏着的那种游牧型历史思维和生命的不确定感才真正是与写实小说本质差异之处。

对写实主义的挑战，在诗歌方面，是陈大为透过《马华当代诗

---

① 黄锦树：《马华现实主义的实践困境》，马华文学国际研讨会论文1997年。

选》的编辑而发动的。这部诗选拒绝了所有的现实主义诗人，编者认为随着大马本土7字辈（70年代出生）的后现代风格发展，以及6字辈（60年代出生）的后续风格发展，跟5字辈以上的现实主义拉开了距离。① 尽管编者声明诗集的编辑没有任何文学史意义，但仍掩藏不了挑战写实主义诗歌主流的文学企图。

陈大为在序中说诗选志在聚集近五年来马华诗坛最优秀的诗作，以建构马华诗歌的新形象，又把没收入任何一个写实诗人作品的诗选命名为马华当代诗选，可见在陈大为的诗歌圣殿里没有写实主义的位置。因此这部诗选乃至后来的散文选小说选都具有文学思潮色彩，这也是新世代自建典律的诗歌表演，以此对抗、消解占主流位置的马华写实主义诗歌的美学规范。

新世代对现实主义散文美学的挑战也是十分有力的，他们同样采用了诗选那种自建典律的策略与现实主义审美规范相抗衡。钟怡雯的攻击点是传统散文语言和感性的过度质实，这种过度质实导致写实散文艺术上的粗糙乃至艺术性的丧失。而林幸谦则透过反思马华传统散文的困境来解构写实主义的书写规范，由于社会层面上的某种封闭和集体意识上的操控与忌讳，因而写实散文具有一种先天性的自由匮乏，这种自由的匮乏导致写实散文的写实性的落空，它只能坠入风花雪月写景状物的狭小格局中维持僵化的书写模式和故步自封的权威性。林幸谦用反模拟的书写方式挑战散文的写实传统，这种反模拟或反写实的书写方式用杨炼的话说兼容了神话、寓言、小说、自传和哲学，在形式上又极端自由，写实、虚构、争辩、抒发、放肆的跳跃、冒险的联想或纯粹为一个意象所照耀。② 在新世代手里，散文摆脱了传统那种边缘文类的地位，重新获得最自由活跃的生命。

综上所述，黄锦树以方北方为个案的马华现实主义的实践困境论

---

① 陈大为：《马华当代诗选》，台湾文史哲出版社1995年版，第7—8页。

② 林幸谦：《临界点上的散文》，《南洋商报》1996年3月1日。

述，就不是一个学术的或批评的道德性问题。由于黄锦树一些极端过火的表述引发了学术与道义的争鸣，却遮盖了更本质更内在的东西——文学典范的转移和文学思潮的嬗变。

黄锦树现象还隐含着另一层面的意味，即马华现代主义文学思潮内部的典律之争。60、70年代的马华文坛曾经发生过一次规模颇大的现代主义运动，这场运动是在冷战时期所特有的政治文化背景下发生的。由于马华现实主义在冷战气氛中根本难以存活，一些作家便另寻出路，转向现代主义和武侠想象世界，其目的都是寻访精神流徙漫长途中的临时居所。温瑞安和温任平是60、70年代马华现代主义思潮的代表人物，他们的文学感性与中国台湾地区的白先勇、余光中、叶珊息息相通、一脉相承。这种现代主义与西化的现代派有着截然相反的美学旨趣，而与中国古典美学建立了一种自然而亲密的血缘关系。就像温任平所说的，现代诗的传统其实可以追溯到楚辞中去，屈原在河的上游，马华现代主义者则在河的下游，温任平和屈原一样具有一种放逐情结，自视为一个流放的歌者。

黄锦树把这个时期的马华现代主义称为中国性现代主义，这些现代主义者是一群无法在现实土地上扎根于是遁入想象的乡愁的文学逃亡者。黄锦树拒绝这种现代主义，因为它完全与大马华人的生存处境和人生经验绝缘，仅仅是一种表演，徒有一份激越和伤感。

马华现代主义文学思潮内部的冲突，既发生在新旧现代主义之间（黄锦树、林建国与温任平），也发生在新世代内部即黄锦树与林幸谦之间。黄锦树认为林幸谦的散文和诗歌一再重复的仍然是温任平那一代的文化乡愁主题，因而陷入流放的感伤而难以自拔，也远离了马华的本土现实。而林幸谦则把自己的创作定位在乡愁抒写与解构乡愁之间，保有一种政治游离与文化归返之间的矛盾张力并非黄氏过度泛滥的乡愁一语就可概括的。

张锦忠的《文学史方法论：一个复系统的考虑——兼论陈瑞献与新马现代主义文学》一文在讨论马华现代主义的发展历程中引入陈瑞献个案，把马华现代主义思潮上溯到60年代，重写了当代马华的现代主义文学史。从黄锦树挑战方修的以现实主义为主流的正统文学史到张锦忠改写温任平以天狼星诗社为正宗的现代主义文学史，新世代的典律重建工程已基本竣工。依照他们的逻辑来推衍，当代马华的现代主义运动可分为三个阶段：（1）以陈瑞献为代表的初期阶段（60 – 70年代）；（2）以温任平为代表的中期（70 – 80年代）；（3）新世代的现代主义时期（90年代以后）。在这个历史脉络中黄锦树等新世代处在什么位置呢？弄清这一问题对把握当代马华文学思潮的流变帮助甚大。

陈瑞献1967年发表诗作《巨人》标志着星马华现代派的诞生："我是巨人／ 在现代诞生"。从陈氏的大多数作品来看，星马华初期现代主义具有明显的西化特征。我们只要列举他的几首作品就能证实这一点：（1）"裸女 经 过／ 战 场／ 一 架 古 琴／ 睡 在／ 在 高 空 飞 行 的一段大 树身上 呻吟"（《台》）；（2）"看见两片落叶／ 以人的步伐走去／ 一定有某个时空／ 屋着某种人化的合物／ 某事在某处进行"（《不修行的女巫》一节）；（3）"倒卧／ 枕头从他的脑勺下溜走／ 他侧脸／ 侧视那个雪白的枕头／ 伸手／ 而不可及／ 一只朱红的臭虫出现／ 爬过枕头／ 钻进布缝内。"陈瑞献往往用暴力扭断语法的脖子，追求怪诞的反常组合和超现实主义荒谬而令人不安的逻辑或反逻辑，尤其是汉语的应用特别欧化生涩。张锦忠、黄锦树把陈瑞献的创作视为马华现代主义的起源，符合客观历史，也补写了马华文学史的重要一笔，但把陈瑞献的现代派视为正宗却不甚妥当。

以温任平为代表的中期现代主义迥异于陈瑞献那种类型，黄锦树称之为中国性现代主义。这个概括是准确的。温任平著有诗集《无弦琴》《流放是一种伤》《众生的神》等，曾任天狼星诗社的社长。70年代始也就大力推广现代主义，但他所倡导的现代派在精神上和汉语语感上与西化派相去甚远，而与古典汉语文学更亲密。就像温任平《存在手记》里所言：每到诗人节，他都会情不自禁地怀念起菖蒲、雄黄酒、古老的拐杖、哀愁的香草以及三闾大夫的水乡，从陈瑞献到温任平，星马华现代主义走完了从西化到回归的历程。按黑格尔的历史逻辑来看，从陈瑞献到温任平再到黄锦树是一个正反合的发展过程。那么这个合又是什么样子的呢？

黄锦树没有按这种方便的逻辑去合，而是用陈瑞献来挑战温任平的典范，明显是舍温取陈。但这仅仅是表面现象，陈瑞献个案在张锦忠的马华文学复系统里有着重要的位置，而对黄锦树来说也许仅仅是好用的武器而已，从他的论述和作品看，黄氏绝不会认同"一架古琴／睡在／在高空飞行的一段大树身上呻吟"这种类型的现代派。他在《再生产的恐怖主义》一文中很明确地表示，当技术层面的问题解决之后，剩下的便交付价值和信仰。可见在形式实验和思想探索之间，黄锦树还是把思想和信仰放在首位。这样的分析仍然不能使马华现代主义文学第三期发展的模样变得清晰起来。如果我们把黄锦树对方北方、温任平和林幸谦的尖锐批判连在一起思考，问题就变容易了。

在黄锦树的视域里，方北方的现实主义因主体的意识形态的局限和客观政治机制的禁忌而陷入难以真正反映现实的困境。温任平的现代派选择了中国性的情调和美学，把现代主义承接到古老中国的文化血脉中却脱离马华的本土现实。在黄氏眼里林幸谦这个同代人走的仍是温任平的老路（当然这是黄锦树的误读，他没有发现林氏文本的内在张力和解构特性），温、林与方氏一样都没能抵达大马华人生存的本真。

黄锦树在与林幸谦争论时，认为马华作家要面对中国性还是存在的具体性的文学选择，黄的缺陷是把这种选择看作是非此即彼的，这样就僵硬地割裂了二者的内在关系，这一点不是我们今天要探讨的。在文学的中国性与存在的具体性的两难选择中，黄锦树选择了后者即存在的具体性。所谓存在的具体性是指大马华人历史和现实生存经验的具体性，黄锦树的观点自然是文学要回到这种具体性的书写。方北方的写实主义太重抽象的普遍性而导致具体性的贫乏和苍白，温任平和他的天狼星弟子们的文学又太中国性而回避了具体性。黄锦树走的是另外一条文学之路即用现代主义美学来呈现大马华人生存的具体性。这正是马华现代主义第三期发展不同于前期的西化和中期的中国化的根本之处，我们把黄锦树所代表的新世代的马华第三期现代主义称为本土化现代主义。

当然我们的判断基本上以黄锦树等人的文学论述为依据，是这些论述的合理延伸。如果要用文学实践来证实那还太早，尽管在陈大为、林幸谦、钟怡雯、陈强华和黄锦树本人的创作中已露本土化现代主义的端倪。从 90 年代初至今，大马汉语文学的现代主义本土化还处于探索和试验阶段，但文学思潮涌动的潮声已经越来越响了。黄锦树现象就是潮水拍岸时所产生的激越的回响。

原乡意识的变迁
——以马华新世代作家为例

对"原乡"的想象与书写无疑是海外华文文学的一个重要母题。长期以来，华文文学界对这一文学母题给予了充分的关注。其中王德威和黄万华的研究把"原乡"放在 20 世纪华文文学的整体视域中予以阐释，尤其是对"原乡形象"和"语言原乡"的分析颇富启发意义。"20 世纪华文文学中原乡形象的构建包含着作家追溯传统、重估历史、发掘自我、重建生存环境的种种努力。原乡形象融入了 20 世纪历史进程中我们民族最基本的生命体验，又包含了不同时期不同作家的视域，所以它可以构成 20 世纪华文文学史在形象层面上的一种基本框架。"① 这一认识为我们研究海外华文文学的"原乡"课题提供了一种思路。在此基础上，我们或许还需要进一步讨论关于"原乡"的想象与书写的历史演变，不同历史时期的"原乡"书写有着不同的面貌和意义。

本文试图以马华新世代作家为中心，从一个侧面讨论华文文学原乡意识的变迁问题。我们的讨论将从马华新世代作家黄锦树与林幸谦的一次小小的论争谈起。

在经历了现实主义与现代主义的论战之后，20 世纪 80 年代的马华文学进入了相对平静的时期——现实主义与现代主义相互融合，不

---

① 黄万华：《原乡的追寻——从一种形象看 20 世纪华文文学史》，《人文杂志》2000 年第 4 期，第 60 页。

再是水火不容的生死冤家。但进入 90 年代以后，随着新世代作家的群体崛起，马华文坛的稳定格局受到了挑战。尤其是旅台作家群在台湾文坛的崛起并杀回马华文坛，企图改写已成定论的马华文学史。在马华本土与旅台作家之间产生了激烈的论战，这引起了 90 年代马华文坛的美学骚动和艺术意识形态的变革。但旅台作家内部在文学理念上也不是完全一致，他们之间也存在明显的美学差异和艺术意识形态上的不同。这是个有趣也值得华文文学研究者注意的现象。

1995 年，黄锦树在《南洋商报》的文艺副刊发表《两窗之间》，点评新生代诗人陈大为、沈洪全、辛金顺等人的作品。他提出对于诗歌艺术而言，主体的意志不能过度干扰语言的意志，创作无疑是主体向存在的挣扎，一种主体意志与语言意志的交战。这是诗歌史上早已出现的一种诗歌观念。黄锦树从这种观念出发批评辛金顺和林幸谦的创作主体意志凌驾于语言意志之上甚至剥夺了语言的自由和意志。他甚至认为："林幸谦创作上的最大的问题（不论是散文、论文、诗）从他这几首诗中也可以看出：过度泛滥的文化乡愁，业已成为他个人创作的专题。中国像是一个严重的创伤，让他一直沉浸在创伤的痛楚及由之而来的陶醉中，他像一个失恋者，一直对情人念念不忘，以致无法面对其他的可能对象。这种情感上的耽溺化为说明性的语言，一样是滥调。"① 黄锦树对林幸谦的诗歌、散文创作乃至文学批评的全盘否定引起了林幸谦的反弹，林幸谦在《窗外的他者》一文中回应了黄锦树的批评。

林幸谦的回应包括以下几个方面：第一，林氏承认其《生命情结的反思——白先勇小说主题思想之研究》确有讨论白先勇的"中国命题"和"文化乡愁"的内容，但这只是"论述之需要"，也只是书中的一部分而已。黄锦树从林幸谦的白先勇论出发指控林氏犯了"过度泛滥的文化乡愁"的毛病的确难以让人信服。因为学术研究是对对象的一种阐释，这种阐释的有效性取决于论者是否准确地把握住

---

① 黄锦树：《两窗之间》，《南洋商报·南洋文艺》1995 年 6 月 9 日。

对象的思想内涵。文化认同问题无疑构成了白先勇早期小说的重要主题，但白先勇的问题并不能等同于论者的问题。尽管有时研究者与对象之间存在某种契合，但研究者也可以完全客观地进入研究对象的文本世界，甚至从批评的角度展开。这显然是文学研究的一个常识；第二，诗歌创作无疑具有多种美学途径，不可能只是黄锦树所认定的一种。林幸谦在散文书写中往往引入诗歌的手法如意象、隐喻、象征与情思的跳跃，等等，而在诗歌创作中则放弃现代派那种晦涩语言转而追求语言的"明朗化"。"在语言的运作上，从象征、隐喻、寓言性出走，开拓一种较为直接、淋漓尽致，而且痛快的叙述模式与书写语言"①；第三，"身份认同、文化冲突、中国属性，尤其上边陲课题等问题，对于海外中国人而言，足可以让几代人加以书写阐发，是世纪性的一个问题"。的确，"边陲书写"和"生命情结"构成了林幸谦所有作品的突出特色。

　　显然，黄锦树与林幸谦的根本分歧在于对文化乡愁书写的不同认识。前者完全否定乡愁书写的意义，后者则认为边陲课题仍然是一个世纪性命题，尤其生存在多元文化、多元种族社会中的少数、弱势族群而言，仍然蕴涵着重大的时代意义。许多现象表明这一分歧是海外华文文学界普遍存在的一个问题，而且越来越凸现出来。这就是我们今天之所以回头看发生在 1995 年黄锦树与林幸谦的一次袖珍型文学论争的原因。黄锦树对林幸谦回应的回应进一步把这一分歧凸现了出来。他提出了"中国性"与"存在的具体性"抉择问题，认为在"中国性"与"存在的具体性"之间，马华文学乃至海外华文文学书写，应该选择后者。因为"中国性"书写会造成海外华裔文学对自身生存具体性的遗忘，以至于使海外华文文学变成中国文学的海外支流。他说："'中国'在广大的华人心中潜伏为无形的民族主义，同时却也借由符号而膨胀为无边的、想象的大汉帝国。写作者作为符号

————————

　　① 林幸谦：《窗外的他者》，《南洋商报·南洋文艺》1995 年 7 月 25 日。

的运用者，更容易坠入那'看不见的城市'的陷阱。哀怜、自伤、悲情作为一种负面的形式，在认识论上仍然局限于一个以中国为主体的想象的中心观，和本土中国人的傲慢自大不过是一枚铜币的两面。"① 不难看出黄锦树的说辞对"本土中国人"存在某种不可思议的敌视。我们不知道其所谓的"本土中国人的傲慢自大"的印象是从何而来的，黄锦树对当代中国人的性格以及当代中国文学与文化到底有多少了解？这无疑是令人质疑的。有趣的是，在马华本土作家看来，倒是黄锦树自己常常显示出某种"傲慢自大"。

　　但这不是本文所讨论的问题，在此不赘。重要的是黄锦树用"中国性"概念重新表述华文文学的"文化乡愁"是否恰当？

　　"中国性"这个概念也许是华侨华人学家王赓武所发明的，在《中国与海外华人》一书中已经出现"Chineseness"。也有人认为"中国性"是从新儒学的中国文化思想尤其是杜维明的"文化中国"概念中延伸出来的。在华人学研究界一般认为"Chineseness"可以视其所处的文本脉络，或翻译成"中国性"，或译成"华人性"。黄锦树把"Chineseness"解释为"中国特质/中国本质"，并且把"中国性"和华人"存在的具体性"对立起来。我以为黄锦树关于马华文学与中国性的思考有需要进一步商榷的地方。第一，在讨论海外华文文学时，笔者认为应该使用"华人性"或者"中华性"，这样可以避免混淆问题的焦点和准确含义；第二，黄锦树错误地割裂了"中国性"与"华人存在的具体性"的关系。如果我们把"Chineseness"理解成"华人性"或者"中华性"时，黄锦树的问题也就一目了然了；第三，黄锦树把"Chineseness"理解为"中国本质"，可能过于静态了。我以为"中国性""华人性"以及"中华性"等概念都应该视为一种不断建构的历史性概念，一种开放的中国性概念，而不应把它本质主义化。在讨论"中国性"与海外华文文学的关系时，我们

---

　　① 黄锦树：《中国性，或存在的具体性？——回应〈窗外的他者〉》，《南洋商报·南洋文艺》1995 年 8 月 26 日。

不仅需要一种历史的"中国性"概念，而且更需要一种开放性的"中华性"概念。海外华文文学的"中华性"即中华文化元素是海外华人华裔文化认同构成的一个重要元素。海外华文文学的"华人性""华人属性"由"中华性""本土性""世界性"以及"现代性"等多元文化元素构成，涉及政治、经济、民族、阶级、性别、地缘、宗教、族群、语言（方言社群）、教育、宗族等复杂层面。其实，"Chineseness"本身即是华人"存在的具体性"的一个面向。如果把"Chineseness"去掉，所谓华人"存在的具体性"显然是十分可疑的。

令林幸谦不能接受的还在于黄锦树把他的边陲书写完全纳入从"天狼星"诗社到李永平的"中国性现代主义"的脉络中，从而忽视了"天狼星"世代与林幸谦在"原乡意识"上存在的根本差异。从林幸谦的文本看，他的生命与文化情结并非如黄锦树所说的"过度泛滥的文化乡愁的滥调"。因为乡愁这个被海外华文文学作家一再书写的文学母题，在林幸谦看来是"夜里的一场大梦"，原乡神话的迷思把海外人囚禁在一个民族的大梦中。曾经被视为安身立命和文学想象之根的原乡转换成"囚禁灵魂的牢笼"。原乡解构"乡愁"或原乡神话是林幸谦诗文写作的一个核心主题，这是林幸谦不同于"天狼星"世代的地方，有趣的是这恰恰也是林幸谦和黄锦树的某种共同之处。需要指出的是对原乡神话的反省并非黄、林两人所独有，这一倾向在20世纪90年代以后的海外华文文学尤其是新世代华文作家的创作中有一定的普遍性。这与新世代受后现代主义和解构主义的影响有关，也与文化全球化的快速发展相关。正如齐格蒙·鲍曼在《生活在碎片之中——论后现代道德》一书中指出："如果现代的'身份问题'是如何建造一种身份并且保持它的坚固和稳定，那么后现代的'身份问题'首先就是如何避免固定并且保持选择的开放性。"[1]而文化全球化一方面强化了身份的流动性和全球视域的形成，另一方

① ［英］齐格蒙·鲍曼：《生活在碎片之中——论后现代道德》，郁建兴、周俊、周莹译，上海学林出版社2002年版，第87页。

面也强化了本土性和地方性的诉求。这些因素都构成了90年代以后新世代马华作家对传统那种稳定的原乡意识的消解，或者说传统的乡愁书写已经演变为一种原乡迷思。

这种"原乡迷思"在林幸谦的诗文里呈现为一种缠绕难解的生命与文化的"情结"；而在黄锦树的小说文本中则表现为后现代的"离散"美学。他的短篇小说集《梦与猪与黎明》中的每一个短篇都是"失踪—寻找"的故事。《死在南方》叙述郁达夫在南洋的神秘失踪，若干年后，日本学者"版本卅十郎"和叙述者"我"寻找他的神秘踪迹；《M的失踪》写的是以M为笔名的某马来或马华人用英文撰写的一部长篇，在美国引起评论界、大众媒体的推崇，甚至有文学教授想推荐他角逐诺贝尔奖。而M到底是谁？从马华当代名作家到郁达夫一个个追踪过去，最终没有结果；《大卷宗》说的是"我"的祖父和他撰写的"大卷宗"神秘失踪和"我"的寻找故事；《郑增寿》叙述了老中医郑增寿的失踪之后，"华文教师"叙述者"我"以及一个叫"泡泡"的调查员的寻找与调查；《落雨的小镇》说的同样是一个失踪与寻找的故事，妹妹的失踪与"我"的寻找……这些故事当然都发生在南洋多雨多雾的忧郁小镇，这里到处是迷宫式的热带雨林、繁茂的胶林、胶林中不断繁殖的嗜血的蚊子，历史或记忆似断非断的暗河，以及虚虚实实、真伪莫辨且有些荒诞的人和事，共同构成隐匿失踪的南洋华裔的历史经验。黄锦树的自我重复一方面暴露出其文学想象力和语言表达力的局限；另一方面却也强烈地呈现出南洋华裔漂泊离散经验和时空哀愁，以感性的方式阐释了张锦忠关于马华文学的"离心与隐匿"论述。在黄锦树的小说世界中，"原乡"完全被悬搁了。在他看来，原乡想象也不再像从前那样满足新一代华裔"植根性"的心理需要，也不再是自我认同建构的一个可靠支撑。"过度的文化乡愁"只是某种文学表演而成为华文文学真正进入"生存具体性"的障碍。当然这是一种极端的认知，这种认知明显受到90年代台湾地区混乱的意识形态的影响。

　　黄锦树极端否定"文化乡愁"，或许含有超越原乡书写的急切渴望，但也是一种矫枉过正的反应。吊诡的是，在否定"文化乡愁"的同时，黄锦树、张锦忠、林建国等却又引入了意义十分接近于白先勇们"放逐诗学"的"离散美学"概念；林幸谦"写在家国以外"则始终徘徊在解构原乡与集体记忆建构的矛盾之中；陈大为和钟怡雯学术上执着于建构海外华文文学文本中的中国图像，而在创作中对原乡也有了新的认识。在钟怡雯的散文世界里，原乡已经从祖父的"神州"转换成新世代生于斯长于斯的马来西亚。陈大为说："以我本身的一个生命的历程来讲，我的生命的原乡是怡保。但是我文学的原乡是台北。所以我有三分之一是认同了台北。"① 林建国等人提出马华文学"断奶论"以及林春美的"槟城情意结"，等等。许多迹象表明新世代作家或张锦忠所谓的"新兴华文文学"对原乡的认识与想象与传统华文文学的乡愁书写已经产生了明显的分野，变得更复杂、矛盾、多元甚至有些暧昧了。今天我们在讨论华文文学"原乡及其超越"课题时，有必要对这种分野和差异给予充分的重视。另一方面，我们也不能把新世代马华作家的原乡认识同质化，而应把原乡书写看得复杂一些、多元一些、历史化一些，把华文文学原乡命题纳入到海外华人华裔的生存具体性和多元互动的文化场域中予以观察和认识。不同的世代、不同的个体以及不同的情境，人们对"原乡"的认知和感受都会有所不同。原乡想象与书写实质上是海外华人的离散生存方式所产生的心理需求和情结，不同的原乡书写或"反原乡"书写个案，都是书写者对自身所处的政治文化环境的一种"在地回应"。

---

① 黄俊鳞：《旅台与本土作家跨世纪座谈会会议记录》上篇，《星洲日报》1999 年 10 月 24 日。

现代性与当代台湾的文学论述

　　"现代性"是当代人文社会科学领域炙手可热的语词之一，文学理论与批评界也争先恐后地使用这一流行术语。这一现象表明"现代性"问题已经成为当代文论关注的焦点。在《文学与现代性》的学术讲演中，法国学者伊夫·瓦岱援引汉斯·罗伯特·尧斯的说法，"modernitas"一词早在11世纪末就已经出现了。当时，人们用它表示"当代时期"或用以评价文学作品的"新潮性"。① 在当代思想界，"现代性"已经成为人们反思人类历史变迁和思想嬗变的关键词。尽管，人们对"现代性"的理解与界定莫衷一是、众声喧哗，但从总体上看，"现代性"一词还是具有相对稳定的含义："它首先意指在后封建的欧洲所建立而在20世纪日益成为具有世界历史性影响的行为制度与模式。现代性大略等于工业化的世界。"② 吉登斯的这一界定与韦伯、舍勒、哈贝马斯等人的阐释大同小异。从文艺复兴到启蒙运动和工业革命，现代性体现为神学世界观的衰微，人的主体性的张扬，政治、经济、文化等层面的理性化以及市民伦理与现代民族国家的形成。现代性概念还包含着另一种向度，即指浪漫主义运动以来知识分子对工业化和理性化的持续怀疑与批判。

---

　　① ［法］伊夫·瓦岱：《文学与现代性》，田庆生译，北京大学出版社2001年版，第18—19页。

　　② ［英］安东尼·吉登斯：《现代性自我认同》，赵旭东等译，三联书店1998年版，第16页。

据高远东的说法，在中国文献中，"现代性"一词最早见于 1918 年《新青年》第 4 卷第 1 期。周作人在译文《陀思妥夫斯基之小说》中首次把"modernity"译成"现代性"。20 世纪 90 年代初，"现代性"概念开始进入中国大陆的文学研究领域。1992 年，一些热衷于引入"后现代主义"理论并发明"后新时期文学"概念的"后学"论者首先启用了"现代性"术语。在《后新时期文学：新的文化空间》《继承与断裂：走向后新时期文学》等文中，张颐武、王宁等人尝试用西方的后现代主义理论阐释 1989 年以后与新时期文学的不同特质，他们多次提到与后现代性相对的现代性概念。这时人们并未意识到现代性概念的复杂性，直到 1994 年北京大学的"重估现代性"讨论，作为反思 20 世纪中国文学以及社会文化思想现代化进程的现代性概念才逐渐浮现。1996 年以来，"现代性"概念大面积进入文学理论与批评领域，甚至成为人们描述和言说百年中国文学与思想史的不可或缺的通用术语。人们为什么如此迷恋"现代性"概念，甚至到了言必称"现代性"的地步呢？其原因在于：其一，后现代主义的刺激，正如刘小枫所说："后现代论述的扩张一再返回现代性问题，触发了重新理解现代现象的需求。"① 其二，时间之窗的影响，世纪末人们显然产生了盘点、反思 20 世纪思想史的冲动，"现代性"问题满足了这种需求。更内在的原因是 80、90 年代的社会、文化和思想的巨幅转型，人们产生了重新理解与阐释启蒙思想与现代化设计的需求，而西方思想界的现代性论争又进一步刺激了这种反思，"现代性"问题于是凸现在中国知识界面前。

　　90 年代以来，大陆文论界现代性概念的理解与说法有如下几种：① "现代性终结论"，认为从五四文学对国民性的探讨到新时期文学的伤痕、寻根思潮，都是"民族寓言的整体话语"，启蒙主义和拯救精神的现代性为文学提供了一种终极价值和梦想。然而，90 年代以后，知识分子不再是话语的中心，人们对以往的启蒙神话和知识分子

─────────

① 刘小枫：《现代性社会理论绪论》，三联书店 1998 年版，第 3 页。

自身的启蒙功能和文化身份产生了怀疑，告别现代性神话成为90年代的文化思潮。因此现代性已经终结了。① 这种说法显然是对西方后现代主义解构宏大叙事观点的搬用。张法、王一川和张颐武在《从现代性到中华性》中认为，中国的现代性的基本特色是中国的他者化即中心丧失后被迫以西方的现代性为参照以便重建中心的启蒙与救亡工程。在他们的设计中，中华性就成为解构现代性的构想，② 这显然是以往中西文化二元冲突的当代版；② "现代性未完成说"，这种观点以高远东为代表。他认为："重估现代性"的要求以现代性的尊严形象遭受嘲弄甚至亵渎的方式提出，启蒙的崇高内涵被揭示为居心叵测的权谋。然而，中国社会的现代性尚未有效地建立，启蒙的使命尚未完成。高远东并且从理性—主体神话、启蒙设计中的知识—权力关系、文化等级与进步的观念以及交流沟通与文化归属的悖论四个方面论证现代性的未完成性。③ 从用词与基本观念看，"未完成论"与"终结论"之争酷似哈贝马斯与后现代主义之争的中国版；③刘小枫的"关于现代性事件的知识学"，即研究现代现象的现代学。所谓现代现象"是人类有史以来在社会的政治—经济制度、知识理念体系和个体—群体心性结构及其相应的文化制度方面发生的全方位秩序转型"。刘小枫用三个述语描述"现代性"：现代化题域——政治经济制度的转型；现代主义题域——知识和感受之理念体系的变调和重构；现代性题域——个体—群体心性结构及其文化制度之质态和形态变化。④ 刘小枫显然借用了齐美尔和舍勒的现代性论述；④现代性的分裂与矛盾张力说。汪晖、周宪等人持这种看法，汪晖认为："从19世

① 张颐武：《从现代性到后现代性》，广西教育出版社1997年版，第98、103页。

② 张法、王一川、张颐武：《从现代性到中华性》，《文艺争鸣》1994年第2期。

③ 高远东：《未完成的现代性》，《鲁迅研究月刊》，1995年第6、7、8期。

④ 刘小枫：《现代性社会理论绪论》，三联书店1998年版，第3页。

纪前期直至20世纪，现代性一直是一个分裂的概念，其主要表现是作为资本主义政治经济过程的现代性概念与现代主义前卫的美学的现代性概念的尖锐对立。"① 周宪则把现代性的冲突归结为"文化的现代性与启蒙现代性"之间的对抗。② 也有人把现代性的冲突表述为"审美现代性与启蒙现代性"的分裂与对抗。这些观点来自于韦伯、卡林内斯库、鲍曼等人的现代性论述。汪晖的"反现代性的现代性"就是建立在现代性的两重性论述的基础上；③ ⑤革命的现代性论。陈建华从阿兰特的《论革命》受到启发，在《"革命"的现代性——中国革命话语考论》中，尝试提出"革命的现代性"的说法。

"现代性"概念对20世纪中国文学批评与研究的影响颇为深远，现在越来越多的学人启用"现代性"概念重新阐释现当代文学。受欧风美雨直接浸染的旅美学者李欧梵和王德威开风气之先。在20世纪80年代初，李欧梵为《剑桥中国近代史》撰写的中国文学部分的标题就已经出现了"现代性"："文学潮流：现代性探索，1895—1927"。他运用卡林内斯库《现代性的五个面孔》的论述阐释五四文学的现代性问题：五四作家在承袭了西方美学现代性的艺术反抗情绪时，并未放弃他们对科学、理性和进步等信念。这是中国文学现代性与西方现代性的差异。在《现代性追求：关于中国20世纪历史和文学意识新模式的几点反思》中，李欧梵把中国现代性的缘起追踪到晚清时间意识的变化。这启发了王德威对晚清文学的重读。他在《被压抑的现代性》一文中，描述了晚清小说被压抑的现代性的四个层面：对颓废的偏爱；对诗学与政治关系的复杂认识；与理想理性相悖的情感泛滥以及对谐仿倾倒。其结论是："回溯晚清小说，正是回

① 汪晖：《韦伯与中国的现代性》，《汪晖自选集》，广西师范大学出版社1997年版，第5页。

② 周宪：《文化的现代性对抗启蒙的现代性"》，《粤海风》，1998年第11、12期，第25—28页。

③ 汪晖：《当代中国的思想状况与现代性问题》，《天涯》，1997年第5期。

溯到现代性的谈论及欲求尚未简单化成单一的公式的时期，也是批判性地重拾想象与写作现代的潜在姿态。"①

90年代中后期，人们越来越喜欢使用"现代性"概念来描述和谈论20世纪中国文学问题。1996年，杨春时、宋剑华发表《论20世纪中国文学的近代性》，认为："20世纪中国文学的本质特征，是完成由古典形态向现代形态的过渡、转型，它属于世界近代文学的范围；所以，它只有近代性，而不具备现代性。"② 这一观点引起批评界一场关于20世纪中国文学的现代性问题的讨论。人们质疑"近代性"一说是否成立，认为：近代性和现代性概念内涵模糊，无论在汉语还是外文，近代、现代、当代并没有什么差异，所以所谓近代性与现代性的区分这一立论前提已经可疑；而把现代性等同于现代主义，用欧美现代主义的标准来判断中国文学的现代性就更难令人信服。现代主义不可能决定20世纪中国现代性的性质。③ 龙泉明从世界意识、先锋意识、民族意识、人性意识、创造意识五个维度出发，认为20世纪中国文学具有现代性，只不过这种现代性还不是完整的形态。④这场近代性与现代性之争引发了人们探索文学现代性的热情。而"现代性的两重性""反现代性的现代性"以及"民族国家的现代性"等命题的提出，使人们对20世纪中国文学的现代性问题有了更有趣的理解。以现代性的两重性即社会现代性与审美现代性的冲突为参照，20世纪中国文学的文化母题被归纳为：启蒙主题与民粹主义、个性主义与民族主义主题、线性进步主题与现代化主题。它们共同构

---

① 王德威：《被压抑的现代性》，《批评空间的开创》，东方出版中心1998年版，第126、154页。

② 杨春时、宋剑华：《论20世纪中国文学的近代性》，《学术月刊》1996年第12期。

③ 孙絜：《现代性·近代性·现代主义》，《学术月刊》，1997年第5期；陈辽：《关于"20世纪中国文学"的性质问题》，《南京社会科学》，1997年第4期。

④ 龙泉明：《近代性，还是现代性？》，《南方文坛》1997年第2期。

成了文学现代性的悖论。① 以现代性的两重性出发，人们进一步认识到"鸳鸯蝴蝶派""论语派""学衡派"文学的审美现代性意义；而"反现代性的现代性"以及"民族国家的现代性"为人们重新阐释革命文学和1942年以来的"社会主义现实主义"提供了一个崭新的视野。李杨的《抗争宿命之路》认同"'民族国家'是'社会'和'现代性'的最终表达；现代性作为一种特殊的话语技术同样也在社会经济生产标准化和一体化过程中服务于民族国家的产生"。② 如此，社会主义现实主义的现代性就好理解了。陶东风则认为："从现代性反思的视野来看，中国改革开放以前的社会主义虽然是不同于西方启蒙现代性或历史现代性的另一种现代性方案，但是在一些基本的思维方式或'话语型'上与西方启蒙现代性或历史现代性共享着一些基本的前提。"社会主义是一种现代性设计与工程，在社会主义的历史与文学叙事中，在《创业史》《红旗谱》等小说以及"革命样板戏"中"无不笼罩着现代性的幽灵"。③

迄今，关于"现代性"与现当代文学关系的讨论，有两个重要问题值得我们关注：第一，"现代性"概念在中国当代文学批评中的广泛使用，一方面，拓展了文学研究的思想空间，在它的吸引下，20世纪中国文学各个层面的问题都聚集在一起，得到一种整体的观照；但另一方面，"现代性"概念的过度使用乃至时尚化运用，也可能掏空这一概念的具体内涵；第二，完整的20世纪中国文学现代性论述不能不整合海峡两岸及港澳文学的历史经验，无疑，台湾文学的现代性问题构成了我们讨论20世纪中国文学现代性不可或缺的重要部分。

比较两岸文论中"现代性"概念的引入和论述的展开是一项重要而有趣的工作。朱双一曾经指出："台湾与大陆在文学'现代性'

---

① 伍方斐：《现代性：跨世纪中国文学展望的一个文化视角》，《文艺研究》1998年第1期。

② 李杨：《抗争宿命之路》，时代文艺出版社1993年版，第32页。

③ 陶东风：《审美现代性：西方与中国》，《文艺研究》2000年第2期。

研究上存在一定的时间差，值得注意。常有人认为进入当代以来，两岸文学思潮及相关议题的产生和讨论（如现代主义、都市文学、生态环保文学、后现代，等等），台湾大多先于祖国大陆。然而'现代性'议题却倒了过来，明显是台湾受到了大陆的影响和启发。这就说明了大陆和台湾的文学，在经过三十年（1949—1979）的完全隔绝之后，从1979年起出现了重新发现对方，相互交流整合的趋势，其间的影响关系不会是单向的，而必然是双向的。文学'现代性'研究，就是一个突出的例子。"① 回顾台湾学术界对"现代性"概念的具体使用，我们以为大概可以划分为以下三个阶段：

一、20世纪60年代末至90年代初为第一阶段，台湾的社会心理学界首先对"现代性"术语产生了浓厚兴趣。早在1960年代，以杨国枢为代表的台湾心理学学者就开始尝试研究"中国人的传统性与现代性"问题，杨国枢对这个问题的分析是其"现代心理学中有关中国国民性的研究"和"中国国民性与现代生活的适应"课题的一部分。在70至80年代，在杨国枢、黄光国和瞿海源等人的心理学论述中大量使用了"现代性"和"个人现代性"这一术语，如《个人现代化程度与社会取向强弱》（黄光国、杨国枢，1972）、《中国"人"的现代化——有关个人现代性的研究》（杨国枢、瞿海源，1974）、《个人现代性与相对作业量对报酬分配行为的影响》（朱真茹、杨国枢，1976）、《现代性员工与传统性员工的环境知觉、工作满足及工作士气》（杨国枢，1984）、《传统价值观、个人现代性及组织行为：后儒家假说的一项微观验证》（杨国枢、郑伯埙，1988）、《中国人的个人传统性与现代性：概念与测量》（杨国枢、余安邦、叶明华，1991）……这些文章大多发表于《民族学研究所集刊》。杨国枢等人试图以个人"传统性"和"现代性"概念阐释社会现代化演变中中国国民性的变迁，并建构一种可量化分析的"个人现代性"

---

① 朱双一：《台湾文学"现代性"研究的提出及回顾》，《华侨大学学报》2000年第3期。

研究模型。

在《中国"人"的现代化——有关个人现代性的研究》一文中，杨国枢、瞿海源如是言："现代化历程所带来的后果，可以笼统地分为社会的与个人的两方面。就一个社会或国家而言，现代化所带来的后果，主要有都市化、工业化、民主政治、高教育水准、高科学水准、高国民所得、高社会流动率及有效率的大众传播网等。一个社会或国家如果具有了这些特征，便可以称为一个现代的社会或国家，或者说这个社会或国家具有了现代性。各个社会或国家的现代化历史不同，因而会造成深浅不一的现代化后果，亦即会有不同程度的现代性。另一方面，就单一的个人而言，现代化所带来的后果，往往是一套有利于在现代社会中生活的态度意见、价值观念及行为模式。任何一个人，如果具有了这些心理与行为的特征，便可以称为一个现代人，或者说这个人具有现代性。人们受到现代化的影响深浅不一，因而便具有不同程度的现代性。于是，笼统说来，现代化的历程可以使不同的社会或国家具有不同的现代性，同时也可以使不同的个人具有不同的现代性。"[1] 这段阐发代表了 70 年代台湾心理学界对"现代性"概念的基本理解和认识。概而言之，这种认识包括如下方面：第一，"现代性"是相对于"传统性"的概念，"现代性"是"现代化"所产生的后果，是现代化的表征；第二，现代化的后果可以分为社会的和个人的两个层面，因而现代性也就包括"社会现代性"和"个人现代性"两个层面；第三，因现代化的历史性差异和程度上的不同，也就产生了不同的社会现代性和"个人现代性"；第四，"个人现代性"程度是可以量化分析的。从中，我们可以看到，这一时期，台湾知识界显然把"现代性"视为"现代化"的产物，"现代性"和"现代化"的含义基本上是相同的，并没有从中发展出反思现代化的批判的现代性观念。而所谓"不同的现代性"只是程度上

---

① 杨国枢、瞿海源：《中国"人"的现代化——有关个人现代性的研究》，台湾《"中央研究院"民族学研究所集刊》1974 年，第 37 期。

的不同而非性质上的差异，这显然还是一种普遍主义式的理解，与现今"多元现代性"的观念相距甚远。

二、90年代中期至21世纪初年为第二阶段。这一时期，台湾知识界对"现代性"概念的使用发生了重大的变化，亦即转向阐释"现代性"概念所蕴含的批判性和反思性之维。这一转折可谓意味深长，导致这一转折的原因包括：

其一，后现代主义的出场引发了人们对"现代性"命题的重新思考。80年代中后期至90年代初，后现代主义的引入，即引起了台湾知识界关于后现代与后殖民的理论论争，也引起了理论界深度思考这样的问题：后现代究竟标示出什么大不同于现代性的新远景？提出什么新的生活方式与伦理原则？① 如此，"现代性"为何就必然成为人们进一步追问的课题。

其二，西方"现代性"及其批判论述开始进入台湾思想界的视域，如海德格尔的批判现代性思想；哈伯玛斯的"未完成的现代性"说；米尔士的"社会学想象"；吉登斯和乌尔利希·贝克的现代性的风险论述……西方思想资源的大量引入打开了台湾思想界反思"现代性"的思想空间。

其三，海峡两岸批判知识界之间的互动激荡了人们对现代性问题的重新思考。2000年，汪晖的《当代中国的思想状况与现代性问题》在《台湾社会研究季刊》的发表，引发了台湾思想界的回应，"现代性"概念的批判性意义得到了进一步的阐发与强调。

其四，根本上看，批判的现代性或反思的现代性论述在台湾之兴起，出于台湾知识界在摆脱了现代化意识形态笼罩之后重新阐释当代台湾史乃至20世纪台湾史的深层次需要。如果说杨国枢等人的"现代性"还是现代化大叙事的构成部分，那么，90年代后"现代性"论述则迈向了反思现代化和批判社会学的现代性论述的新阶段。

---

① 沈清松：《在批判、质疑与否定之后——后现代的正面价值与视野》，《哲学与文化》第27卷第8期，2000年8月。

在这一转折过程中，"台社"知识分子群体和《台湾社会研究季刊》扮演了十分重要的角色。某种程度上看，从《"中央研究院"民族学研究所集刊》的"个人现代性"论述到《台湾社会研究季刊》的批判社会学"现代性"论述的转变，反映出台湾地区学术思想典范的巨大转移。90年代中后期至2000年，《台湾社会研究季刊》发表了一系列涉及反思现代性的重要文章，包括：爱德华·索雅的《后现代地理学和历史主义批判》（1995）、赵刚的《新的民族主义，还是旧的?》、酒井直树的《现代性与其批判：普遍主义与特殊主义的问题》（1998）、赵刚的《跳出妒恨的认同政治，进入解放的培力政治——串联尼采和工运（或社运）的尝试思考》（1998）、宁应斌的《威而钢论述的分析——现代用药与身体管理》、萧百兴的《来自彼岸的"新"声——战后初期"省立工学院（省立成大）"建筑设计的论述形构（1940中–1960初）》（1999）、赵彦宁的《国族想象的权力逻辑——试论50年代流亡主体、公领域与现代性之间的可能关系》（1999）、汪晖的《当代中国的思想状况与现代性问题》（2000）、钱永祥的《现代性业已耗尽了批判意义吗?——汪晖论现代性读后有感》（2000）、赵刚的《如今，批判还可能吗?——与汪晖商榷一个批判的现代主义计划及其问题》（2000）、赵刚的《社会学要如何才能和激进民主挂钩?——重访米尔士的"社会学想象"》（2000）、夏铸九的《殖民的现代性营造——重写日本殖民时期台湾建筑与城市的历史》（2000）……这些论文提出了一系列重要观点，深刻地触及反思现代性主题。钱永祥指出："现代性不仅不同于单纯的现代化，并且由于文化现代具有反思与自我正当化的基本特色，现代性内部其实涵蕴着丰富的批判能量。"[①]而赵刚则认为汪晖对当代中国的思想状况与现代性问题的分析和把握缺乏对"社会性"的"规范性关怀"，这可能导致自身的批判性危机。因为"批判的社会理论不可

---

　　① 钱永祥：《现代性业已耗尽了批判意义吗?——汪晖论现代性读后有感》，《台湾社会研究》第37期，第75页。

能在无法维系社会性的可能视野下，仍然保存它批判的民主潜力。"①赵刚对批判的现代性计划和民主之间的关联性思考委实意味深长，这一思考路径显然是大陆的现代性论述以及现代性批判所未曾深刻触及的。

三、2000 年至今为第三阶段。这一时期，台湾知识界开始大面积使用"现代性"概念，全面实施系统的"现代性"研究计划，并且确立了"复数现代性"和"台湾现代性"的观念。所谓"复数现代性"，首先是指"现代性"在全球地理空间上是多元的，这一观念是对西方"单一现代性"理念的反动；其次是指"现代性"自身尤其是"台湾现代性"内部本身也是错综复杂的。有趣的是，这一时期，台湾知识界开始给"现代性"概念附加上了五花八门的限定语词，诸如"布尔乔亚现代性""党国现代性""市场现代性""离散现代性""殖民现代性""反殖民的现代性""庶民现代性""本土现代性""早期现代性""土著现代性""左翼现代性""波希米亚现代性""创伤现代性""医疗现代性""另类的现代性""超文化的现代性""第二现代性""现代化现代性""依赖的现代性""重层现代性""翻译的现代性""移植现代性""压抑的现代性""亚洲现代性""亚太现代性""台湾现代性""中国的现代性""韩国现代性""第三世界现代性""在地化的现代性""都会现代性""奢华的现代性""颓废的现代性""空间现代性""液态现代性""变态现代性""旅行现代性"……这一现象的出现，一方面表明"现代性"概念的使用在台湾学界日渐广泛，乃至于有些泛化了；另一方面却也表明台湾知识界已经认识到"现代性"概念的复杂性和暧昧性，人们意识到，对"现代性为何"问题的回答必须转换为对"谁的现代性"以及"怎样的现代性"的追问。作为社会发展的方案与设计，"现代性"无疑会嵌入地理空间、性别、种族、阶级、族群以及市场、资本

---

① 赵刚：《如今，批判还可能吗？——与汪晖商榷一个批判的现代主义计划及其问题》，《台湾社会研究》第 37 期，第 45 页。

与美学意识形态等历史的与现实的种种因素。多元的异质的以及相互重叠乃至冲突的"现代性"状况也就诞生了。我们认为，对"现代性"概念的不同界定或限定，表征着台湾知识界在理论立场和对历史的理解上存在着诸多微妙的分歧。

2000 年以来，在当代台湾的文学研究场域，"现代性"概念已成为不可或缺的理论工具。这一阐释概念的引入和阐发已经产生了一系列富有价值的成果：陈昭瑛的《台湾儒学的当代课题：本土性与现代性》，廖炳惠的《另类现代性》，陈芳明的《殖民地摩登：现代性与台湾史观》，刘纪蕙的《心的变异：现代性的精神形式》，黄美娥的《重层现代性镜像》，陈建忠的《日据时期台湾作家论：现代性、本土性、殖民性》，廖淑芳的《国家想象、现代主义文学与文学现代性——以七等生现象为核心》，朱芳玲的《被压抑的台湾现代性：60 年代台湾现代主义小说对现代性的追求与反思》，高嘉谦的《汉诗的越界与现代性：朝向一个离散诗学（1895 – 1945）》，崔末顺的《现代性与台湾文学的发展（1920 – 1949）》，著名的学院派刊物《中外文学》则相继推出"离散美学与现代性：李永平和蔡明亮的个案"（2002）、"波特莱尔以降——现代性的法兰西观点"（2002）以及"台湾多重现代性"（2006）等专辑，《文化研究月报》组织了"现代性经验"（第四十期）、"现代性与文化翻译"（第四十五期）等专辑，《当代》不甘落后，第 221 期也推出"台湾文学、医疗现代性与文化视域"的主题策划，内容包括廖炳惠的《台湾文学中的四种现代性》、傅大为的《对"亚细亚的新身体"的一种诠释——从底层与边缘来看台湾的医疗近代性》和黄美娥的《从诗歌到小说——日治初期台湾文学知识新秩序的生成》……简而言之，"现代性"的引入打开了台湾文学论述和文化研究的空间，某种程度上改变了当代台湾文论的范式，甚至重构了阐释台湾文学的理论框架。在"现代性"的话语平台和论述框架上，有关台湾思想史和文学史的一系列课题都获得了重新思考与阐释的契机。

比较而言，两岸的"现代性"论述同中有异，两者都是在中国现代化历史进程中展开的对现代化的深度反思。但台湾理论界的现代性论述有其独特的面向和着力点。诸如现代性与民主、"马学"与现代性、"省籍情结"与现代性、现代主义与现代性、现代性与民族主义、现代性与自由主义、现代性与离散族裔的美学政治、"现代性的精神形式"与"心的变异"、现代性与文化翻译等问题的关联性思考，对现代性、本土性与殖民性的复杂纠葛之分析，对"现代性"概念的越来越繁多的界定，对传统汉文学与现代性关系的辩证，对医疗现代性、旅行现代性的关注，以及对原住民文学现代性问题的复杂思考等许多方面，都体现出台湾地区的现代性论述自身的特点。

第一，殖民现代性与台湾文学研究。现今，"殖民现代性"已经构成了台湾后殖民论述无法规避的重要课题。从 2000 年夏铸九《殖民的现代性营造——重写日本殖民时期台湾建筑与城市的历史》到 2004 年张隆志的《殖民现代性分析与台湾近代史研究》，从日本右翼文人小林善纪的《台湾论》引发的种种论战到马英九提出必须"特别深刻省思'殖民现代性'神话"及其态度的微妙调整，从陈芳明"母亲的昭和史"到郑鸿声的"水龙头隐喻"……"殖民现代性"越来越成为台湾知识界关注的焦点，也已经成为阐释台湾问题的重要理论架构之一。有必要梳理台湾思想界对"殖民现代性"问题的讨论，辨析隐含在其中的种种分歧，并探讨"殖民现代性"问题是如何深刻地嵌入当代台湾理论思潮的脉动，又是如何曲折地渗入当代文化认同的形塑过程。

第二，重层现代性与台湾文学史的建构。在台湾特殊的历史和政治语境下，其现代性以殖民母国日本为中介，同时又受到固有中华文化与本土文化的影响，呈现传统与现代、本土与世界、同化与反殖的重层纠葛镜像，各种势力的纠缠使得台湾文学史呈现多样的面貌和结构。台湾学者黄美娥的重要著作《重层现代性镜像——日治时代台湾传统文人的文化视域与文学想象》以"重层现代性"为观照点切入台湾文学研究，打破以往"历时性"的文学史研究中新旧文学对立断裂的格局，以"共时性"的视角重新阐释传统文人与现代性遭遇的复杂面向，为台湾文学史的重写打开了思想空间。

第三，现代性与原住民论述的兴起。现代性范式对原住民文学论述的深刻影响，可以从以下方面观察到：（一）现代性洪流与原住民论述的缘起；（二）原住民运动中的现代性反思；（三）语言现代性与文化身份的重构；（四）重构历史的努力——不可剥夺的自我阐释权；（五）反现代的现代性——回归部落；（六）现代性与重构民族想象的可能；（七）走向多元敞开的原住民论述。

第四，台湾文学论述中的医疗主题与现代性。台湾的医疗论述在这里并不仅仅是限于医生创作的文学，而是包括了疾病的感受、对疾病隐喻的使用，即以"隐喻"的疾病来找寻其源头，揭示疾病来源于病态社会，从而达到批判、反抗权力压制下的社会；或者是反对疾病的隐喻，即通过书写自身或者他人的疾病，表现疾病背后所隐藏的误解、偏见，从而揭示出这些偏见里所附带着的权力生产关系。我们将从跨入到现代性浪潮里的殖民时期开始，通过对不同时间医疗与文学的关系考察，从而触摸到台湾文论中医疗论述的多元呈现。

第五，性别论述的现代性维度。对人的自由本体的发现是现代性核心要素之一，而性别作为个体自我确证的一个最重要条件，理所当然被纳入现代性议题中。台湾90年代以来的性别论述，以其女性主义研究的持续深入、男性文化研究的重审和边缘性别的挺进等多方面发展，深刻体现了强调主体价值、重视差异多元的现代性特征，为台湾现代性发展开启了新的维度。

第六，现代性与通俗的位置。在近期台湾文论中，"通俗现代性"是一个重要概念。它涉及一系列有趣的问题：通俗文学与现代性的移植；文学秩序的调整与通俗现代性；古典小说与"西洋"现代性想象；通俗小说与新女性想象；东亚汉文与通俗现代性；后现代与台湾战后通俗文学的现代性，等等。这一系列问题的突显显示出台湾当代文论对文学现代性问题的另一种思考。

此外，现代性与台湾旅行文学论述的关系，乡土修辞与现代性的纠葛，现代主义、本土话语、都市论述、空间生产、左翼理论与现代

性的深刻关联，等等，都必须给予相应的关注。从中我们可以观察到
台湾文学现代性论述的一些独特面向。

只有全面描述与深入讨论以上问题，才有可能认识现代性概念对
当代台湾文学论述所产生的深刻影响，从而有效地理解台湾文学现代
性问题的复杂性和特殊性，为海峡两岸文学现代性问题的讨论和互动
交流提供某种参照。

近20年台湾文艺思潮导论

一

1987 年"解严"至今，台湾地区的社会文化思潮风起云涌、变化多端，在意识形态领域产生了巨大的断裂与冲突。理论思潮在其中起着"先锋"的作用，人文知识分子对政治场域的介入已经产生了深远的影响——其复杂多元的理论叙事和话语阐释实践无疑是形塑当代台湾社会文化思潮的重要力量之一。许多事实表明，人文知识分子已经成为意识形态的重要生产者与阐释者。尤其是 20 世纪 90 年代以后，大批人文知识分子卷入各种政治意识形态话语的生产、传播与论争之中，理论思潮构成了一个重要的文化场域。如何认识台湾阐释台湾已经成为台岛知识界的一个至关重要的课题，各种"台湾论"竞相登场，相互角逐，交锋辩证。这意味着"台湾"已经成为一个充满歧义的符号，意味着台岛知识界产生了"阐释台湾"的分歧、冲突与焦虑，也意味着 20 世纪 70 年代乡土文学运动中隐含着的分歧扩大为人文知识分子的进一步分裂。"阐释台湾"的种种分歧、冲突与焦虑的产生既是台湾历史的一次次巨幅断裂累积而成的结果，也是"解严"后长期被压抑的各种社会能量彻底释放的精神产物。统与独、左与右、蓝与绿、本土化与全球化、民主与市场、资本与政治、现代性与殖民性、"中国性"与"台湾性"、解构与建构、"国族"与性别……一系列的分歧与纠葛纷至沓来，或截然对立，或隐晦微妙，或折中调和。历史的断裂和社会的剧烈转折导致了理论的紧张与思想的焦虑，"何谓台湾?"这个问题深刻地纠缠和困扰着当代台湾的人文知识分子。于是，就产生了"后现代台湾""后殖民台湾""本土台湾""左翼台湾""民主台湾"以及"后殖民本土台湾""本土左翼台湾""布尔乔亚的台湾""新殖民地·依附性独占资本主义的台湾""左眼失明的台湾"和"多元文化主义的台湾"等一系列的充满歧义的话语。

如果没有进入种种"台湾论述"产生的内在历史脉络和思想场域，我们就很难理解台湾知识界为什么为"后殖民还是后现代"这样的问题争论不休，也很难理解从"后现代"到"后殖民"的话语转换对于台湾思想界而言竟会如此意味深长，很难理解"书斋里的言谈"或"学院话语"生产与当代台湾政治之间的复杂关联，也难以理解政治因素对文学和理论的介入或文学与学术对政治的介入究竟有多深。多年来，我们的台湾文学研究获得了丰硕的成果，包括文学理论史在内的文学史研究是其中最为大宗的产品，迄今还在不断地生产，而对理论问题尤其是解严后风云变幻的理论思潮的研究并不足以让人满足。这是我选择这一课题的重要原因之一。近年来的一些研究成果涉及或部分涉及了我们将要展开讨论的课题，它们构成了我展开讨论和分析的基础。这些成果包括黎湘萍的《台湾的忧郁》《文学台湾》，朱双一的《近二十年台湾文学流脉》《海峡两岸新文学思潮的渊源和比较》，朱立立的《知识人的精神私史》，古远清的《当今台湾文学风貌》《分裂的台湾文学》《世纪末台湾文学地图》，赵遐秋、曾庆瑞的《文学台独面面观》，吕正惠、赵遐秋主编的《台湾新文学思潮史纲》，赵遐秋主编的《文学台独论批判》。这些成果还包括如下重要文章：王岳川的《台湾后现代后殖民文化研究格局》、赵稀方的《一种主义，三种命运——后殖民主义在两岸三地的理论旅行》、朱双一的《真假本土化之争》和《当代台湾文化思潮与文学》、黎湘萍的《另类的台湾"左翼"》，等等。这一系列的成果对"解严"以后的台湾文学和理论思潮都有所涉及和讨论，包括《语言美学、理论想象与文化救赎》（黎湘萍），《后现代主义和都市化思潮》（朱双一），《后殖民理论在台湾的发展与误读》（王岳川和赵稀方），《文学台独论的整体批判》（赵遐秋、曾庆瑞），《台湾文学的南北和蓝绿分裂》（古远清）……在诸多层面都提出了一些富有启发性的意见。这些成果帮助我们厘清了一些问题，同时也给我带来了另一些问题和困惑：

第一，如何认识台湾的后现代和后殖民理论思潮对社会思想的影响？王岳川如是言："台湾地区的后学研究还有一些不尽如人意的地方，主要问题在于，首先，同大陆的后学研究相比，台湾对后学的研究基本上是在学术圈内，没有引起公共领域的关注，因而关于现代性和后现代性问题的讨论，关于女性主义的问题、台湾的文化身份问题等，仅仅是知识分子的一种知识话语论争问题；其次，台湾仅仅将'后学'问题看作是一种西方的新思潮，而没有将其看作新的思维方法和价值转型的方法。因而对后学的讨论没有对整个社会的思想形成直接的作用，而基本上是处于社会的边缘和学界的边缘，因而后学思想正负面效应的影响，都比大陆后学的要小，相比较而言，大陆的后现代后殖民研究在广度和深度方面当更为突出。"[①] 这一基本估计或判断是否准确？事实上，"后学"在台湾的状况可能比这一判断远为复杂。

第二，如何认识台湾的本土化思潮？关于 1995 年台湾文坛的"本土化"论战，朱双一的分析和描述颇为细致，揭示出独派本土论的种种谬误。但"真假本土化"的提问方式和分辨是否能够真正有效地阐释"本土论"是如何变成一种"新意识形态"的这个更为重要的问题？

第三，如何认识台湾的左翼理论思潮？如何理解 20 世纪 90 年代后台湾左翼的新动向？黎湘萍在《另类的台湾"左翼"》一文中曾经

---

① 王岳川：《台湾后现代后殖民文化研究格局》，《文学评论》2001 年，第 4 期。

敏锐地指出：90年代以后至今，台湾的"左翼"似乎出现了重组的迹象和复苏的契机。台湾"左翼"如何另类？又如何"重组"？这的确是一个饶有趣味而又十分重要的问题。可惜的是，黎湘萍对90年代以后至今台湾左翼思潮的描述十分简略，他倾向于这样的估计："与西方的左翼运动（尤其是60年代的新左翼运动）相比，作为社会的'另类'思想运动，台湾'左翼'的纯粹理论和学术建设相对要薄弱一些，但是左翼人士所从事的社会运动，却以相当坚韧的态度，一直在民间进行。他们的理论思想建设，也是依靠这些社会运动来凸显的：这恐怕是它们与体制化后的左翼思想的差异所在吧。"①两岸左翼的不同命运和发展形态的比较的确具有启发性，两者之间的相互参照与比较意味深长，这显然是一个值得深入研究的课题。而黎湘萍把60年代的新左翼运动作为重要参照的观察，则可能遗漏了90年代后台湾的左翼理论思潮的更为重要的面向和思想线索。90年代的左翼思考面对的处境已经不同于60年代，如何应对世界社会主义运动的巨大挫折和经济全球化以及"新自由主义"意识形态的全球扩张，如何在理论上回应和阐释"新社会运动"？这构成了左翼理论新的思考方向。90年代后台湾左翼理论同样面对这种状况，更要应对"解严"后台湾社会的巨幅转型。90年代后台湾左翼知识分子提出了哪些新的理论策略？如何应对变化了的现实？只有在这个语境中，我们才能充分地理解台湾左翼理论的调整和重构。这种调整与重构既表现在传统左翼的复苏与重建，更体现在"新左翼""后现代左翼""民主左翼"理论的纷纷出场。

　　90年代以来，两岸思想界都出现了"新左翼"思潮，由于语境的某种相似性，而产生了一些相同或相近的思想方式和问题，但也由于历史语境的种种差异，两岸的"新左翼"也有所分别。两者之间已经展开的对话和潜在构成的对话关系更为意味深长。两岸同属于一

---

　　①　黎湘萍：《另类的台湾"左翼"》，《中国现代文学研究丛刊》2002年第1期。

个中国，当代尤其是90年代以来台湾的理论思潮应该成为我们认识和阐释复杂的"中国问题"以及我们时代的思想状况的一部分。两岸文艺思潮既有深层次的历史文化关联，也存在互为镜像的可能性。

二

"解严"前后至今是当代台湾社会和政治转型的历史时期，也是当代台湾思想转折的年代。如何理解和描述当代台湾思想史的这一重大转折的脉络，无疑是一个重要的理论课题。我们的观察试图在纷纭复杂的思想变迁之中寻找出一些演变的主要线索。如果把近二十年来台湾理论思潮的变迁放在当代"反对运动"的起承与转换之历史框架中予以理解的话，那么，我们可以把理论思潮的演变轨迹描述为一个从"反对运动论述"到"新反对运动论述"的转折过程。所谓"反对运动"，简而言之即是反支配的抗争运动。在20世纪50年代至90年代初的台湾社会和文化场域中，"反对运动"就是反抗国民党"威权统治"的运动，包括社会运动和思想运动两个层面。从"自由中国运动"到"乡土文学运动"，从"解严"前的"党外政治运动"到80年代多元化和后现代主义思潮，这些社会和文化思潮尽管存在不同的诉求和理念，但却有着共同的抵抗对象，其反抗和批判的对象都指向威权体制和维护威权统治的意识形态。但90年代以后，旧有的威权体制逐渐解体，曾经占据主流位置的威权意识形态也逐渐分崩离析。以国民党"威权统治"为抗争对象的"反对运动"已经进入终结的历史时期，这导致了思想的转折和人文思想界的分化。一方面以"本土论"和"台湾民族论"以及"国族"话语为核心的"新意识形态"浮出历史地表，并且形成强大的话语力量，逐步获得文化霸权的位置，一种大叙事被另一种大叙事所取代；另一方面反抗"新意识形态"的声音也浮出水面。一些参与"反对运动"的人文知识分子转变为"新意识形态"话语的生产者、阐释者和传播者；另一些人文知识分子则对权力结构的翻转所形成的新的压迫始终保持着警惕和批判的立场，他们试图重构"反对运动"和"反对论述"；试图发展出一种反抗"新意识形态"霸权的"新反对运动"的文化论述。

在《岛屿边缘》知识分子重构了的知识图景中，我们可以看到，90 年代初在台湾前卫知识分子那里，关于"新反对运动"的最初论述已经萌生，卡维波主编的《台湾新反对运动》1991 年的出版意味着一种后现代主义和后马克思主义版本的关于新反对运动的论述已经出场亮相。那么，为什么是后现代主义和后马克思主义的版本？这显然与吴永毅、陈光兴、卡维波、丘延亮等"边缘"知识分子对 90 年代初政治状况和新社会运动的基本认识与估计有关，也与世界社会主义运动遭到巨大挫折之后国际左翼知识分子的战略转变相关。在拉克劳和墨菲的《文化霸权与社会主义战略》和塞缪尔·鲍尔斯和赫伯特·金蒂斯的《民主与资本主义》以及霍尔的"后现代主义与接合理论"的论述中，我们看到了相似的思考。在他们看来，社会的多元化或社会力量的多元化，已经是不可改变的事实。这一事实形成了"新社会运动"的多元诉求和多元抗争的新格局。一个阶级反抗另一个阶级的实践模式以及阐释实践的模式已经难以有效应对变化了的社会现实。所以，"新反对运动"必须在多元诉求和充满分歧的理念之中寻找到可以接合的"节点"和"枢纽"。而这个策略的有效性显然必须建立在中产阶级数量日渐庞大的这个社会基础之上。

但是，后现代主义和后马克思主义显然不是唯一的可选择的路径。在"新自由主义"的肆掠下，社会的两级化趋势隐然浮现，并且已经出现了进一步恶化的迹象。日本趋势学家大前研一提出的"M 型社会"概念，代表着人们对这一趋势的深刻忧虑。大前研一曾经断言：日本已经进入了"M 型社会"，台湾也已经产生了日本曾经出现的种种征兆，逐渐演变为"M 型社会"。在这个语境中，传统左翼的复苏或许已经出现了新的历史契机。种种迹象表明，"新反对运动"存在着另一种选择，或另一种道路。在《人间》知识分子重新焕发的理论活力和田野实践中，在素朴的《左翼》杂志中，在詹澈的诗歌写作与农民运动的接合中，在钟乔的"民众剧场"运动中，在"劳工阵线"和"劳动人权协会"等大大小小的劳工团体的斗争中，我们看到了传统左翼思想复苏与再造的可能前景。当然，"新反对运动"的建构还存在第三种或更多种的选择。在20世纪90年代台湾的理论场域，《台湾社会研究季刊》则代表着批判地接合后现代主义、自由主义、后马克思主义和传统马克思主义以及第三世界理论等多元思想的思考方向和话语实践方式。

当我们把近二十年来台湾理论思潮的变迁描述为从"反对运动论述"到"新反对运动论述"的转折时，一系列的理论分歧、对抗与辩证——本质主义与反本质主义、本土论与反本土论、建构主义与解构主义、"国族"论与反"国族"论，等等——一定程度上都可能获得脉络化或历史化的解释。在"新意识形态"的形构与解构的矛盾运动中，我们也就容易理解以下种种现象：为什么安德森的《想象的共同体》对一些人文知识分子显得如此重要？而拉克劳的"后马克思主义"战略为什么对另外一些知识分子有如此大的吸引力？"新左翼"为什么对"接合理论"如此心仪？而本土论者又为什么对"策略的本质主义"和齐泽克的"主体空白"概念如此倚重？为什么思想界要为后现代主义和后殖民批评究竟哪一种理论更适合台湾社会和思想转型而争论不休？正是在这个脉络里，我们认为，后殖民批评、本土论和左翼论述构成了当代台湾理论思潮的三大重要流脉。

但是，这只是一种理解当代台湾理论思潮嬗变的重要线索之一，绝对不是唯一的脉络。我们在如此理解当代思想状况时，显然要特别警惕化约主义和某种绝对化倾向的出现。对"解严"后台湾思潮史的充分理解需要一种对思想细节的不断质询的精神。我们认为，在当代台湾的文化政治的光谱上，还存在形形色色的论述立场。在本质主义与反本质主义之间、在本土论与反本土论之间、在建构主义与解构主义之间、在"国族"论与反"国族"论之间，还存在着许许多多有着微妙差异的论述立场。对"何谓台湾"这个命题的回答，对当代台湾的社会性质和思想状况的理解，对"台湾性"的定义，对台湾文学属性的认识，都可能由于发言位置和理论视域的不同而形成种种不同的或充满差异的阐释。由于性别、族群、阶级、统独、环境主义乃至动物伦理主义等因素的深刻嵌入，90年代后台湾的理论思潮显得更为复杂和多元，甚至滑动多变。这种多元喧哗歧义横生的思想格局，一方面呈现出社会对歧义的一定程度上的容忍和宽容，另一方面也可能削弱或抵消批判性思想的力度。饶有趣味的是，在建构某种论述时，人们发现其所倚重的理论资源——典型如后现代主义和后殖民理论以及"想象的共同体"理论，等等——往往会产生双刃剑的效果。这个现象的不断出现某种程度上强化了"阐释台湾"的紧张与焦虑。这或许表明，在理论和历史之间存在着一道难以逾越的沟壑。台湾知识界如果不能回返到历史、文化和政治以及普世的人文价值的基本面，这种理论的紧张和焦虑还将持续存在。

三

以上简要地表述了我对"解严"前后至今台湾理论思潮的演变格局的基本认识。笔者认为对这个课题的讨论或应努力建立在这一基本认识的基础之上，以话语分析的方法具体地阐释台湾文化场域中各种"论述"的生产与意识形态的复杂关系，阐述活跃在台湾当代文化场域诸种"论述"的解构与形构策略及其演变轨迹，才有可能深入理解当代台湾文艺思潮的复杂性和历史变迁。以下问题需要我们认真梳理和思考：

第一，后现代与后殖民的话语转换。90年代初至中期台湾理论界产生了一场关于后现代与后殖民的论争，这场论战导致了后现代与后殖民的理论话语转换。现今，我们要进一步思考的是：后现代主义是如何被引入台湾的？它对台湾的文学理论产生了怎样的影响？台湾理论界如何理解后现代与后殖民的关系？为什么后现代主义会快速被后殖民理论所取代？后现代主义在台湾真的销声匿迹了吗？我们认为：在90年代台湾"本土主义"甚嚣尘上的历史时期，"本土化"

或"本土论"已经演变为"政治正确"的意识形态。后殖民理论往往被本土化为"本土主义"意识形态的一种好用的理论工具，承担着"发现台湾"甚至建构所谓"台湾民族主义"的重大政治使命。这样，经过特殊处理后的"后殖民"话语在台湾也就享有了无比重要的理论地位，乃至一时成为人文学科中的显学和强势的理论话语，至今还有些高烧不退。而主张"去中心""解主体"的后现代主义因为明显的"不合时宜"演变成为一种被压抑的边缘话语。在这一时代语境中，的确，如同廖炳惠所提醒的，后现代批评谱系有存在和重建之必要，因为它或许可以成为新的权力中心的一种制衡和批判的思想力量。我们认为："后现代主义"的存在或许可以成为已经疾病缠身的"台湾后殖民"的一帖有效的解毒剂，至少后现代主义可以提醒人文知识分子警惕新的霸权结构对异质性所产生的压抑和排斥。正是由于这一点，后现代主义在台湾的使命并没有终结，而是汇入到了新左翼的理论思潮之中。

第二，台湾后殖民理论思潮。后现代主义和后殖民批评都广泛地卷入了"解严"后尤其是90年代以来台湾文学与知识生产乃至政治意识形态生产的复杂场域之中，深刻地介入到台湾当代政治和文化的转型过程之中，并且微妙地影响着人文学界对台湾的历史、政治、文学和身份问题的理解、阐释与重构。从根本上看，后现代主义和后殖民论述在台湾的兴起与演变关涉到人文知识分子如何思考台湾和如何"阐释台湾"这个至关重要的当代命题。本章将讨论与此相关的一系列问题：后殖民理论在台湾如何兴起？怎样"在地化"？在当代台湾的意识形态生产和论争中，后殖民理论又扮演了何种角色？台湾人文学界对后殖民理论的认识与阐发究竟存在哪些矛盾和分歧？这些矛盾和分歧与"解严"后台湾社会的认同分裂之间存在何种关联？在台湾，后殖民理论与性别、族群、阶级、本土、跨国文化政治以及所谓的"国族"想象和认同建构究竟存在何种关系？在文学理论领域——包括文学史书写、文学批评、文学经典与文学教育以及"文化研究"等广泛层面——后殖民论述又产生了哪些具体而深刻的影响？

我们应如何理解和认识后殖民理论在台湾演变过程中出现的根本歧义与种种变异乃至异化现象？

第三，"殖民现代性"的幽灵。台湾后殖民理论思潮的一个重要面向即是重新阐释日据时期台湾的殖民地经验，迄今，殖民地经验对当代台湾的精神生活仍然存在着种种复杂而微妙的影响。如何评价日本殖民统治对台湾社会的影响？如何理解殖民地经验的复杂性？如何阐释日据时期台湾知识分子的抵抗策略？如何评价"皇民化文学"？殖民地经验与文化认同之间究竟存在何种关联？这种关联是否对当代的认同政治仍然产生某种潜在的影响？今天应如何阐释台湾近代性或现代性的起源与变迁？又怎样反思台湾的现代性问题？对这一系列问题的理解同样充满分歧，分歧的焦点在于如何阐释"殖民性"与"现代性"之间错综复杂的历史纠葛和情感悖论。现今，"殖民现代性"已经构成了台湾后殖民论述无法规避的重要课题。研究近20年来台湾文艺思潮的变迁，有必要认真梳理台湾思想界对"殖民现代性"问题的讨论，辨析隐含在其中的种种分歧，并探讨"殖民现代性"问题是如何深刻地嵌入当代台湾理论思潮的脉动，又是如何曲折地渗入当代文化认同的形塑过程。

第四，本土论思潮的形成与演变。"本土论"或"本土化"是90年代以来台湾重要的文化思潮之一。从80年代初浮出历史地表到90年代取得某种"政治正确"的地位，"本土论"或"本土化"概念常常与台湾的政治意识形态勾连在一起，有时甚至变成政治意识形态的工具。因而，关于"本土"和"本土化"的定义，迄今，台湾思想界仍然争讼纷纭。何谓"本土"？台湾需要什么样的"本土化"？"本土"原本就是一个充满歧义的概念，"本土化"也是一个充满张力和矛盾的文化政治场域。由于理论立场和论述位置以及参照系统的不同，人们对"本土"和"本土化"的界定和阐释也有着显著的差异：或开放，或封闭，或多元。但在当代台湾社会思潮脉络中，"本土"和"本土化"逐渐演变为一种内涵单一的话语，甚至异化为一种封闭的、排他的和民粹化的政治意识形态。在一段时间中，所谓"本土论"已经成为新的文化与政治权力结构合法化的一种论述策略。在"本土与外来"二元对立的社会和历史分析框架中，"本土论"扮演着十分重要的角色。这一演变显然也引起了一些知识分子的反思和批判，把"本土"和"本土化"概念从政治意识形态的绑架中解放出来也就成了批判的知识分子的一项重要课题。我们有必要重新梳理"本土论"的形成与演变，讨论"本土化"论争中台湾知识界的分歧，阐释本土主义思潮极端化发展与"台湾文学论"话语霸权建构的关系，并分析台湾知识界对"本土论"的诸种反思、批判与解构。

第五，传统左翼的再出发。"传统左翼"是一个相对于后现代左翼、自由左翼或新左翼的概念。与新左翼放弃阶级优先论或"阶级的退却"立场根本不同之处在于，传统左翼坚持"阶级政治"的理念和阶级分析的方法。在台湾当代理论史的脉络中，我们把乡土文学运动中发展出来的左翼称为"传统左翼"。由于"统独"问题的深刻嵌入，80年代以后，在政治和文化光谱上，传统左翼知识分子阵营产生了明显的分裂，其中"统派左翼"和"独派左翼"代表着分裂的两个极端，这一分裂显然削弱了传统左翼的批判力量。一部分左翼知识分子在史明的影响下转向"本土论""台湾意识"论乃至虚幻的"台湾民族主义"，"阶级政治"和阶级分析方法逐渐被"本土主义"和"族群民族主义"意识形态所替代。以陈映真为代表的另一部分左翼知识分子则始终坚守"阶级政治"的观点、阶级分析的方法等传统马克思主义的立场，以介入重大的理论论战和展开具体的社会文化艺术实践的方式再出发，在"解严"以后的台湾社会和思想领域继续产生特殊而重要的影响，其代表人物包括陈映真、曾健民、林载爵、王墨林、詹澈、钟乔、蓝博洲、吕正惠、汪立峡、杨渡、杜继平等。理解当代台湾左翼思潮的嬗变，必须研究他们参与的一系列理论论战和具体的社会文化实践，进而探讨阶级观点在当代台湾思想和理论场域中的角色、意义与问题，探讨传统左翼如何应对台湾社会急剧变化了的现实。

第六，后现代与新左翼思潮。这个问题可以分为三个部分来讨论：1.《南方》与新左翼思想的萌芽；2.《岛屿边缘》：后现代主义与左翼思想的结合；3.《台社》与民主左翼思潮的形成。关于台湾地区后现代主义与新左翼思潮的接合，我们认为以下几个问题值得关注：①"民间社会"概念是如何出场的？"民间社会"如何被赋予了反抗威权统治争取社会民主的政治功能？"民间社会"理论存在哪些问题？②"民间社会"理论如何转向"人民民主"？《岛屿边缘》在什么背景下展开其独具特色的后现代左翼论述与实践？③《台湾研究季刊》如何重构"民主左翼"论述？"民主左翼"、后现代主义与台湾地区文化研究的关系如何？我们认为：在当代台湾思想史尤其是左翼思想史上，《台湾社会研究季刊》是一份重要的刊物。其重要性主要体现在如下方面：1. 重新确立了"台湾研究"的问题意识。《台湾社会研究季刊》的出场意味着"台湾研究"问题意识的重建，即从"何谓台湾"的历史论证到当代台湾社会和文化状况为何的转移；2."台湾研究"知识范式和批判立场的重构。《台湾社会研究季刊》"接合"了传统左翼、自由主义、后现代主义、后马克思主义、女性主义以及文化研究等论述资源，试图恢复政治经济学批判和意识形态分析的历史关联，重建"台湾研究"的知识范式，进而确立"民主左翼"的知识立场；3."台湾研究"思想视域的重建，即把台湾问题放到东亚视域和全球化语境中予以考察；4. 重构台湾批判知识分子社群和东亚的"批判圈"；5. 以论述实践的方式介入当代台湾的新社会运动和理论思潮。

第七，宽容论述如何可能？在全球各地常常发生的冲突引发了人文知识分子对自我与他者关系问题的思考。"自我"与"他者"如何进行对话？我们如何在一起共同生活？需要重新启用人类思想史中有哪些理论资源来理解、阐释当今这一愈发显得迫切的问题？哪些思想有助于解决这种"自我"与"他者"的紧张和冲突关系？于是，人们找到了德里达的"友爱的政治学"和列维纳斯的"他者哲学"，以及孕育出"友爱的政治学"和"他者哲学"更源远流长的精神脉络，即其背后深远的人类思想史中的爱与宽容传统。台湾知识界对"悦纳异己"思想的热情还有其深层原因，一个与当代台湾精神生活的内在普遍困境和焦虑的关系更密切的深层原因。在我看来，"悦纳异己"思想的引入如果与多年来台湾进步知识界所一再讨论的"和解"说产生某种有机的结合，或许可以为"和解"论述提供伦理学上的支持。尽管这一结合迄今仍未发生，但"悦纳异己"论述的引入与传播已经深刻而隐蔽地表达出了人文知识分子欲求冲破精神困境和"阐释台湾"焦虑的内在心灵需要。

需要补充说明的是：近20年来台湾文艺思潮发展十分复杂，"后殖民批评""本土论"和"左翼论述"三大理论思潮是相互绞缠的，并不具有各自独立的演变脉络。"后殖民批评""本土论"和"左翼论述"三者之间的复杂纠葛是当代台湾文艺理论思潮的突出特征。而在"后殖民批评""本土论"和"左翼论述"三大理论思潮之外，我们认为有必要讨论台湾理论界近期兴起的"悦纳异己"话语，因为"悦纳异己"论述的出场或意味着台湾知识界逐渐产生了一种意欲超越意识形态对立和"阐释台湾"的焦虑与分歧的精神需求。但对于政治现实而言，"悦纳异己"只是一种善良的愿望。最后需要指出的是，随着红衫军新公民运动的兴起和二次政党轮替的顺利完成以及两岸政经文化关系的改善，台湾地区的文化政策和文艺思潮也产生了一系列重大变化，"开放"和"进步"逐渐成为文艺理论界一种富有影响力的声音，在所谓"开放的本土论述""进步的本土主义"，重认"五四"新文化传统以及"台湾鲁迅学"等议题中，人们可以清晰地听到这种声音。

"传统左翼" 的声音

"传统左翼"是一个相对于后现代左翼、自由左翼或新左翼的概念。与新左翼放弃阶级优先论或"阶级的退却"立场不同之处在于，传统左翼坚持"阶级政治"的理念和阶级分析的方法。在台湾当代理论史的脉络中，我们把乡土文学运动中发展出来的左翼称为"传统左翼"。20 世纪 80 年代后的政治和文化光谱上，传统左翼知识分子阵营产生了明显分裂，这一分裂削弱了传统左翼的批判力量。部分左翼知识分子在史明影响下转向"本土论""台湾意识"论乃至"台湾民族主义"，"阶级政治"和阶级分析方法逐渐被"本土主义"和"族群民族主义"意识形态所替代。以陈映真为代表的另一部分左翼知识分子则坚守传统马克思主义立场，以介入重大理论论战和展开具体社会文化艺术实践的方式发声，在"解严"后的台湾社会和思想领域继续产生特殊而重要的影响，代表人物包括陈映真、曾健民、林载爵、王墨林、詹澈、钟乔、蓝博洲、吕正惠、汪立峡、杨渡、杜继平等。本文主要讨论他们参与的理论论战和社会文化实践，进而探讨阶级观点在当代台湾思想和理论场域中的角色、意义与问题，探讨传统左翼如何应对当代台湾社会急剧变化的现实。

一、传统左翼的困境与复苏

在战后台湾政治文化场域中，左翼思想和实践受到威权统治的长期压抑。这种压抑产生了两种结果，一是左翼思想以潜流的方式存活，当威权统治有所松动时才出现复苏迹象；二是左翼力量孱弱，难以对台湾社会产生决定性影响。回顾当代左翼思想的发展，如下历史事件值得注意：

（一）"保钓运动"：左翼思想复苏的契机。20世纪70年代初，左翼思潮复苏，契机是1970年秋天的"保钓运动"。"保钓运动"深刻影响了70年代台湾文艺思潮，主要表现在以下方面：第一，与五四运动的重新锻接，使得重新认识中国近代史和新中国成为台湾进步青年知识分子的渴望。在文学史观上也再次确立了台湾文学与五四新文学的关系。第二，"保钓运动"冲破了威权体制对左翼思想和文学的禁锢，为台湾70年代左翼文艺思潮输入重要思想资源。包括马克思主义经典著作，毛泽东的《矛盾论》《实践论》，法浓的《全世界受苦的人》，以及20世纪30年代大陆左翼作家鲁迅、茅盾等人的作品。第三，"保钓运动"也促动知识分子重建与台湾现代左翼思想史的精神联系。1973至1974年间，颜元叔发表《台湾小说里的日本经验》，论及杨逵、张深切、吴浊流等左翼作家作品；张良泽撰写了关于钟理和的系列文章；林载爵发表《台湾文学的两种精神》阐述杨逵的"抗议"精神和钟理和的"隐忍"精神。《中外文学》和《幼狮文艺》重刊了杨逵等人的作品。第四，形成回归民族与关怀现实相结合的文艺观念。"保钓运动"的一项重要成果就是促进了民族主义与现实主义的有机结合，即左翼与民族主义的结合。也启发了青年知识分子的现实关怀和社会参与意识。青年知识分子"拥抱斯土斯民"的诉求，"走出校园，走出象牙塔，走向社会，走入民间，进入社会底层"成为一代青年知识分子的共同追求；"保钓运动"还促使进步知识分子重新思考反帝民族主义的意义和对西化论或现代化论的反省与批判，触发了"现代诗论战"。1973年创刊的《文季》推出黄春明和王祯和的批判现实主义小说，衔接了1971年以来的社会政治运动所开拓出来的"民族"和"社会"的思想脉络，并且发展出反抗帝国主义与资本主义的文学主题。

（二）《夏潮》与左翼文论思潮。1976年《夏潮》杂志的创办把

"传统左翼"的声音

分散的进步知识分子结成左翼的联盟：苏庆黎、陈映真、尉天骢、唐文标、王晓波、陈鼓应、南方朔、杨逵、王拓、杨青矗、詹澈、林瑞明、林载爵等，包括海外"保钓运动"分子、左翼民族主义者、批判现实主义作家、国民党左派等，在"乡土的、社会的、文学的"理念下形成《夏潮》左翼知识分子群体。《夏潮》延续了"保钓运动"形成的左翼观点，拓展了左翼思想的空间。第一，确立了左翼中国民族主义的认同。"保钓运动所企图重燃的五四香火，抗日老作家杨逵的出土，以及重新认识左翼中国的努力，后来就由《夏潮》杂志延续，并表现在70年代末期的乡土文学论战上。"① 在理论立场上，《夏潮》完成了中国民族主义与左翼思想的结合。其论述策略是，通过对孙中山"三民主义"思想中"社会主义"内涵的阐释与发扬使左翼中国民族主义获得正当性。王晓波的《国父和革命时代的中国——国父思想论》和陈鼓应的《孙中山先生对帝国主义、资本主义的批判》，都重新阐释了孙中山的左翼民族主义思想。第二，展开寻找左翼文艺思想资源的工作。《夏潮》重刊了日据时期反抗日本殖民统治具有左翼倾向作家的作品，并发表一系列作家传记、访谈和评论。《夏潮》的日据台湾文学论述突出了左翼作家的反抗殖民精神和民族认同意识和现实主义传统，与本土主义文论的"台湾意识"论有着本质差异。第三，批判现代主义与建构现实主义的理论与实践。《夏潮》延续《文季》的批判现代主义路线。《夏潮》以传统左翼思想的阶级论、社会观和美学理论为武器，引入"世界体系"和第三世界理论，认为60至70年代的台湾经济是被资本主义入侵的"殖民经济"，台湾社会是西方的附庸化社会。而现代主义的"横的移植"则是资本主义的"文化附庸"和"殖民地化"，在美学上也犯了颓废和病态的弊病。

在与现代主义及现代化论的论战中，《夏潮》进一步确立了批判现实主义的文学观念。第一，确立了以唯物论为基础的文学反映论。

① 郑鸿生：《台湾思想转型的年代》，《南风窗》，2006年第15期。

陈映真阐述了朴素的"反映论"和"服务社会"的使命观念:"一个时代有一个时代的'时代精神',一个时代的'时代精神',一定有它作为时代精神的基础的、根源的、社会上和经济上的因素。"①《夏潮》社会关怀面宽广,涉及"历史""民主""劳工""原住民""人权""妇权""环保"及"第三世界"社会状况,"夏潮"对社会现实的认识与分析多取政治经济学批判和阶级分析路径,在70年代台湾知识界难能可贵。第二,提出文学为什么人服务的命题。早在"现代诗论战"中,唐文标和尉天骢分别发表《什么时候什么地方什么人》和《站在什么立场说什么话》,提出文学的意识形态立场和为谁服务的命题。1977年后,《夏潮》知识群进一步明确了文学的使命即为劳苦大众代言和服务。第三,提出知识分子如何为底层代言的问题。陈映真提出:"市镇小知识分子的救赎之道,便是在介入的实践中,艰苦地做自我的革新,同他们无限依恋的旧世界做毅然的诀别,从而投入一个更新的时代。"② 第四,确立了现实主义文学批判资本压迫与反抗人性异化的主题和回归民族大众的美学形式。《夏潮》推出了一批写实主义小说家——黄春明、杨青矗、王拓、宋泽莱和乡土诗人吴晟、施善继、詹澈等,在对他们作品主题的阐释中建立了批判写实主义的文学观念和基本主题:黄春明对跨国资本入侵的批判和底层人物命运的揭示;杨青矗工人小说对异化劳动的批判;王拓对商业社会人性异化的揭示;宋泽莱对资本主义入侵造成农村贫困与破产的抗议……《夏潮》"介入的实践"在文艺领域除批判写实小说外,还包括更直接反映社会变迁和底层生活的"报道文学"和"新民歌运动"。

(三)"乡土文学论争"与左翼的分化。1977年4月王拓在《仙人掌》杂志发表《是"现实主义"文学,不是乡土文学》,提出乡土

---

① 陈映真:《建立民族文学的风格》,《中华杂志》,1977年第171期。
② 陈映真:《试论陈映真》,载《孤儿的历史,历史的孤儿》,台湾远景出版社1984版,第163—173页。

文学是"根植在台湾这个现实社会的土地上来反映社会现实、反映人们生活的和心理的愿望的文学"。① 同期刊登银正雄的《坟地里哪来的钟声?》和朱西宁的《回归何处? 如何回归?》，则已含有对"乡土文学"的批评。5 月，叶石涛在《夏潮》二卷五期发表《台湾乡土文学史导论》，阐述乡土文学的历史渊源和特性，提出"台湾意识"概念。6 月陈映真以许南村笔名在《台湾文艺》发表《"乡土文学"的盲点》，批评叶石涛"台湾意识"论的"分离主义"倾向。从 7 月至 10 月彭歌在《联合报》发表题为《三三草》九则短评和长文《不谈人性，何有文学?》，认同银正雄对乡土文学的批评，认为王拓陷入了"阶级对立"的弊病，"有意恶化'社会内部矛盾'之倾向"②；8 月余光中在《联合报》副刊发表《狼来了》一文，点出"乡土文学"为"工农兵的文艺"。10 月，陈映真在《中华杂志》171 期发表《建立民族文学的风格》还击了对乡土文学的一系列批评，王拓在《联合报》发表《拥抱健康的大地》回应彭歌的批判。1978 年 2 月，王文兴于《夏潮》第 23 期发表《乡土文学的功与过》，表示赞成乡土文学的创作，但反对它的理论，认为乡土文学理论犯了"文学必须以'服务'为目的""文学力求简化""公式化"和"排他性"的四大错误。胡秋原旋即在《夏潮》和《中华杂志》同时发表《王文兴的 Nonsense 之 sense》，从文学、政治和文化三方面批评王的"文学之乱说""政治之谬论"和"对西方文化之无知"。

从政治意识形态立场和文学观念看，这场论战包含三种对立：第一是左翼的乡土文学派与右翼知识分子的意识形态对立。《夏潮》派知识分子持左翼乡土文学立场，承续现代文学的左翼传统，以唯物论为基础建立反映论的文学观，主张介入现实批判现实。彭歌、银正雄

---

① 王拓：《是"现实主义"文学，不是乡土文学》，《仙人掌》杂志，1977 年 4 月，第 2 期。

② 彭歌：《不谈人性，何有文学?》，载尉天聪主编《乡土文学讨论集》，远景出版社 1978 年版，第 249 页。

和余光中等人是体制内知识分子的代表，反对左翼文学观念。第二是乡土派与现代派的美学冲突。王文兴和《夏潮》文学理念的对立首先是自律论与工具论的对立，也是现代主义与普罗写实主义的对立，是精英文化与大众文化的对抗。第三是乡土派内部"中国意识论"与"台湾意识论"的分野。叶石涛《台湾乡土文学史导论》之核心即"台湾意识"，陈映真对叶石涛"台湾的乡土文学"论中隐含的"分离主义"意味和"台湾的文化民族主义"倾向十分警觉，指出叶石涛试图与中国脱离的"台湾意识"是"乡土文学"的盲点。

（四）"解严"后传统左翼的新困境。"解严"前后，国民党威权统治日益松动，但传统左翼的声音仍然微弱。传统左翼思想遭遇新的困境：其一，80年代后台湾社会阶级结构发生了巨大变化，中产阶级数量在社会阶级结构中占据多数位置。这种社会结构制约了传统左翼的重新崛起。其二，70年代"乡土文学运动"中隐藏着的左翼路线分歧，80年代演变为传统左翼知识界的分裂。本土主义路线在90年代后取得话语霸权地位，成为台湾新意识形态即"台独"意识形态的组成部分，"本土左翼"论述已然丧失左翼立场。这一分裂造成左翼思想的重大挫折。其三，80年代各种社会力量迅速崛起，形成思想领域的多元化和自由化思潮，遮蔽甚至淹没了原本孱弱的传统左翼的声音。其四，80年代中后期成为台湾思想界显学的后现代主义和解构主义消解了传统马克思主义对台湾知识分子的影响，部分倾向于左翼立场的知识分子转向与后现代主义的结合，走向后马克思主义。其五，八九十年代之交，国际社会主义运动遭遇重大挫折，苏东剧变深刻影响了台湾知识界。以上因素导致传统左翼的失语，"解严"前后，其影响力甚至还不如威权统治的70年代。台湾知识界普遍感受到这种状况，"等待左派""消失的左眼""没有左派哪来新中间路线""左翼缺位的台湾"等说法的出现，既表明传统左翼的孱弱，也意味着人们对左翼的期待，意味着台湾社会需要左翼的声音。传统左翼复苏的契机隐然产生。随着社会经济日益私有化和自由化，随着新自由主义的全面入侵，台湾社会结构出现了微妙深刻的变化，社会两极化趋势扩大。种种迹象表明，"新反对运动"存在另一种选择。在《人间》知识分子重新焕发的实践和理论活力中，在《左翼》杂志中，在关晓荣报告摄影和蓝博洲的报告文学中，在詹澈的诗歌与农民运动的接合中，在钟乔的"民众剧场"运动中，在"劳工阵线"和"劳动人权协会"等劳工团体的斗争中，我们看到了传统左翼思想复苏与再造的可能前景。

二、"内战冷战意识形态"与"台湾社会性质论"

如何解释当代台湾的思想状况和社会性质？如何认识当代台湾的历史状况？哪些历史因素深刻制约或决定了当代台湾的思想结构？对这些问题，不同立场的台湾知识分子有着截然不同的回答。在"本土论"者看来，当代台湾史延续了日据史的本土/外来之二元对立脉络。在"本土/外来"阐释框架中，70年代的乡土文学运动被视为"本土意识"觉醒的开端，"本土意识"逐渐演绎成为一种与"中国意识"相对立的"台湾意识"。而以陈映真为代表的"人间"派左翼知识分子则提出另一种建立在历史唯物论基础上的阐释范式，把台湾当代史放在"内战冷战"的历史框架中予以阐释：台湾当代史既是中国"内战"史的延续，也是"冷战"结构的历史产物。"人间"派左翼知识分子建立了对战后台湾思想史的基本认识和知识图景，在他们看来，战后至70年代的台湾思想史是"内战冷战"意识形态与反"内战冷战"意识形态冲突的历史，战后台湾文学史尤其是70年代的文学论争只有在这一阐释框架和历史结构中才能得到科学的解释。

陈映真的《向内战冷战意识形态挑战》一文正是以这一社会科学范式重新阐释70年代台湾的乡土文学论战：第一，现实主义与现代主义的对抗是世界"冷战"结构在美学领域的具体表征。"在战后世界冷战结构下，现代主义成为以美国为首的'自由世界'对抗旧苏东世界'社会主义现实主义'文艺的意识形态武器，也成为反对在广泛美国势力范围下第三世界反帝的、本地革命现实主义的先锋。"第二，70 年代台湾乡土文学运动的意义在于突破"中国内战"和"国际冷战"双重意识形态的对思想和美学的限制。乡土文学运动提出的民族文学论、大众文学论、新殖民主义论、第三世界理论等论述，直接挑战"内战冷战"的意识形态。第三，乡土文学运动从历史唯物论出发分析当代台湾社会的性质。关于战后台湾经济是否是"殖民地经济"的论争，为台湾地区批判的社会科学的出场和发展打开了空间。第四，"反中国的本土论"的产生是左翼思想的巨大挫折和倒退。① "内战冷战"的框架在阐释战后台湾的意识结构和意识形态冲突方面非常有效，也充分解释了台湾社会产生"脱亚入美"心态或情绪结构的历史与现实根源。但毋庸讳言，这个阐释范式具有某种僵硬的总体化和决定论倾向，陈映真和吕正惠在美学和文学理论上深受卢卡契现实主义理论的启发，这影响了他们对现代主义和后现代主义等思潮的判断。许多时候，传统左翼未能充分理解现代主义、后现代主义和资本主义体制之间业已存在的紧张关系，把现代主义、后现代主义、后结构主义乃至女性主义视为西方资产阶级的意识形态而予以拒绝。这是传统左翼与新左翼根本分别之所在。现今看来，对于传统左翼的复苏与重组而言，如何重新认识这些论述的进步意义可能事关重大。传统左翼能否重构出一种开放的和批判的社会科学？能否建构一种广泛的反抗资本主义的斗争同盟？能否建构出一种反抗的论述同盟？都是必须面对的问题。如果传统左翼在看待现代主义、后现代主义和解构主义等方面不能持开放的理论立场，那么以上疑问仍不易克服。当然，如果取"后现代左翼"的立场即从阶级政治转入文化政治，那么另一个疑问也随之而来：那种彻底"从阶级理论退却"的新左翼论述是否还称得上是一种左翼的立场？这是个两难的问题。如何理解和处理好工农阶级与"新社会运动"的关系？也是左翼知

<hr>

① 陈映真：《向内战冷战意识形态挑战：70 年代文学论争在台湾文艺思潮史上划时代的意义》，《人间》2003 年冬季号，人间出版社 2003 年版，第 203—206 页。

"传统左翼"的声音

识分子须深刻思考的时代课题。

在建立"内战冷战"阐述框架的同时，陈映真等传统左翼理论家对台湾社会性质的分析始终坚持马克思主义历史唯物论的立场，从唯物史观出发认识台湾社会性质的历史变迁。在批评陈芳明的"台湾新文学史"观时，陈映真提出了阐释台湾社会性质的系统的和历史的观点："台湾日据社会（1895－1945）是'殖民地半封建'社会；1945 年到 1950 年是中国'半殖民地半封建'社会的组成部分；1950 年至 1966 年，是'新殖民地半资本主义'社会；1966 年到 1985 年左右，是'新殖民地依附性资本主义'社会。而 1985 年到目前，是'新殖民地依附性独占资本主义'的社会。"[①] 可以说，对台湾社会性质的历史唯物论阐释是陈映真等"人间"派思想界"解严"后尤其 90 年代后在左翼理论建设上最重要的贡献和理论成果之一。其意义在于：首先，联结上了 1920－1930 年中国左翼思想史的脉络。早在 1926 年，左翼理论家蔡和森就用"半殖民地"和"半封建"概念来界定近代中国的社会性质，30 年代思想界产生了关于中国社会性质的论战，张闻天、吕振羽等左翼思想家进一步论述了近代中国社会经济的性质，即"半殖民地与半封建的经济"。陈映真对台湾社会性质的阐释在思想方法和理论立场上延续并发展了 1920－1930 年的左翼思想。其次，陈映真指出："台湾社会性质的推演，不是一个自来独立的社会之社会形态的推移，而是中国社会之一地方社会在特殊历史条件下的社会形态的变化。"[②] 这样，既把对台湾社会性质问题放在近代以来中国社会结构的整体视域中考察，又考虑到作为中国社会整体结构一部分的台湾社会的历史特殊性。在此基础上，陈映真提出了一系列重要定义，试图对台湾社会的历史变迁给出一种历史唯物论的整体阐释，重新界定不同历史阶段台湾社会的根本性质。在这一

---

① 陈映真：《以意识形态代替科学知识的灾难》，《联合文学》2000 年 7 月号，第 189 期。

② 同上，第 159 页。

点上陈映真发展了现代中国的左翼思想。第三，陈映真的台湾社会性质论不只是一种历史唯物论的观点，而且把马克思主义的政治经济学批判思想和当代左翼的"依附理论"成功纳入其阐释框架中；第四，陈映真的台湾社会性质论与"本土化"理论立场针锋相对，有力反驳了"本土论"者陈芳明对台湾社会性质的判断。陈芳明曾把台湾社会性质定义为"殖民地社会"，认为台湾社会性质和形态经历了三个阶段的历史变迁：日据时期的殖民地社会，战后国民党统治时期的"再殖民地化"社会和"解严"后的"后殖民地社会"。陈芳明意欲建构的"后殖民史观"，"便是通过左翼的、女性的、边缘的、动态的历史解释来涵盖整部新文学运动的发展。"① 看起来，陈芳明的文学史观比彭瑞金的《台湾文学四十年》在评价台湾现代主义文学时要宽容得多，这是陈芳明现今走向进步、开放和宽容的本土主义之基础。但其新文学史所依据的基础即对战后台湾社会性质的基本判断显然存在重大谬误，陈芳明"再殖民化"和"后殖民社会"概念因受到"本土、外来"二元框架的严重制约，而导致其意欲达成的"左翼的"和"动态的"历史阐释的失效。陈芳明对战后台湾社会结构的分析已与马克思主义的基本立场和观点相距遥远，这个被陈映真揭示出的事实，陈芳明自己也不得不承认，从他的"马克思主义有那么严重吗"中可以看到。很难想象，一个与马克思主义相距遥远甚至背离的理论阐释，如何可能是"左翼"或倾向于左翼的？如果不从台湾资本主义社会的内部结构以及与冷战和后冷战时期的全球资本主义体系的结构关系出发，对台湾社会经济性质的认识和判断就不可能是真正科学的，更不可能是真正左翼的。所以，陈映真和陈芳明关于"台湾社会性质"和"台湾新文学史"的论争不是左翼内部的路线分歧，而是左翼与非左翼乃至反左翼之间的冲突。

陈映真明确指出陈芳明对战后台湾社会性质的认定是历史唯心主

---

① 陈芳明：《台湾新文学史的建构与分期》，《联合文学》1999 年 8 月号，第 178 期。

义的，它"表现了资产阶级历史唯心主义的贫困与破产"。① 在我们看来，刘进庆、涂照彦、陈玉玺和瞿宛文等学者的战后台湾社会经济性质的分析才真正代表了左翼的立场和观点。刘进庆的《台湾战后经济分析》，刘进庆、涂照彦的《台湾之经济》，陈玉玺的《台湾的依附型发展》等都是左翼在台湾经济社会性质研究方面的重要成果。某种意义上看，陈映真的台湾社会性质论建立在这些成果的扎实基础之上。左翼的社会科学对"解严"后台湾社会状况的分析，与陈芳明所给出的"多元蓬勃时期"和"后殖民时期"的描述截然不同。《台社》经济学家瞿宛文认为在"后威权时期"，民进党"诉诸政治正当性与民粹政治的操作"，其实"掩盖其对私人资本倾斜的日渐加深""社会运动力量薄弱，其所提出的社会民主的诉求难以抗衡新自由主义意识形态的霸权，以及政治向资本的全面倾斜。自由化以来寡占垄断已再现，社会分化已日益严重，重新确认社会公平的价值与公共服务政策目标实为当务之急"。② 这种基于政治经济学的分析和左翼知识立场所得出的判断和描述，深刻有效地揭示出"解严"后台湾社会的性质和根本问题以及发展趋势。在与"本土论"的论辩中，陈映真并非孤军作战。陈映真等人对台湾社会和经济性质做出的历史唯物论阐释和政治经济学批判构成了传统左翼重新出发的基础。只有依据这一历史唯物论的分析，传统左翼才可能重构批判的社会科学，也才有重构实践斗争的战略和策略的新的可能。在台湾文学与文化研究领域，如何建构一种左翼的文学知识图景？陈映真的分析同样重要，左翼观点的台湾文学史描述显然必须在相应的社会和政治经济脉络中展开，必须将文学问题重新语境化和历史化。

---

① 陈映真：《以意识形态代替科学知识的灾难》，《联合文学》2000 年 7 月号，第 189 期。

② 瞿宛文：《后威权下再论"民营化"》，《台湾社会研究季刊》2004 年 3 月号，第 53 期。

三、"第三世界文学"论的提出与重构

中国当代文论界较早使用"第三世界文学"术语的是陈映真和吕正惠。据陈映真的说法，1976年和叶石涛先生商榷有关台湾新文学性质的文章《乡土文学的盲点》中，第一次在台湾提出"第三世界"和"第三世界文学"概念。1980年，陈映真从左翼文学立场出发并受拉美地区"依赖理论"启发，连续发表《台湾文学和第三世界文学之比较》（1983）、《"鬼影子知识分子"和"转向症候群"》（1984）、《美国统治下的台湾》（1984）等文。他认为：台湾地区虽和其他第三世界地区之间存在差异，但也具有共同点："从世界范围的生产诸关系去看，台湾，同其他第三世界国家和地区一样，完全处于相同的被支配、榨取和控制的地位。"① 台湾文学和其他第三世界文学存在着令人惊异的共同点：都是作为反抗帝国主义、殖民主义的文化启蒙运动之一环节而产生的。陈映真揭示了第三世界文化的复杂性："在第三世界，存在着两个标准，一个是西方的标准，一个是自己民族的标准。用前一个标准看，第三世界是落后的，没有文明、没有艺术、没有哲学也没有文学的；用后一个标准，可以发现每一个'落后'民族自身，俨然存在着丰富、绚烂而又动人的文学、艺术和文化。"② "第三世界知识分子之间发生着相应的、复杂的分化。有一部分人投入祖国的独立和解放斗争，有一部分人成为外来势力的傀儡，而另一部分人从反抗者转向，成为买办和鬼影子知识分子。"③ 陈映真的论述强调第三世界文学的民族性、人道主义以及反帝反封建的启蒙精神和后殖民主义的文化批判意识，富有当代意义。但他认为

---

① 陈映真：《陈映真文集》杂文卷，中国友谊出版公司出版2001年版，第49页。

② 同上，第62页。

③ 同上，第288页。

第三世界的现代主义文学"先天的就是末期消费文明的亚流的恶遗传"，其亚流性"表现在它的移植底、输入底、被倾销底诸性格上"，则有些褊狭。第三世界的文学是否只有现实主义的唯一选择？现代主义美学无论如何都难以摆脱资产阶级意识形态的纠缠？陈映真在这两个相关问题的阐释未能给出更开放有效的答案。吕正惠提出应发展出全面的第三世界的现代主义的社会学来探讨第三世界的现代派文学，显示出建设性意义。① 然而他仅提出了建议，至于第三世界的现代主义的社会学究竟是怎样的？它与西方现代主义的美学理论有何区别？则语焉不详。但吕正惠提出的问题的确重要，它可能改变陈映真"第三世界文学"框架对现代主义的排斥，也意味着重构"第三世界文学"概念的一个重要方向。

现今，"第三世界"理论和"第三世界文学"概念已遭遇一系列挑战。一些学者认为"第三世界"概念已没有存在的意义和价值。因为冷战已经结束，三个世界的划分早已失去存在的现实基础。许多迹象表明，这种观点在当代理论界有一定的普遍性。在和陈映真的一次对话中，韩国作家黄皙英也提出"第三世界"概念已经失效的观点②，他的看法基于两个理由，第一，"第三世界"概念的产生有其特殊的历史语境，是冷战的产物。现今冷战结束，世界进入全球化时代，"第三世界"概念的存在前提和使命都已结束；第二，"第三世界"是个总体化概念，可能化约了"第三世界"内部的差异。霍华德·威亚尔达主张以欠发达或发展中国家和地区取而代之，而黄皙英则以为不如直接称之为亚非拉国家和地区。在与黄皙英的对话中，陈映真做出了回应："第三世界"是相对于"帝国主义"的概念，主要帝国主义还存在，作为反抗帝国主义的"第三世界"概念就有其存

① 吕正惠：《战后台湾文学经验》，新地文学出版社1992年版，第35页。

② 黄皙英、陈映真：《全球化架构下第三世界文学的前景》，《夏潮文化战线》http：//www. xiachao. org. tw/? act = page&repno = 331.

在的现实基础和理论上的必要性。陈映真指出：帝国主义可分成三个阶段：第一阶段为重商主义时代的对外扩张掠夺物资，一般被称为殖民主义；第二阶段是 19 世纪发展起来的工业资本主义的帝国主义，需要殖民地来取得劳动力、取得原料、取得倾销的市场，也正是台湾割让给日本的时期，是为帝国主义；第三阶段就是从 60 年代逐渐形成的以美国为中心的全球化构造。如何理解后冷战时期的世界体系？如何理解"全球化"？在陈映真看来，现今帝国主义进入了"以美国为中心的全球化构造"时期，"全球化构造"正是帝国主义演变的新阶段。陈映真认为：在自由市场、自由贸易和民主表象下隐藏的是新的不平等和世界日趋两极化发展的事实，"资本主义形成的世界体系，等级差别是非常严格的，先进的、大的国家与次先进、次大的国家跟大量贫困的国家之间有不可逾越的藩篱。大的国家是靠着对科学技术、资金跟金融操作技术，和现代化杀伤武器的独占，来取得所谓的全球化。实际上，在全球化的两极对立落差，贫富差距越来越大"。① 全球化的现实已产生了新型的权力关系。在全球化过程中，落后的经济决定了第三世界只能扮演出卖廉价劳动力的被压迫者角色。第一世界和第三世界的关系犹如阶级斗争学说中资产阶级与无产阶级的关系。所以，全球化时代世界进入了"新殖民主义或新帝国主义"。

在全球化与反全球化语境中，陈映真赋予了"第三世界"概念一种抵抗新帝国主义和新殖民主义的内涵和意义。"第三世界"概念的作用在于联合弱小国家和地区的人民和知识分子共同应对全球化的挑战，第三世界是全球资本主义秩序的一个激进的他者。在此基础上，"第三世界文学"或"第三世界论述"具有特殊的现实意义和时代内容："东亚地区的作家、思想家和学者，可以共同团结起来，从事创作与思考，抵抗虚构的全球化，来维持这个地区固有的传统语言

---

① 黄智英、陈映真：《全球化架构下第三世界文学的前景》，《夏潮文化战线》http：//www. xiachao. org. tw/？ act = page&repno = 331.

文化，形成弱小者的全球化。"① 陈映真重构"第三世界"论述旨在建立抵抗新帝国主义的同盟，试图在资本主义的总体制度之中建立一些异端的和批判的空间。从詹姆逊到德里克，从萨米尔阿明到陈映真……现今，重构"第三世界"论述已成为全球左翼思想运动重要组成部分。在陈映真那里，第三世界对新帝国主义的反抗和批判是以"人的存在""人的自由""人的尊严"和"人的解放"为最终目的。在愈益实用主义化的时代，这种朴素的"人道的社会主义"理念无疑十分珍贵。但重构"第三世界"论述不能仅仅依靠这种理想主义精神和朴素的价值理念，"第三世界"论述的重建必须寻找更丰富的思想资源。

四、"杨逵精神"：现代台湾左翼传统的重认与锻接

2007 年人间出版社的"人间思想与创作丛刊"推出"学习杨逵精神"专辑。对于传统左翼的再出发而言，重新提出"学习杨逵精神"意味深长。它意味着"人间"派左翼思想家已经把现代台湾左翼精神传统的重认与锻接视为再出发的思想基础。在此意义上，陈映真的《学习杨逵精神》一文所建构的"杨逵论"，既系统表述了传统左翼对日据时期台湾文学精神的根本认识，也指出了杨逵在当代思想场域中的重要意义。陈映真如是阐释"杨逵精神"的构成："杨逵先生的文学是他的政治思想和实践在审美上的体现。新现实主义的创作方法，人民文学的文学观，反帝民族文学的永不动摇的创作立场，坚决主张台湾和台湾文学是中国和中国文学的一部分，力主通过'台湾文学'运动填平省内外同胞间的误解，促进民族团结，都是杨逵

---

① 黄皙英、陈映真：《全球化架构下第三世界文学的前景》，《夏潮文化战线》http：//www. xiachao. org. tw/? act = page&repno = 331.

文学的特质。"① 在 20 世纪台湾左翼思想史上，杨逵是承前启后的重要人物。郑鸿声认为"杨逵现身"的重要意义在于重新联结上了台湾的左翼传承。② 20 世纪 70 年代，"发现杨逵"成为进步青年知识分子转向左翼的重要契机。林载爵的《访问杨逵先生：东海花园的主人》和《台湾文学的两种精神——杨逵与钟理和之比较》等文，使得杨逵及杨逵代表的被淹没的传统浮出历史地表。而林载爵、郑鸿声和瞿宛文等与杨逵相遇也成为当代左翼思想史的一个意味深长的事件，他们 90 年代后成为重要左翼学者与这一事件有着内在关联。

现今，重新提出"学习杨逵精神"仍具现实和理论意义。一方面，"杨逵精神"代表了现代台湾文学精神的主流走向，重新认识杨逵意味着重建当代左翼知识分子与现代台湾文学左翼传统的精神联结，重建左翼思想谱系；另一方面，"人间"派左翼知识分子提出"杨逵论"也是正面反击"本土论"者对台湾现代精神史的种种意识形态化和工具主义化的错误阐释。如黎湘萍所言："'杨逵问题'不只是一个"文学"的问题，而且是'文化''民族''社会'和'阶级'的问题。其中，'殖民地意识'是'杨逵问题'的核心部分。'殖民地意识'是近现代作家区别于古典作家的一个非常重要的精神特色。中国近现代史上，具有最鲜明的、自觉的'殖民地意识'的，首推台湾作家。日据时代台湾作家的'殖民地意识'促使其'政治身份'与'文化身份'发生分裂与冲突，这种分裂与冲突当然只有从殖民地的基本的经济基础和相应的社会关系入手才能得到深刻的认识。从文学的角度看，'殖民地意识'非常直接地影响到作家的文学创作与批评理念。有自觉的'殖民地意识'和没有'殖民地意识'两者之间所产生的文学形态有明显的差异，这个差异正是以赖和、杨

---

① 陈映真：《学习杨逵精神》，《人间》，人间出版社 2007 年版，第 135 页。

② 郑鸿声：《青春之歌——追忆 1970 年代台湾左翼青年的一段如火岁月》，联经出版社 2002 年版，第 151 页。

迭为代表的'抵抗'的文学和殖民主义者'皇民文学'之间的差异。'殖民地意识'的萌生和发展是一个渐进的过程，分析这个过程，有助于理解被压迫民族和阶级的意识与殖民地的特殊'现代性'之间的关系。"① 陈映真的"杨逵精神"论和黎湘萍的"杨逵问题"论之间存在着深刻的精神关联。对于传统左翼的复苏和重构而言，重认"杨逵精神"十分重要。杨逵的意义在于，第一，坚持"人道的社会主义"和"人民文学"的立场，这是传统左翼能够有效应对和介入台湾当代社会现实的至关重要的精神基础；第二，在很长一段时间里，传统左翼显然还要面对"阶级、民族与统独争议"这一重大的理论课题，如何超越和克服这一争议对重构左翼论述所造成的结构性困扰？杨逵的思想与实践为传统左翼解决这一课题提供了一种可能；第三，"殖民现代性"幽灵的复活，迄今还困扰着台湾知识界对历史的认识，也已嵌入当代台湾普通大众的情感结构的形塑中。杨逵的抵抗写作和论述实践为瓦解"殖民现代性"的意识形态提供了一种正确的思想方向。

"学习杨逵精神"命题的提出，意味着传统左翼知识分子对现代台湾文学精神的重新确认。随着极端本土主义甚嚣尘上，现代台湾文学精神不断被遮蔽扭曲，甚至被工具主义和意识形态地处理成为"分离主义"的精神起源。以陈映真为核心的左翼知识分子提出"学习杨逵精神"的命题，意味着传统左翼对历史阐释的积极介入，意欲正本清源，重认现代台湾文学的核心价值和主流倾向。学习杨逵精神也意味着传统左翼在新语境中重新出发的历史和价值基础的重建。

在当代台湾的思想领域，传统左翼的声音仍很微弱，但已出现复苏的迹象和重构的历史契机。迄今，传统左翼仍要应对来自三种思想势力的持续挑战：第一种是从传统左翼内部分离出去的本土主义；第二种是以后现代主义和后结构主义为核心的"后学"；第三种则是新

---

① 黎湘萍：《"杨逵问题"：殖民地意识及其起源》，《华文文学》，2004年第5期。

马克思主义和后马克思主义。传统左翼的重构还必须寻找新的思想资源，发展传统马克思主义并形成系统的批判论述，才能有效地应对日渐复杂的当代现实。

《岛屿边缘》与台湾 "后现代左翼" 的兴起

后现代主义与左翼的接合形成后现代的知识左翼是"解严"后台湾理论思潮的重要现象。作为一份另类的思想文化刊物，《岛屿边缘》在这一思潮的形成过程中，曾经扮演了十分重要的角色。从《岛屿边缘》的话语实践中，我们可以看到后现代主义在台湾的演变形态，也可以发现后现代主义在台湾文化政治场域中的积极意义与思想局限。本文以"战争机器""逃逸""接合"与"边缘"四个关键词为中心展开讨论。

一、"战争机器"和"逃逸"

"岛屿边缘"知识分子群体对"战争机器"概念情有独钟，从"解严"初期在《自立早报》上开辟"战争机器"文化评论专栏到90年代初延续之间的"战争机器"丛刊，以及《岛屿边缘》中断断续续出现的"战争机器"专题，都可以看出"战争机器"已成为《岛屿边缘》文化论述的一个关键词，这个语词显然来自德勒兹和瓜塔里的《反伊底帕斯》和《千座高原》（大陆译作"反俄狄浦斯"和"千高原"）。在《反伊底帕斯》中，"欲望"是一种去中心的流动能量，欲望机器是一种革命的机器。正如福柯在序中所言，《反伊底帕斯》是一本引导人们用行动、思想和欲望从强大而僵硬的形而上学体系中解放出来的教战手册。《千座高原》围绕"树状"和"块茎"一对隐喻性概念展开，"树状"喻指西方哲学那种中心化的有序的层级化的知识系统，"块茎"则是自由伸展和多元播散的，是去中心去疆界化的，它以随机的方式解放"树状"结构对思想的压抑和控制，"块茎"隐含着"草根民主"的政治力量。在政治哲学层面，德勒兹和瓜塔里则用另一对范畴"国家机器"和"战争机器"表述这一控制与反抗控制的关系。强大的高度组织化的资本主义生产机器已完全控制支配了人们的欲望和无意识，人们要反抗这种控制唯有生成"战争机器"，即用分裂主体、解疆域的斗争方法，结合分子运动式的游牧思维，以不定点游动的"战争机器"方式来对抗资本主义生产机器和总体性意识形态的控制。"岛屿边缘"知识分子群深受德勒兹和瓜塔里后现代主义斗争思维的启发，从中找到了消解"根深蒂固的二分法"的方法。在1994年出版的《一场论述的狂欢宴》的代序中，《岛屿边缘》的核心人物谭石（王浩威）如是言：（我）试着去寻求自己理论的依据。近年来随殖民论述兴起的漂泊美学（diaspora）或多重的最小自我（minimal selves）当然是相当适用的。但是，我那时候想更多的却是德勒兹和伽达希合著的《反意第帕司》……思想，也许还没办法变成德勒兹笔下的战争机器，让自己如何逃脱出"意第帕司"的必然轨道却开始成为梦想蓝图的一部分。①

《岛屿边缘》知识群体有着和谭石相同或相近的阅读经验和思想旨趣，都试图透过论述而使自己生成一种抵抗各种政治意识形态控制的"战争机器"。"让思想成为战争机器；让身体成为机器战警"成为《岛屿边缘》知识群体的一种共同追求。在《岛屿边缘》知识群中，"战争机器"具有两层相关的含义，其一是边缘论述本身构成了一种社会运动，论述即是实践。"战争机器"是一种论述反抗，用迷走（李尚仁）的话说即是"让思想成为战争机器，就是使思想本身成为运动、成为事件，以各种不同的速度和强度穿过世界的领域，成

---

① 王浩威：《分裂的人格，困惑的坚持——代序》，见《一场论述的狂欢宴》，九歌出版社1993年版。

为世界的一部分。"① 其二，"战争机器"意味着思想逃离统治意识形态和思维成规以及偏执经验的捕捉，"实践多元形式的游牧思想"。在"岛屿边缘"知识分子看来，"战争机器"是获得思想的解放和自由进而瓦解超稳定的权力和意识形态结构的最为可行的方式。路况在《使思想成为战争机器》一文中，通过对1989年罗文嘉等发起的台大学运的话语分析，发现：在触犯体制禁忌的反抗意识与认同体制的意识形态之间存在一种隐蔽的"镜像关系"，彼此互为对方的"镜像"，成为一体之两面，反对意识被超稳定的二元权力结构和逻辑所捕捉。"反抗权力结构"成为"权力结构"的某种复制品。这样"反抗意识"的"镜像自我"只能产生一种奴隶性的主体性，其表征即是反对运动领导者的自恋和大众的偶像崇拜。路况认为："如果不能打破伊底帕斯情结的镜像自我，如果不能使思想本身成为一种'运动'，那么，即使是上山下乡，走上街头，实际参加各种社会性政治性的群众运动，也仍然只是一种自恋的方式，所谓'民间''普罗大众'，也只是一些镜像式的理念。"② 在路况看来，唯有使思想本身成为德勒兹所谓的"战争机器"，在不断移位的"解除界域"的运动中消解政治机器所建立的"区隔空间"，才能创造真正多元差异的自由空间，从而跳出"政治机器"的控制。使思想成为"战争机器"，就是"实践"多元形式的"游牧思想"，科学、哲学、文学、艺术、剧场和音乐都可以成为这样的"战争机器"，革命运动和激进的艺术运动都是这样的"战争机器"。

所谓"战争机器"的作用在于画出去中心化的"逃逸"路线。"逃逸"是自我的解领域化，即从"同一性"或"总体性"中"逃逸"出来。陈光兴等人尤其认同德勒兹发明的这个哲学概念，"逃逸"常常在陈氏的文化评论中出没，诸如"媒体—文化批判的人民民主逃逸路线""从统独僵硬轴线中'逃逸'出来""从各种大论述

① 李尚仁：《战争机器丛刊·总序》，唐山出版社1991年版。
② 路况：《使思想成为战争机器》，《当代》1989年第40期。

里逃逸出去，直接进入一个个丰富的日常场域中"等。在他看来，德勒兹和瓜塔里的"逃逸"哲学有助于台湾思想界摆脱统独意识形态二元对立的僵硬结构，进而获得思想的自由。但他们与德勒兹和瓜塔里有所不同，德勒兹和瓜塔里不太关注社会民主问题，而陈光兴等则把"逃逸"哲学与"多元民主"结合，试图以"逃逸"为基础重建"知识界主体性"。① 对于追寻思想自由的知识分子而言，"逃逸"或许可以成为一种思想突围的策略与战术，但问题在于"逃逸"哲学能否真正改变原有的社会意识结构？所谓"逃逸"实践会不会变成一种纯粹的话语游戏？《岛屿边缘》知识群一再宣称"逃逸"不是消极的而是积极的哲学实践，但这一宣称能够真正保证其有效性吗？能否保证不会陷入一场话语的狂欢与学院左派的思想自恋吗？

在《岛屿边缘》知识群体看来，由"机器战警"（宁应斌）主编的《台湾的新反对运动》即是"战争机器"式的思想表征与实践成果之一。关于这本书的旨趣和追求，"机器战警"用福柯为《反伊底帕斯》所写的序言中的两段话来说明：①用蔓延滋生、兼容并蓄、分头发展来开展行动、思想及欲望，而不是用党同伐异、中央集权组织；②不要用思想作为政治实践的"真理"基础，也不要用政治行动将一个思想路线贬低为象牙塔的冥思。相反，用政治行动作为思想的增强器，而用思想分析作为政治行动干预的范围及形式的扩大器。②"机器战警"自己认为《台湾的新反对运动》已经达到了福柯所说的第一点，而第二点则还只是一种期许。从内容上看，《台湾的新反对运动》依序展开讨论所谓"新民主"（"人民民主"）思想及实践方式：①"新反对运动的思想背景"；②"新民主的简单原则"；③"台湾人民的多元抗争：议题分析"；④"人民民主：自由平等的

---

① 陈光兴：《从统独僵硬轴线中"逃逸"出来——五月人民民主抗争省思》，《当代》第六十三期，1991年。

② 机器战警主编：《台湾的新反对运动》编者序，唐山出版社1991年版。

结盟"；⑤ "民主式人民主义：草根民主的新理论"。其基本观点与上文所述"人民民主"论并无差异，阐述的仍然是重建"反对论述"的基本主题，寻找人民民主运动的"多条战线"的接合点。值得注意的是《岛屿边缘》所采用的形式，有意与当代大众文化结合塑造"战争机器"在电子信息时代的形象。

在《台湾的新反对运动》中，德勒兹的"战争机器"以大众文化工业中的"机器战警"形象出场演出。"作为一个通俗文化产物，大众的偶像，机器战警在这个电子信息时代的形象，其实是不确定的、暧昧的、流动的、矛盾的、不固定的。这正是当代大众文化产品的特色。当代大众文化为了市场利益，融合了各种异质的成分（如不同阶级、族群的认同……），其中即使有主宰的因子，也没有本质性的决定关系，换句话说，大众文化及其产品没有固定的构成原则，也因此一个大众文化成品的原有意义，可以在新的接合实践中被改变，就像'机器战警''魔鬼终结者'在这本书中所代表的'流动认同'的意义一样。"① 他们认为思想与大众文化的接合实践可以改变文化产品原有的意义，使大众文化转变成为"人民民主"运动的一种文化资源。大众文化产品如电影《机器战警》和《魔鬼终结者》在意识形态再现上所隐含着的种种矛盾与暧昧，恰恰可以转换成瓦解本质主义认同的能量。比如，"在《魔鬼终结者2》中，终结者既是终结者又不是终结者；终结者必须终结另一个终结者（T1000），比液态金属还要流动，终结（生命）者因此变成保护（生命）者。最后，终结者终结了自己，故而一方面完成了弑父，另一方面又反弑父。至此，终结者即是前神经病患，与机器战警相等。"② 在这里，《台湾的新反对运动》的作者们再次动用了其精神导师德勒兹和瓜塔

---

① 陈光兴：《流动的认同——机器战警在电子信息时代的形象》，《当代》第六十六期，1991年。据陈光兴说明此文的真实作者是宁应斌。

② 机器战警主编：《台湾的新反对运动》，唐山出版社1991年版，第540页。

里的"精神分裂"理论：没有人会因矛盾而死，愈矛盾，愈分裂，愈有活力。但是，"游牧"思想与大众文化的接合实践，其效果可能是复杂的，可以是思想把大众文化产品的意义向"反对同一性"方向转换，也可能导致思想被通俗娱乐文化所消耗和收编，仅仅变成一种好玩的时尚的消费产品。在90年代初，机器战警（宁应斌）所采用的形式的确令人瞩目，获得吸引眼球的效果，但这种形式趣味和游戏性也可能消耗了思想能量甚至取代了思想本身。

如何从总体论意识形态、本质主义思维和同一性哲学中逃逸出来？这是《岛屿边缘》知识群首先要遭遇和解决的问题。"后正文"书写即是一种有趣的探索和实践。正如台湾学者陈筱茵在《〈岛屿边缘〉：一九八〇、一九九〇年代之交台湾左翼的新实践论述》一文中所分析的，《台湾的新反对运动》一书和《岛屿边缘》杂志在书写形式上都采用了"正文"和"后正文"并置的论述策略。① "正文"是相对严谨而且严肃的思想论述，"后正文"则是一些附加的搞怪图片和游戏文字。"正文"与"后正文"之间构成了有趣的矛盾和张力，并且产生了喜剧和反讽效果。《岛屿边缘》知识群十分重视"后正文"书写方式，视之为一种德勒兹式"逃逸"策略。"后正文"书写表现出了一些明显的后现代风格：拼贴、复制、模拟、嘲讽、戏谑、杜撰、自相矛盾、自我解构以及"恶搞"，一种思想的无厘头，或一种思想的蒙太奇，与后现代的"行为艺术"颇有相似之处。这样的游戏和拼贴风格在书的后缀部分"编者跋""作者、序者、编者简介"和"广告：台湾制造 M. I. T."表现得尤其突出。短短一篇"编者跋"拼贴了维特根斯坦、德勒兹、崔健的摇滚《花房姑娘》、周星驰主演《整蛊专家》的经典台词、罗纮武《坚固柔情》专辑中《破茧》的歌词、电影《魔鬼总动员》《机器战警》《异形终结者》有意味的台词以及当代台湾作者的诗句，等等，传达一种无序的、没

① 参见：陈筱茵《〈岛屿边缘〉：一九八〇、一九九〇年代之交台湾左翼的新实践论述》，台湾交通大学社会与文化研究所硕士论文，2006年。

《岛屿边缘》与台湾「后现代左翼」的兴起

有方向的、离散的、延异的和分裂的感觉。而"作者、序者、编者简介"和"广告"都是一些真实与杜撰结合真伪难辨的无厘头式的拼贴和"恶搞"艺术，既"恶搞"思想文化权威，也"恶搞"自我。

所谓"后正文"策略，实际上混合了反主流文化、无政府主义、青年亚文化和文化工业的种种元素，可以看作一种语言和思想的游牧方式，或者一种话语的无政府主义，"后正文"产生语言游戏的快感。《台湾的新反对运动》的"后正文"策略在《岛屿边缘》杂志中也有着突出的体现，比如《岛屿边缘》作者自我命名以及对西方作者名字翻译的无厘头（"妈妈吉利小叮当""何春猪""打蛋器""爬虫类""机器猫小叮当"，等等，把福柯、布什亚、葛兰西、德里达和 Stuart Hall 译成"妇科""不鸡鸭""葛兰母鸡""德鸡达"和"永远的洞"，等等）；在杂志中加入一些与正文无关的有趣图片和一些虚构的新闻报道、评论、广告及声明，等等。《岛屿边缘》甚至"演绎"出一套所谓的"后正文"理论："后正文的文化政治在此时台湾的意义，是一种知识顽斗主义，挑战的是精英主义……以'知识/欲望'取代了'知识/权力'……后正文运动是台湾边缘知识分子，在国际/国内知识分工体系中，一方面追求自主，一方面追求平等的知识/社会实践。"[①] 现今看来，《岛屿边缘》的"后正文"话语实践可以视为时下流行的网络 kuso 文化的早期形态。虽然 90 年代初的这种前卫的书写实践在今天网络写作时代已经屡见不鲜了，而且网络空间比印刷媒体有着更为自由的优势，但《岛屿边缘》在平面媒体上的书写试验还是开风气之先并具有某种"革命"性的意义。有趣的是，在海峡两岸的文化研究中，《岛屿边缘》之导师德勒兹的游牧思想已经成为阐释网络文化重要的理论资源。如同孟繁华所指出的，"与'游牧民族'的出现相对应的文化现象，就是网络文化的建立。网络文化就像德勒兹所说的'游牧'文化一样。这仿佛是一个可以纵横

---

① 妈妈吉利小叮当：《你有没有在游泳池里放过屁？——从"后正文的理论与实践"论"知识/权力"》，《岛屿边缘》第 6 期。

驰骋的'千座高原'，是一个由科技神话改变并重建的自由、随意、无限敞开的公共空间。因此，这个空间在向'每一个人'洞开的同时，也不断宣告它可以改变历史的种种可能，仿佛只要它愿意，这个世界就掌握或控制在它的手中"。① 我们认为，《岛屿边缘》后现代式的"后正文"书写实践，旨在逃逸乃至颠覆总体论意识形态的种种成规和本质主义思维模式，以游戏和游牧的方式保卫异质性、非同一性、非主流的和边缘的种种思想元素。《岛屿边缘》的"后正文"书写拒绝从边缘进入中心，因而也拒绝了老黑格尔的主奴辩证法历史逻辑。这正是后现代知识左翼有别于《夏潮》和《人间》的传统路线之处，也是其迥异于"本土主义"左翼之处。

二、"接合"与"边缘"

"接合"与"边缘"是《岛屿边缘》知识分子群体十分认同而又常用的两个概念，在他们的左翼论述与话语实践中起着举足轻重的作用。下面我们先说"接合"。在《岛屿边缘》群体的知识建构中，马克思主义和弗洛伊德主义是其基本的构成要素，而把两者结合思考并且朝"后弗洛伊德主义"和"后马克思主义"及其结合推进，则是《岛屿边缘》思想的重要进路。在这个思想脉络里，他们"发现"了德勒兹和瓜塔里的《资本主义和精神分裂症》的第一卷《反俄狄浦斯》，启用了其中的一系列概念与范畴、哲学理念与思维形式，并以台湾版的"机器战警"和"后正文"的方式实践了"反俄狄浦斯"思想。在这一思想脉络中，《岛屿边缘》群体还找到了拉克劳、墨菲和霍尔。如果说德勒兹和瓜塔里们帮助他们形成异质、多元和流动的思想以颠覆与瓦解僵硬的二元论和本质主义的认同，那么，拉克劳和霍尔则给予了另一种思想启迪，即在保护与强调异质性、多元性、离

---

① 孟繁华：《众神狂欢——世纪之交的中国文化现象》，中央编译出版社2003年版，第206页。

散性和流动性的同时，如何实现"人民民主"方案，如何建构作为多元抗争主体的"人民"范畴，如何展开"文化霸权"的争夺。这种启发最为集中地体现在《岛屿边缘》群体对"接合"概念的大面积使用上。

"接合"（articulation）概念的萌芽始于索绪尔的结构主义语言学和葛兰西的文化领导权理论。前者提出的能指和所指接合的意指（signification）理论，认为漂浮不定的能指与固定、必然、永恒的所指之间的接合是脆弱和随意的，但也受到某种内在语法和社会价值体系的规训。后者在《狱中札记》中则试图以多元的、分散的历史力量接合而形成"集体意志"范畴，以取代单一的"阶级意识"概念。拉克劳和墨菲则从这里出发，把两者结合，发展出"后马克思主义"的"接合"理论。他们进一步强化了能指和所指接合的偶然性和任意性而否定了内在语法的限制，这样剔除了索绪尔理论的本质主义残余，进而重构了"接合"概念："我们想把在组成成分内部建立一种关系的任何实践称之为接合，因此组成成分的一致因为这种接合的实践就被修改过了。从接合的实践产生的那个被建构起来的总体，我们称之为言说。在不同的立场看起来是在一种言说中被接合起来的这个范围内，我们会把这些不同的立场称之为环节。"① "接合"的关键在于寻找和建构论述的"节点"，即部分固定的优势论述点。这个"节点"只能是部分地固定意义，而且是不稳定的流动的不断转换的。"劳动阶级"曾经即是这样的一个"节点"，它把不同地域、肤色、语言、性别的人群接合成为一个阶级论述认同。但不能把这个"节点"处理为固定的和本质主义化，在拉克劳和墨菲看来，这个阶级"节点"已经转换成"人民民主"，透过"人民民主"的接合论述，才有可能夺回"文化霸权"。霍尔的接合实践思想直接来自拉克劳和墨菲，但他有所发展，其一，把拉克劳和墨菲停留在"论述""话

---

① 拉克劳、墨菲：《文化霸权与社会主义战略》，陈墇津译，远流出版公司1994年版，第142页。

语"层面的"接合"转变为建构一种"新文化秩序"的"历史计划":"文化霸权永远不是上天帝的恩赐,也不是把每个人都结合在一起就可以形成的。它包含了有关社会力量和活动的十分不同的概念,透过各种分歧,使之接合成一种策略联盟。建构一个新文化的秩序,并不需要反映一个早已形成的集体意志,而是要塑造一个新的,一个全新的历史计划。"① 其二,霍尔并不放弃"阶级范畴",而是把它纳入"人民民主"接合之中,成为人民民主抗争的一个重要面向。其三,接合具有双重的功能,"接合理论既能够理解意识形态元素如何在一定条件,以及某个论述内部统合的方式,同时也是质问这些意识形态元素在特定环节上,成为或不成为某个政治主体接合的方式"。② 看来,《岛屿边缘》知识分子群对"接合"理论十分推崇,从 80 年代末 90 年代初就开始热情地向台湾知识界传播拉克劳、墨菲和霍尔的有关论述,并且在论述实践中大量引入"接合"概念,使之成为《岛屿边缘》建构后现代主义的左翼论述不可或缺的理论范畴。

的确,"接合"理论已经成为《岛屿边缘》"人民"概念、"人民民主"论和反本质主义的身份认同观念以及激进的文化研究的论述基础。在《台湾的新反对运动》的编者序《机器如何成为战警?》附录中,宁应斌把"接合"(articulation)译成颇符合汉语习惯的语词"串联",认为"串联"涵盖了 articulation 所具有的两层意思:"'串联'就是把散乱的说法完整地表达出来,或有序地说出来。这个意思和英文的用法也是吻合的;在拉丁文中,articulus 意指一分子、部分、一串(链)的某环节,故而英文 articulation 的意思就是:清楚说出(那些音节或意义单位)。不过 articulation 还有另一个意思,就是'接合',把不同部分接合成一个整体,也就是俗称的'串

---

① Stuart Hall. *The Hard Road to Renewal*. London: Verso. 1988.

② Stuart Hall、陈光兴《文化研究:霍尔访谈录》,元尊出版社 1998 年版,第 126 页。

联'。"在宁应斌的讨论中，"串联"是一种既反对本质主义也反对原子主义的世界观；"串联"不是固定的构成关系；"串联"没有统一的核心原则；串联实践是一种透过论述来改变事物意义的实践；"串联"是"一"与"多"、部分与整体的关系，"不同部分尚须实践（包括论述实践）才能串联在一起，（因此是'事实上'），而被串联在一起的部分仍可以被'解串联或反串联'而不再在一起（因此是偶然）"。① 援引"接合"理论，《岛屿边缘》知识分子重构"人"这个概念——"人"是异质的、多样的、特殊的存在，而非某种抽象物；重构了"人民"概念——"人民"是为反抗不平等权利关系而自主平等结盟的主体，人民被回归式地定义（recursively defined）为"反支配的弱势社运、边缘团体"以及"和其他人民自主平等结盟的主体"；② 重构了新反对运动论述——它由环保主义、社会主义、女性主义、反战的和平主义、都市运动理论、新左/新马思想，等等，在人民民主抗争与边缘战斗中接合而成；也重构了作为文化研究重要范畴之一的"身份认同"概念——身份认同没有固定的本质，认同的一致性应该理解为不同的与特定的元素之间的接合，也可以其他不同的方式来重新建构。当然，接合理论还成为《岛屿边缘》知识分子分析与批判支配性意识形态的理论武器，诸如对"集权民粹主义"和"台湾人"论述等主导意识形态的生成机制的批判与揭示。"接合"理论的引入与论述实践的确赋予了《岛屿边缘》知识分子解构霸权意识形态的力量与方法。但以"接合"理论为基础的"人民民主"论却由于过度强调非本质主义、不稳定性和流动性而削弱了其真正有效介入社会政治和文化场域的能力，因而未能真正形成一种有效抗衡主导论述和政治权力结构的左翼思想势力。我们仅仅从《岛

① 机器战警主编：《台湾的新反对运动》编者序，唐山出版社1991年版，第8—9页。

② 机器战警主编：《台湾的新反对运动》，唐山出版社1991年版，第59页。

屿边缘》作者群"接合"不久因政治理念的差异而分道扬镳中，就多少可以看出"接合"论述在现实政治文化中的脆弱性。

"边缘"是《岛屿边缘》知识分子常常使用的另一个概念。这个概念在《岛屿边缘》的论述中包含着两层意思。其一是指处于社会权力边缘的弱势阶层，包括广大的劳工阶层、原住民、受父权压迫的女性、环境污染受害者、同性恋者、残障者以及被认同政治所排斥压抑的人群，等等。《岛屿边缘》为这些弱势阶层发声，继承了《夏潮》和《人间》的传统。但与《夏潮》和《人间》的阶级观点有所不同，《岛屿边缘》所界定的社会边缘人，还是某种不能被社会主流价值观所接纳的异类或"非正常人"："如所谓的疯人、乞丐、小孩老人、残障、少数族群、社会底层的人渣、第三者、同性恋、某些社会位置中的女人、娼妓、艾滋病患者，等等（农工则处在暧昧的历史中）……边缘人也不可能成为普通自由主义者所说的'多元'社会情境中的什么'元'。相反，边缘是社会中被主流强势挤压、碎裂至社会边缘位置的片断或碎片（fragments）。"① 这样的界定显然有着福柯"边缘人"理论的痕迹。其二，"边缘"是指《岛屿边缘》知识分子的批判位置，一种非主流、去中心的知识立场，亦即王浩威（谭石/拉非亚）所宣称的"台湾文化的边缘战斗"，或傅大为所定位的"边缘战斗的知识分子"。《岛屿边缘》把"反对运动"分为两种不同的类型："中心战斗"与"边缘战斗"。前者指趋向中心化与体制化的，其目标是"迈向执政之路"，进入权力中心，形成新的文化霸权；后者拒绝中心化和体制化，拒绝进入权力结构或成为新权力结构的"霸权领导"，而是接合各种异质元素的社会边缘人，他们反抗日常生活各种领域中存在的所有权力"宰制"关系，并认为"到处都是战场"，而且"就地就战"。

1991 年 4 月出版的《联合文学》第 7 卷第 6 期（总第 78 期）制

---

① 傅大为：《知识·空间与女性：台湾的边缘战斗》，自立晚报 1993 年版，第 88 页。

作了"反叛的异教徒：地下·边缘论"专辑，包括《岛屿边缘》和非《岛屿边缘》知识分子的一系列文章，蔡源煌的《非主流文学的逻辑》、南方朔的《"地下"就是"中心"》、傅大为的《从"边缘战斗"的观点看当代中国及台湾"知识分子"概念中的问题性》、廖炳惠的《羔羊与野狼的寓言：玛莉的抗争论述》、谭石的《文化工作的边缘战斗：幻想与游牧作为一种颠覆》和翁嘉铭的《对非主流歌谣的观察及其存在的意义》。同样是论述或提倡文学与文化的"地下·边缘"意识，同样表达对后现代主义和亚文化的认同，也都引入葛兰西、德勒兹、福柯和克莉丝蒂娃等人的理论，但非《岛屿边缘》和《岛屿边缘》作者的观点还是强烈地呈现出一些有趣的差异。前者如蔡源煌和南方朔赋予"边缘"文化从"非主流"到"主流"、从"地下"抵达"中心"的意义；但后者傅大为和谭石等则坚持一种不变的边缘知识分子战斗位置。傅氏认为：20世纪中国知识分子包括台湾知识分子的"意义感"中，都有一种"强烈的中心取向"，一种朝向中心的激情将各种知识与权力的资源不断地导向权力中心——"通常是国家机器本身、一个统治阶级或是一个在野的反对领导中心。"在傅大为看来，五四启蒙文学知识分子和30年代的革命文学作家以及50年代以殷海光、雷震为代表的《自由中国》知识分子群都是这种"中心取向"的典型，在这种"中心取向"中隐藏着某种"霸权集中性"或"全体性"的危险。而所谓"边缘战斗的知识分子"则刚好相反，他们是去中心化的，一种"游牧自主性"的"战争机器"。[①] 傅大为的"边缘战斗"在《基进笔记》（1990）和《知识与权力的空间》（1990）两部著作中已经有所阐述，或表述"基进者"——基进者所要求的是一局部、自己的空间，一个"自主而独立""深耕的空间"；或表述为与权力集中的"整体战"相反的"游击战"，只有游击战才能维护批判的知识分子的自主性，才能不断开

---

① 傅大为：《从"边缘战斗"的观点看当代中国及台湾"知识分子"概念中的问题性》，《联合文学》第七卷第6期，1991年。

拓新的空间、占有新的空间，并且不断转移空间而不被总体性所捕获。①

　　而谭石的思考则从"异议"文学和论述在当代的困境问题入手，提出边缘战斗的两大战术。在资本主义高度发达的地区，主流文化像一只巨大的变形虫，任何"异议"声音都被它收编消化，转换为流行的主流文化。70年代以后随着工业化资本主义的日益成长，台湾亦进入了消费主义文化占据主导地位的新阶段。"任何异端/地下/边缘的声音，在人们尚未发现以前，资本机构早已经和其'签约'，造成事件和话题，而推入了新的商品流行"。边缘的声音要拒绝被资本收编吸纳转化成商品，必须重新寻找新的战斗策略。在谭石看来，有两种策略是有效的，这就是幻想与游牧。幻想尤其是歌德所谓的"倒错的幻想"以及巴赫金所说的美尼庇亚（menippea）有能力暴露现实和体系内部的自相矛盾，并颠覆被视为规范的规则和常识。作为边缘战斗策略的"思想的游牧"即是德勒兹的"战争机器"或"逃逸"策略以及德里达的"延异"。在谭石那里，所谓"边缘战斗"其实就是"让思想成为战争机器"，"体制外革命或体制内改革都不重要，唯有跳出对立的文化参与，穿越国家机器意识形态不断再生产的区隔，放逐才能成为救赎"。② 因而，傅大为和谭石所谓的"边缘战斗"其实就是"战争机器"的另一种易于被理解的表述。傅大为和谭石所阐发的"边缘"概念大体表述出了《岛屿边缘》杂志的"边缘"含义。但这样的边缘策略能否抵抗资本体系强大的收编力量仍然是可疑的，权力中心和市场的诱惑常常难以抗拒，某些时候，"边缘"战斗也可能被转换为进入主流的文化资本。《岛屿边缘》的知识分子同样要面对这样的诱惑和矛盾。傅大为已经意识到了这一点，"在边缘写作的知识分子一直会有诱惑而走向中心，其实在《岛屿边

---

　　① 傅大为：《知识与权力的空间》，桂冠出版社1990年版，第196页。

　　② 谭石：《文化工作的边缘战斗：幻想与游牧作为一种颠覆》，《联合文学》第七卷第6期，1991年。

缘》里的一些人在台湾文化圈中的声望往往超过在传统中心媒体写作的人的声望，所以产生一种吊诡的情况就是你要走上中心最快的方法就是走上边缘"。① 的确，《岛屿边缘》的论述策略也陷入这样的矛盾和悖论之中，一方面拒绝流行化商品化，拒绝被纳入资本的文化逻辑之中，另一方面却又以后现代游戏方式试图使思想变成流行的文化产品。而渗透其中的自我解构性则一定程度上消解了其"边缘战斗"的力度。

"后现代主义"与"左翼"的结合是《岛屿边缘》的思想特色，作为一种思想方案，"后现代左翼"的提出，是 90 年代台湾进步知识分子对全球社会主义运动重大挫折问题的思想回应方式，也是对多元化的新社会运动的积极应对方式。但这一理论想象却搁置了葛兰西所提出的"文化领导权"问题，其介入台湾当代文化和政治场域的作用显然是十分有限的。

---

① 傅大为：《知识·空间与女性：台湾的边缘战斗》，自立晚报出版社1993 年版，第 3 页。

当代台湾文论的 "后学" 论争与话语转换

　　关于后现代主义，从它进入学术文化场域开始，台湾理论界就一直产生种种分歧，它曾经构成了当代台湾文论史一个颇具争议的理论议题。20 世纪 80 年代早期的分歧在于台湾是否真正进入了 "后现代社会" 或 "后现代状况"。这一分歧我们在现代主义兴起时也曾经清楚地看到过。这一论争事关重大，它显然关涉到后现代主义在台湾的存在是否合法的问题。从许许多多的文化与文学论述中，我们观察到存在三种具有代表性的观念：其一，台湾社会已经进入后现代状况或后工业的发展时期，或者至少已经明显出现了后现代的种种迹象和征兆；其二，台湾根本没有进入后现代状况，台湾还处于工业化的历史时期，台湾不存在后现代主义的历史条件，后现代在台湾可能仅仅只是一种学术时尚和话语游戏，并不具有真正积极的和实际的建设性的思想意义；其三，台湾有没有真正进入后现代时期并不重要，重要的是后现代主义已经来了，它长驱直入地进入当代文论的场域中，已经产生了某种不可忽视的影响，它可能逐渐地改变我们对世界和社会生活的感受和理解方式。

　　持第一种意见的代表人物包括上文已经多次提到的罗青，他试图搜索出后现代状况在台湾早已出现明显的迹象和种种可以证明其存在的蛛丝马迹。看来，罗青对理论产生的本土现实条件十分看重：

　　"以目前而言，我们在介绍引进西方流行说法时，应该仔细探索其源头，彻底了解其说法形成的社会背景。在引进新的诠释说法时，最好能罗列提供与此一思想相关的本土发展，以具体资料及数据，作为引进解说的根据。同时，也应该根据本土的实际情况，对新引进的理论及说法做一番修正，产生自家的看法或变奏。"①

罗青显然乐于提出一系列的本土情况以证明台湾已经进入到后现代社会，至少，农业、工业和后工业三者并存的状况已经出现。在他看来，最具说服力的显然是台湾以电脑业为代表的高科技的高速发展。"台湾从1975年开始发展微电脑的生产，到了1988年，台湾已经有能力独立开发世界上最新型的32位个人电脑，其进步不可谓不快。假以时日，台湾科技发展在各方面都出现了领先世界的突破，许多新的'人文说法'，当然也会应运而生。"罗青甚至认为后现代在台湾是一个十分普遍的文化现象，它已经如此广泛地渗透到政治经济文化和人们的日常生活实践之中："我们如果从信息学的角度来看，台湾的后现代状况，从1960年初期，就开始断断续续地出现了，一直到近几年来，可谓达到了高潮。举凡政治、军事、经济、社会以及一般大众的食、衣、住、行、娱乐、医药，等等，都出现了后现代的现象，而且范围之广，波及之大，涵盖了所有居住在都市与农村的士、农、工、商、教等各个阶层。如果60年代初期所流行的现代主义及存在主义，只是在上层结构的小部分知识分子的话，那后现代状况，便是从金字塔的底部，从一般人民大众的生活中蔓延开来。而位居上层结构的知识分子，则是后知后觉，直到80年代以后，方才对此现象，有所省察及了解。"② 罗青显然认为，这些可以为后现代主义在台湾兴起的合法性提供十分坚实的社会基础。尽管罗青也提供了一些看起来可以信赖的数据和事实，但这一判断终究不是建立在社会学意义上的严格调查的基础之上，诗人批评家个人的主观感受和认定或许占据了更为重要的分量。事实上，社会学和经济学的许多研究成果都一再表明，60年代的台湾正处于从农业社会向工业社会转型的

---

① 罗青：《什么是后现代主义》，台湾学生书局1989年版，第11页。
② 罗青：《什么是后现代主义》，台湾学生书局1989年版，第11页、315页。

历史时期，而非像罗青所言已经出现了后现代的文化和社会征兆。

对于文学理论而言，更重要的问题不在于后现代在台湾早已"从一般人民大众的生活中蔓延开来"这个论断是否言过其实，而在于罗青提出后现代命题的方式以及思考这一命题的进路。在罗青的提问方式和思考进路的背后隐含着一种被认为是肯定正确的理论预设：思想和理论无疑都产生于人们的政治经济实践和日常的社会生活。正像植物离不开土壤一样，没有土壤做基础，理论不可能产生，即便从外部引入或强力打入也没有根基和生命力。"土壤"的确是一个看起来很雄辩的隐喻。有趣的是，在对台湾后现代的认识上，罗青和那些反对罗青后现代理论的第二种意见其实共享着这一理论预设和"土壤"隐喻的论辩力量。这种理论逻辑极具影响力和捕获力，连詹姆逊这样视域开阔、思维敏捷的力量型理论家都难以逃脱。某种意义看，詹姆逊建立的与诸种社会形态相对应——现实主义对应于市场资本主义；现代主义对应于垄断资本主义；后现代主义对应于跨国资本主义——的文化逻辑演变的阐释构架也享有这种决定论色彩的理论预设。这里的问题可能在于如何认识理论与实践的关系，两者之间是不是只存在某种历史或社会决定论的关系？思想的成长是否完全像自然界万物的生长一样？"土壤论"真的是无懈可击、颠扑不破的真理吗？有没有某种横空出世、无中生有的理论观念？如果有，那么它对我们的生活将产生什么样的影响？抑或只是一种没有实际阐释效力的纯思想游戏和文化炒作而已？在《后现代及其不满》中，坚持边缘文化位置和批判的知识分子立场的路况显然代表了第三种意见，他认为，关于后现代在台湾的合法性之战，即"台湾是否已进入后资本主义阶段"以及"后现代文化是否适合台湾"的论争都没有真正进入当代思想的状况。后现代在台湾的兴起是一种"应然"的理论选择，而非"实然"的问题。这已经涉及理论想象和价值理想对于社会生活是否具有深刻影响的重大命题。理论的意义不只在于阐释这个世界，它也可以产生介入和改变这个世界的力量。

关于后现代主义，台湾文论界的第二个分歧在于"后现代主义"

究竟是激进的革命性的，还是保守的、犬儒的、退缩的？后现代的逃逸策略和解构话语到底有没有什么积极的和正面的意义？这一分歧也肯定不是台湾文学理论界所独有。特里·伊格尔顿就曾提出过以下一连串的疑问："后现代主义是一种完全西方的甚至是美国的思潮呢，还是具有更多的全球意义？它代表了一种与现代主义和西方'现代性'时期彻底决裂呢，还是仅为这些思潮的一个最新阶段？它在政治上是激进的、保守的，还是又激进又保守？后现代主义中的多少东西已经被现代主义所预料？如果后现代主义拒绝一切哲学基础，那么它如何能够给予自己合法地位？它是像美国批评家弗雷德里克·詹姆逊指出的那样，是'晚期资本主义的文化逻辑'，还是像其他人主张的那样，是一种更具破坏性的不稳定力量，它预示了一种与历史和道德的犬儒主义背离，还是它对快感、碎片、身体、无意识和大众化的关注指出了一种新的政治前途？"① 西方后现代理论界也曾经试图对建设的后现代主义和破坏的后现代主义做出某种区分。

但应该注意的是，台湾学界的这一分歧显然有着自身的问题场域和历史脉络。后现代主义在台湾的兴起时期正是"解严"前后这个特殊的历史时期，政治和文化的转型逐步展开。威权政治体制、威权意识形态和既有的文化观念虽然已近强弩之末，但仍然处于主流地位。"反对运动"在政治经济和文化的各个领域都如火如荼地展开，现今人们还充满感情地把这个时期称为"狂飙突进"的年代。在这一历史语境中，后现代的兴起引发的种种思想转折和观念分歧，表面上看可能只是再一次"西风东渐"事件，或是发生在文化领域又一次追逐新潮的事件，但从根本上看，它却微妙而深刻地嵌入到这个结构性的社会聚变和权力系统和意识形态即将产生剧烈变动的历史之中。后现代在两岸的同步兴起构成大陆和台湾80年代思想解放运动的一个重要环节，尤其在瓦解"总体论"思维的统治和社会历史观

---

① ［英］特里·伊格尔顿：《后现代主义的幻象》，华明译，商务印书馆2000年版，第2页。

念方面，后现代主义显然是一种极其有效的思想工具。但后现代的兴起同时也产生了一系列新的问题，其根本问题即是在反对和破除旧有的知识论、价值体系之后，后现代主义显然不能提供人们一种建设性的知识生产和社会生活的崭新图景。伊格尔顿在《后现代主义的幻象》对后现代主义所提出的重要疑问——后现代主义对快感、碎片、身体、无意识和大众化的关注究竟能否指出一种新的政治前途——也是台湾一部分关怀价值重建的人文知识分子早已有所疑虑的问题。在台湾社会的民主转型和价值重构的关键时期，人们对"只破不立"的后现代主义心怀疑虑是十分自然的。

无论如何，一批坚持边缘和批判立场的台湾知识分子仍然固执地认为后现代主义对于台湾社会的民主转型具有十分正面的意义。这反映出批判的知识分子在"解严"和社会转型过程中所遭遇的困境，他们一方面要深度介入政治反对运动，另一方面这种介入又极其容易被政党政治所收编甚至挟持，成为某种政治势力的工具。尤其在统独意识形态的分裂和所谓"台湾民族主义"兴起的过程中，人文知识分子如何才能保持自己独立性和批判性，又能有效地介入社会现实和台湾社会的民主化运动，这的确是一个十分困难的命题。后现代主义提供了一种思考方向和行动策略，一方面，后现代主义对任何"大叙事"的彻底不信任和极具力量的抵抗，帮助他们获得超越族群民族主义意识形态纷争的理论想象，即从所谓"国族"建构的意识形态中"逃逸"出来，或至少能对政治意识形态保持某种程度上的警惕；另一方面，后现代主义和左翼的接合——事实上，在西方，后现代主义十分复杂，从它一产生就存在着右翼和左翼的分野——帮助他们重新寻找到一种他们自认为有效的思想路线和论述方向，这就是"后现代左翼"或"后现代的人民民主"路线。《岛屿边缘》的知识分子群体大都持有这一观念和立场，他们从德勒兹、瓜塔里、福柯、布什亚、葛兰西、德里达等人的论述中，尤其是从霍尔的《后现代主义、接合理论与文化研究》和拉克劳、墨菲的《文化霸权与社会主义战略》等相关论述中，重新找到思想资源和斗争策略，试图重新建构被政党政治所收编的反对运动，即"新反对运动"。表面上看，90年代中期以后，作为一种学术风尚的后现代主义在台湾的文化场域中已经功成身退，但其最具活力的部分并没有真正退场，而是在"知识左翼"的文化与政治论述实践中保存了下来，迄今还扮演着至关重要的批判角色。

在关怀台湾民主转型和价值重建的人文知识分子中，更多的人对后现代主义持警惕、疑虑、反省和批判的立场。而且，随着时间的推移，持这一立场的人数正在逐渐增加。他们倾向于认为后现代主义已经产生了一系列消极的影响。这种消极影响包括互相关联的两大方面：第一，历史与知识的虚无主义倾向的回潮。尽管许多后现代主义者曾经一再声称，后现代转向并非走向历史虚无主义，但它对基础主义和本质主义的解构，仍然对人文思想的"基础"与"本质"构成了巨大的冲击。许多时候，后现代主义部分地导致了后现代犬儒主义和保守主义的产生，后现代的"去主体"的一个后果恰恰是把主体的权力拱手出让。而后现代主义的"解结构"无疑是一把锋利的双刃剑，它在瓦解了威权结构的同时也颠覆所有人们赖以生存的价值基础、社会共识以及政治理想。在一篇题为《巴士底的拆解与再现——台湾后现代政治学》的网络文章中，作者"Munch"尖锐地指出了后现代主义的擅长解构却无力再结构对台湾社会带来了巨大的负面影响：台湾社会的转型是"一项巨型的社会再造工程，但是至今一切失败，失败的不是政党的换汤不换药，更严重的是台湾步入后现代景况，理想的核心渐渐隐没""政治后现代景况，在左派眼里是社会理想典型的消失，但是在后学说的观点里，却是全面结构的扬弃，它无力再结构，甚至难以重现事物"。① 第二，后现代主义的战场只设在文化场域，以文化批判取代政治经济学批判。后现代主义强调微观政治权力批判，认为抵抗无处不在。但政治的泛化往往模糊了政治问

---

① Munch：《巴士底的拆解与再现——台湾后现代政治学》，网址：http://blog. yam. com/munch/article/6368320 August 23, 2006.

题的真正焦点和至关重要的层面：政治权力与经济资源的分配与再分配。对左翼理论情有独钟的当代人文学者宋国诚如是指出："后现代主义一方面把资本主义夸大成'茎状怪物'（就像李安电影《绿巨人》里的约翰——越是激怒他，他越是强壮），好让全球为之激愤不平；一方面以扁平化、无差异的思维，以诸如'诸众'（multitude）、'去领域化'（deterritorialization）等抽象话语，取代对政治经济的具体分析。于是，最激进的同性恋运动变成了一个男人（或女人）与另一个男人（或女人）之间的'汽车旅馆学'。"① 在宋国诚等人看来，后现代主义或以后现代为基础的后马克思主义不是在理论上是苍白无力的，就是在实践上表现出软弱无力。改变这一状况，只有重新回到马克思的政治经济学。他十分肯定地认为："今日的左派应该走的路，还是马克思主义的政治经济学，但是对于马克思没有预言到的，则需要重新发明一个'新的/政治经济学的马克思'和一个'新的/不断思考的列宁'，以应付已经基因突变、具有全球分身的新资本主义世界。在齐泽克看来，左派不应该忧伤，不应再为人们总是把列宁和集权主义绑在一起而感到灰心丧志，因为左派已经可以把集权主义这一标签，光荣地回赠给今日的资本主义，因为新右派、独裁者小布什、跨国公司、数字网络、电视霸权以及那幽灵四窜的恐怖主义，才是真正的新集权主义。"② 这个分析的确一针见血。"告别后现代主义迈向：人类抗拒的政治马克思主义"和"打破意指的枷锁：从马克思主义者立场论后现代主义"等译文在"批判教育学论坛"上的出现，并引起人们的强烈兴趣，从中或许可以看出一些台湾人文知识分子对后现代主义和后马克思主义的不满，不少知识分子已经开

①　宋国诚：《理论苍白？或实践软弱？——斯拉沃热·齐泽克的"执爽真实"论》，《破报》，复刊第 443 期。

②　宋国诚：《理论苍白？或实践软弱？——斯拉沃热·齐泽克的"执爽真实"论》，《破报》，复刊第 444 期。网址：http://pots. tw/comment/reply/528.

始意识到马克思主义政治经济学在当代台湾社会重建中的重要性。思想界的这个变化尽管还很微弱，但足以值得关心台湾社会和思想变化的人们关注。

90 年代中后期以来，后殖民理论在台湾的强势出场，引发了关于后现代主义的另一场论争，即后现代主义与后殖民批评之间的论争。这场论争的焦点在于："后现代"与"后殖民"在理论上的关系为何？在理论范式和精神倾向上，两者究竟是相同、相通或相近，抑或存在某种巨大的差别？如果两者之间存在根本性的差异，那么与此相关的问题就随之而来，解严后尤其是 90 年代以后的台湾社会是处于后现代状况，还是处于后殖民状态？是后现代，还是后殖民？又如何定义解严后的台湾文学？对这些问题的思考、回答与认定显然事关重大，它关涉到人们如何认识和阐释台湾的历史和当代文化状况，即关涉到如何阐释台湾这一重大课题。也正是在这个论争中，台湾人文知识界深刻地卷入到当代台湾政治意识形态的生产场域之中。在后现代与后殖民的论争中，80 年代已经初步出现的台湾人文知识分子政治立场之分化趋势进一步表现了出来。现今，这场论争的结果早已产生，它直接导致了台湾文论和思想论述领域的主流话语的转变，即从"后现代"转向了"后殖民"。1994 年，廖炳惠就指出了这一转变："后现代文化论述曾在台湾风靡一阵子，如今则被后殖民论述所取代。"① 多年后，陈光兴也如是言："后殖民"与"全球化"两大论述取代了 80 年代"后结构主义"与"后现代主义"的位置，逐渐成为文学理论的主导性话语。

回顾这段论争，我们可以看到：对后现代主义与后殖民论述之间关系的认知，台湾理论界曾经出现多种不同的声音和不同的阐释策略，这种不同其实隐含着台湾人文学界在理论动机、思想旨趣乃至政治意识形态立场上的巨大分野。

第一种是把后现代主义、后殖民论述、后结构主义等都归入

---

① 廖炳惠：《回顾现代》，麦田出版社 1994 年版，第 5 页。

"后学"（Postism）这一更为宽泛的范畴之中。黄瑞祺、何乏笔等一些学者偏向于对西方思想理论做较为纯粹的学理性探讨，于2001年4月20日举办了"现代与后现代"研讨会，并结集出版了《后学新论》一书。内容广泛涉及福柯、德勒兹、德里达、保罗·德曼、布什亚、阿多诺、辛默尔、萨义德等人的"后学"思想。那么，他们为什么要提出"后学"概念以涵盖后现代、后殖民、后结构等诸种后主义呢？从黄瑞祺的《编者序》看，其原因在于：第一，从20世纪50年代开始，世界开始进入新的历史时期，新技术、新的传播工具和生产方式和全球化，导致了社会文化的巨幅变化，也产生了一系列新问题：生态、族群、性别、分离主义、恐怖主义，等等。"现代性"思想资源难以阐释这种变化，现代性的制度框架也不能有效地解决这些问题。"'后工业社会''后福特主义''后现代主义''后结构主义''后资本主义''后社会主义''后马克思主义''后殖民主义''后民族主义'……这些名词大抵指涉当代情境或思想的某种变化。"在这个意义上，"后学"这个概念的提出，显然是对相对于现代性或反思现代性思潮的概括，正如黄瑞祺所指出：这些"后×× 主义"一方面继承或了解"××主义"某部分的主张、精神与内涵，一方面则对之反思及批判，并进行所谓的解构（Deconstruction）以达到改革；所以后学不直接改用其他主义的名称，是因为与"××主义"有密切的关系，还因为它的模糊性、可能性与不确定性，所以尚无法自创新主义名词；[①] 第二，"后学"概念的提出是试图在众声喧哗和多元分歧中重构一幅比较完整的知识图景和未来图像："'后学'把各种'后××主义'放在一起合而观之，或许可能拼凑出一个比较完整的未来图像。"但这只能是一种愿望的表达而已。事实上，尽管黄瑞祺和何乏笔都十分强调关注傅柯晚期思想中"自我发现"与"自我创造"的"修养论"和伦理学，有意地把傅柯的自我解放理论和马克思主义的人类解放思想相扣连，但所谓"后学"

---

① 黄瑞祺：《后学新论·编者序》，台湾左岸文化2003年版，第7页。

当代台湾文论的「后学」论争与话语转换

显然无力完成思想整合这个十分艰巨的任务，他们自己对"后学"的理解本身就充满难以调和的分歧。而"拼凑"这个语词的使用早已经暴露出了无力整合的迹象。

第二种是区别和切割策略，即把后现代主义和后殖民论述严格地区别开来。刘纪雯在辅仁大学开设的"后现代主义与后殖民主义"课程，核心就在于回答这个问题："后现代主义的'后'和后殖民主义的'后'一样吗？其中的冲突与重叠何在？我们如何面对两者所辩论的议题（历史、空间、主体认同、文本策略、全球化、抗争策略与可能性，等等）？可能协调两者冲突之处，并转化为阅读、认同策略？"课程的主要内容包括：①后现代历史观与后殖民历史书写：历史如何再现？后现代文体——如，讽拟（parody）、拼贴（pastiche）——是嬉戏还是批判？②后殖民主体与后现代理论：在后现代主义质疑、解构主体后，后殖民文本策略如何建构主体（如作家、人民、国家）？③后现代空间、移民与后殖民在地政治（politics of place）：后现代空间是否复制、强化或批判后资本主义和帝国主义？移民在后现代空间的处境为何？如何将不属于自己的空间挪为己用、扩充和再创造？① 其中隐含的观念我们在其他学者的论述中也常常能够观察到，如刘亮雅的相关论述："台湾的后现代与后殖民都强调去中心。但它们又代表两种不同的趋向，彼此合作或颉颃：台湾的后现代主义朝向跨国文化、杂烩、多元异质、身份流动、解构主体性、去历史深度、怀疑论、表层、通俗文化、商品化、（台北）都会中心、戏耍和表演性；而台湾的后殖民主义则朝向抵殖民、本土化、重构国家和族群身份、建立主体性、挖掘历史深度、殖民拟仿、殖民与被殖民、都会与边缘之间的含混、交涉、挪用、翻译。"② 从以上的引述中，我们多少可以观察到台湾人文学界对后现代与后殖民理论兴趣之

---

① 网址：www. complit. fju. edu. tw.

② 刘亮雅：《文化翻译：后现代、后殖民与解严以来的台湾文学》，《中外文学》第三十四卷第十期，2006 年 3 月。

所在，也可以看出他们对后现代与后殖民之分别的基本认识：后现代主义质疑、解构主体；而后殖民理论则倾向于建构主体。在他们看来，从后现代转向后殖民是一种必然的思想趋势，这种转向意味着台湾社会在后现代解构主体之后开始转入主体重新建构的历史时期。在台湾的具体语境中，这种转向意味着威权体制和威权意识形态瓦解后社会系统的重建。从这个意义上看，后殖民论述在台湾的兴起可谓应运而生、恰逢其时。但值得注意的是，后殖民论述在台湾的演绎过程中存在被工具化和意识形态化的倾向，常常被扭曲为所谓"族群民族主义"和"族群本土主义"的话语资源和论述工具。这显然与后殖民思想的本义已经相距甚远。

第三种观点为融合论。这种观念认为在台湾八九十年代的文化场域中，后现代与后殖民是不可切割的，后现代的解构策略已经化入了后殖民经验中。在《台湾：后现代或后殖民？》一文中，廖炳惠阐述了这一观点："翻译的后现代一方面帮助读者发展其跨文化观，另一方面则促成多元解读的社会实践，让我们透过新语义及其构架，去看穿权威中心的空洞本质，因此产生许多街头运动中的讽刺剧及自由戏要，将权力的运作拆解为景观，以谐音重写的方式，去呈现其虚拟性格，进而瓦解社会既定的法则……这些后现代的策略已成为台湾迈向后殖民阶段的日常应变手段。于翻译（及番译）过程中，后现代主义已在某种程度上化入台湾后殖民的经验里，提供重新描述及理解历史的筹码。"① 迄今为止，这可能是台湾理论界对后现代与后殖民之间关系所做出的最贴切也是最富有启发意义的阐释。

台湾后现代与后殖民论争的第二个焦点是如何定义"解严"以来的台湾文学，而这一界定显然将深刻地影响到对整个台湾文学史的重新阐释。关于"解严"以后的台湾文学，文论界曾经产生了各种定义方式：比如"后台湾文学""后戒严诗学""后现代台湾文学"

---

① 廖炳惠：《台湾：后现代或后殖民？》，见《书写台湾：文学史、后殖民与后现代》，周英雄、刘纪蕙编，麦田出版社2000年版，第93—94页。

和"后殖民台湾文学"……种种界定的出场都隐含着人们对"解严"后台湾当代文学乃至整个文化处境的阐释焦虑与话语竞争，也隐含着理论界对台湾文学发展的当代状况、发展趋势和新的可能性的判断、预设与期待。其中，"后现代台湾文学"和"后殖民台湾文学"两种定义最为流行，两者之间曾经直接或间接地进行了一场对台湾文学史阐释影响深远的角力和论争。

论及"后现代台湾文学"的界定，不能不提到英年早逝的林耀德。对于八九十年代台湾文学而言，林耀德无疑是一位具有宏大企图并对文学史再书写产生重大影响的人文学者。这个宏大企图包括两个方面：台湾现代主义的历史脉络重建和大规模展开的"后现代计划"及其实践。一方面，林耀德试图建立台湾现代主义与三十年代上海"新感觉派"之间可能的历史关联；另一方面，又试图把"解严"后的台湾文学引入后现代主义的发展方向。对"解严"后台湾文学的阐释，林耀德透过理论阐释和创作实践以及后现代主义批评社群的整合和建构，给出了一个重要的"定义"，即"后现代台湾文学"。正如刘纪蕙所指出，在"林耀德现象"与"台湾文学史的后现代转折"之间存在一种深刻的关联。的确，在1987年发表的作品《资讯纪元——〈后现代状况〉说明》中，林耀德敏感地发现后现代主义在台湾的意义与表征，试图"揭露政治解构、经济解构、文化解构的现象；以开放的胸襟、相对的态度倡导后现代艺术观念、都市文学与资讯思考，正视当代（世界－台湾）思潮的走向与流变。"① 尽管在西学背景颇为深厚的廖炳惠看来，林耀德等人对"后现代"的认识多少显得有些一知半解，但林耀德以前卫诗人的敏感和直觉准确地指出了在台湾当代思潮的脉络中后现代主义的意义和角色，即揭示和瓦解传统认识论以及支撑政治经济权力结构的语言与文化基础。在1993年海南大学举行的关于诗人罗门、蓉子的学术会议上，林耀德发表了《"罗门思想"与"后现代"》一文，进一步阐述了其后现代观念。西

---

① 林耀德：《都市终端机》，书林出版公司1988年版，第204页。

方后现代主义诸家的种种概念开始大面积进入林耀德的诗学视域：利奥塔的"崇高"、德理达的"元书写"、德勒兹的"游牧"、波德里亚的"拟态"以及哈山的"沉默"，等等，接合罗门的"第三自然"的后现代诗歌实践，试图发展出一种台湾版的后现代主义论述。用林耀德的话说，即是在台湾重新"发明"和"创造"出一种"后现代主义"。

　　但林耀德、罗门等人对"解严"后台湾文学的"定义"很快就遭遇到另一些理论家的强烈质疑和有力挑战。陈芳明、刘亮雅和邱贵芬等一大批理论家倾向于认为"解严"后台湾文学不是后现代主义，而是一种后殖民文学。在陈芳明看来，后现代文学在台湾不是从台湾社会内部孕育出来的，相反，它完全是一种文化的舶来品，因此"与战后台湾历史的演进并无丝毫契合之处"。放到台湾殖民史的脉络中，80 年代发展出来的台湾文学在性质上不可能是后现代文学，而是"殖民地社会的典型产物"；"从台湾殖民史的角度看，在这个社会所产生的文学，应该是殖民地文学"。① 或许因为陈芳明曾经是位从事历史研究的学者，"历史脉络"常常成为他反对后现代台湾文学定义时最拿手的概念工具，"历史脉络"就像一把刺向台湾后现代主义的锋利之剑："后现代"在台湾没有任何的历史根源，它与"台湾的殖民史"没有任何的关联。"历史脉络"如同上文所提到的"土壤"一样似乎无需重新论证、质疑，就先天地具有某种正当性。在讨论当代诗人江自得的诗艺及其历史意识的一篇文章中，陈芳明把这一观点表述得更为简明有力："后现代论者对于历史脉络式的考察几乎可说是兴趣索然。他们奢谈'去中心化''主体消亡''历史文本化''消费社会'等舶来的晚期资本主义文化概念。对于台湾社会如何被编入晚期资本主义的演化过程，全然不甚了了。他们性急地放弃台湾在整个 20 世纪的历史记忆，躁进地拥抱全球化浪潮的到来。但是，

---

① 周英雄、刘纪蕙编：《书写台湾：文学史、后殖民与后现代》，麦田出版社 2000 年版，第 42—52 页。

当历史失忆症还未得到恰当治疗，而文化主体犹在建构之际，所谓后现代社会的到来恐怕是一种过于豪华的期待。疾病台湾，事实上，还停留在殖民的梦魇中。"① 认识到台湾历史的殖民性和当代台湾文化的殖民性格无疑是有意义的，但问题在于，关于战后台湾历史的"再殖民"性质和战后台湾文学的"再殖民"性格的认定，究竟是由谁做出的？又是如何做出的？这种认定在台湾社会取得了多大的交叠共识？存在多大的分歧？与客观历史本身以及后殖民理论的精神又有多大的距离？台湾文化的殖民性格嵌入在何种权力结构之中？日本殖民史的"遗产"以及台湾对美国政治经济文化的依附性在其中又扮演了何种重要的角色？这些至关重要的问题都被陈芳明有意或无意地忽略不计了。如果陈氏的这种认定只是一种纯粹主观的设定或只是基于某种意识形态而建构出来的，那么，陈芳明对后现代的批判与否定表面上看起来十分尖锐有力，但实际上只是一种自我循环论证或同义反复。

　　关于后现代与后殖民的论争，表面上看，刘亮雅在《文化翻译：后现代、后殖民与解严以来的台湾文学》一文中提出的思考是延续和发展了廖炳惠的思路，如"翻译的后现代"和"翻译的后殖民"概念的使用，"解严"后的台湾文学在"文化思想、主题意识和新美学三个层面都展现出后现代与后殖民的并置、角力与混杂"，等等，都颇有思想见地。但在理论立场上，两者之间存在着微妙而重要的差异。廖炳惠并没有轻易地否定后现代在当代台湾的意义和作用，而是认为后现代对权力结构和既定法则的解构具有解放的意义。廖炳惠提出了一系列重要的问题：为什么有人会认为"后现代主义"不再适用于当今世界与本土的文化评论？台湾是否处于后殖民状况？是否只有去除后现代思维才能进行后殖民批评？"有可能重建后现代之批评谱系，以便弥补种族中心论及认知条件之局限"？如果来自欧美的后

---

　　① 陈芳明：《哀伤如一首诗》，刊于台湾政治大学台文所台湾文学部落格，网址：http：//140.119.61.161/blog/forum_ detail. php? id＝252.

现代与后殖民在理解和阐释台湾问题时都不确切，那么它们还能提供什么借鉴？① 这些问题的提出间接而含蓄地表述了廖炳惠的理论立场：后现代批评谱系的重建有可能"弥补种族中心论及认知条件之局限"。而刘亮雅在描述当代台湾文学中"后现代与后殖民的并置、角力与混杂"状况时，理论立场却微妙地滑向了她所定义与扭曲了的"后殖民"，其扬"后殖民"而贬"后现代"的意图表现得十分明显。这种倾向在刘亮雅的结论中则暴露得相当彻底："台湾的后殖民与后现代，两者虽有混杂牵缠，但基调仍相当不同且互相角力。后殖民基本上延伸强化了台湾本土化运动的理论面向，并加入了'殖民拟仿'。"而大多数"标榜后现代的论述者与作家往往刻意以后现代响应后殖民，侧面抵制或消解后殖民的力道，而这背后隐含了其外省族群立场"。② 看来，刘亮雅实质上是个不折不扣的"本土主义"者，"本土主义"意识形态和"族群民族主义"立场的视域主导了其对"后现代、后殖民与解严以来的台湾文学"的整体观察、描述与阐释。尤其可怕的是，后现代与后殖民在台湾的分歧与论争最后竟被刘亮雅处理成了省籍族群政治立场和身份认同之间的分歧与对抗。刘亮雅也提出"多元身份认同"的理论命题和价值诉求，但在她的论述逻辑和阐释框架里，多元文化主义和多元身份论述实际上变成了其一元化的"本土化"论述的绝妙的挡箭牌，在多元论的掩护下偷渡族群主义的"本土论"意识形态。刘氏的论述逻辑有着某种代表性。许多事实表明，后殖民在台湾一定程度上已经被本土论所挟持，正如青年学者刘雅芳所忧虑的，在当代台湾的文化场域中，后殖民批评陷入"去殖民遭本土主义悬置的困境"③。的确，"单语的本土"意识形

----

① 廖炳惠：《台湾：后现代或后殖民？》，见《书写台湾：文学史、后殖民与后现代》，周英雄、刘纪蕙编，麦田出版社2000年版，第85—86页。

② 刘亮雅：《文化翻译：后现代、后殖民与解严以来的台湾文学》，《中外文学》第三十四卷第十期，2006年3月。

③ 刘雅芳：《王明辉与黑名单工作室：台湾新音乐生产的第三世界/亚洲转向》，台湾交通大学硕士论文，2006年，第20页。

态已经部分导致了台湾的后殖民论述丧失了"向权力说真话"的批判能力。

在20世纪90年代台湾"本土主义"甚嚣尘上的历史时期，"本土化"或"本土论"已经演变为"政治正确"的意识形态。后殖民理论往往被本土化为"本土主义"意识形态的一种好用的理论工具，承担着"发现台湾"（邱贵芬语）甚至建构所谓"台湾民族主义"的重大政治使命。这样，经过特殊处理后的"后殖民"话语在台湾也就享有了无比重要的理论地位，乃至一时成为人文学科中的显学和强势的理论话语，至今还有些高烧不退。而主张"去中心""解主体"的后现代主义因为明显的"不合时宜"演变成为一种被压抑的边缘话语。在这一时代语境中，的确，如同廖炳惠所提醒的，后现代批评谱系有存在和重建之必要，因为它或许可以成为新的权力中心的一种制衡和批判的思想力量。我们认为："后现代主义"的存在或许可以成为已经疾病缠身的"台湾后殖民"的一帖有效的解毒剂，至少后现代主义可以提醒人文知识分子警惕新的霸权结构对异质性所产生的压抑和排斥。从这个意义上看，廖炳惠和刘亮雅之间潜在的对话关系委实意味深长。

第三辑　文本内外

白马社的文化精神与诗歌创作

一、"白马社"：一个被文学史叙事遗忘的海外文艺群体

20世纪五六十年代的美华文学至少有三个作家群存在：一是以林语堂为中心的作家群。1952年，林语堂、林太乙和黎明在纽约创办《天风》月刊，延续其在中国创办的《论语》和《宇宙风》的风格，提倡"幽默和性灵"，但没办几期就停刊了，所以影响不大；二是台湾留学生作家群，这一群体人数众多，在美华文学史乃至世界华文文学中产生了重大影响，在海外华文文学史和台湾文学史上都留下了重重的一笔。三是以胡适为中心的"白马文艺社"，自称为"中国文化第三中心"。他们的文学创作具有明显的学院派色彩和自由主义意识形态，这一群体的文学创作至今还未受到学界的充分注意和足够重视，文学史叙事轻忽甚至遗忘了他们的存在。"白马社"成员浦丽琳女士在《追忆诗人周策纵教授》一文中感慨："多少年来，一般台湾作者写中国海外华文文学史的文章，多将'白马社'漏掉，对'白马社'一无所知或忽视。"

据唐德刚叙述，在林语堂举家移居南洋，以《天风》月刊为中心形成的"天风社"解体后，生活在纽约的华人知识分子于1954年重新组织了一个新的文艺社团"白马文艺社"。主要人员有周策纵、艾山（林振述）、唐德刚、黄伯飞、黄克孙、鹿桥（吴纳孙）、王方宇、心笛（浦丽琳）、陈其宽、陈三苏、何灵琰、周文中、黄庚、蔡

宝瑜、王季迁、王济远、邹劲侣、卢飞白、顾献梁等，顾献梁任会长，创办《白马文艺》。

作为一个文艺社团，"白马社"有四个鲜明的特点：

第一，非职业性。据唐德刚回忆，"白马社"不是职业性的文艺组织，而是一个具有沙龙性质的文艺俱乐部。文艺只是他们的"业余嗜好"。正是这种非功利的文学立场和写作方式，使白马社的创作显示出自由主义的美学品格和独立精神；第二，以胡适为宗师。胡适虽不是白马社成员，但与白马社关系十分密切。胡适曾参与白马社的诗歌讨论和评阅，他与白马社的关系如唐德刚所言是"新诗老祖宗"与中国新文学海外"第三文艺中心"的关系。白马社成员心仪于新诗创作和评论，周策纵著有《海燕集》；心笛著有《贝壳》和《褶梦》，被胡适称为50年代末"中国新诗里程碑"；艾山著有《暗草集》和《埋沙集》等；黄伯飞的新诗风格接近胡适风，有"胡适之体"之称。而在唐德刚的散文创作和周策纵的五四运动史研究中，胡适都是一个极为重要的精神核心；第三，白马社不是一个纯文学性的团体，而是文学、艺术和学术并重的文艺社团。其中，书法家王方宇是老一代字画派的代表之一；王季迁即王己迁，是书画家、书画收藏与鉴赏家；王济远是著名的水彩画家，1920年与刘海粟等发起成立西洋画团体"天马会"，后任上海美专教授、绘画研究所主任，参与推动早期水彩画在中国的传播；陈其宽是著名的建筑师，曾经与贝聿铭合作设计东海大学路思义教堂，他还是"新国画探索"的代表人物之一；作曲家周文中与贝聿铭、赵无极被誉为"海外华人艺术三宝"；黄克孙是物理学家，陈三苏是语言学家，林振述是哲学家，周策纵和唐德刚则是历史学家等；第四，白马社成员具有中国现代高等教育的知识背景，多于20世纪30年代毕业于北京大学和西南联大。其中有五四新文化运动的亲历者如王济远，少年时期的黄伯飞曾深受新文学思潮的影响。这些因素表明，白马社成员深受五四以来新文化思潮的熏陶和影响，传承五四文化精神成为他们对文艺创作和社团活动意义的理解和自我期许。

这些因素和特点，形成了白马社在世界华文文学研究领域的特殊意义：

第一，在20世纪汉语文学史上，白马社的文学创作具有新文学精神的传承和向海外播迁的特殊意义。旅美诗人秦松在《海外华人作家诗选》的序中指出：中国新诗前三十年是输入，后三十年即40年代以后则是输出。尽管这种输出还局限在中文世界，但完成了"继承新诗传统的再发展"。① 这一判断用来评价白马社的文学追求和文化精神是恰当的，白马社与胡适的文学传承关系清楚地表明了这一点。如果说20世纪初胡适留学美国是一次意义深远的文化盗火，为五四文学革命引入了西方现代性思想资源，那么白马社的创作则是新文学在异域的一次成功延伸和拓展。

第二，从美国华文文学史看，"白马社"的创作和台湾留学生文学共同构成了五六十年代美华文学的重要收获。这一文学史事实值得华文文学研究者关注，它将改变以往研究把台湾留学生文学视为这一时期美华文学的唯一代表的片面认识。白马社在诗歌、小说和散文创作上都有不俗的成绩。在诗歌方面，周策纵的《海燕》境界宏阔，"胸罗宇宙"；心笛的诗运用干净而感性的白话书写内心解不开的情结，颇有些狄金森的韵味；艾山的诗被海外华文学界誉为"现代华人诗史的一座丰碑"。在小说方面，鹿桥的成就最为突出，司马长风在《中国新文学史》中把鹿桥的《未央歌》和巴金的《人间三部曲》、沈从文的《长河》以及无名氏的《无名书》并称为抗日战争期间和战后长篇小说的"四大巨峰"。鹿桥的短篇小说集《人子》则富有民间传奇意味和乡野神秘色彩。唐德刚的小说力图打通历史与小说的界限，他的长篇小说《战争与爱情》同时也是一部口述历史著作，意在为多灾多难的近代中国和小人物述史作证。唐德刚的散文亦有很高成就，在海外素有"唐派散文"之称，其散文在题材上大体可分为两大类型：人物传记和学术小品，融历史性、趣味性于一体，形成

<hr />

① 王渝编：《海外华人作家诗选》，香港三联书店1983年版，第13页。

率性、诙谐与智性合一的美学风格。因此，"白马社"的文学创作应是美华文学中不可忽视的重要部分。

第三，20世纪汉语文学的现代性建构经历了从引进西化到中西融会的发展历程，40年代，在九叶诗人和张爱玲等人的创作中，这种会通与融合已产生丰富的成果。但50年代以后，由于冷战的国际政治格局的形成，东西方处于长期的政治和文化对峙状态，新文学中西融会的历史进程被迫中断。"白马社"海外华文文艺实践和探索的意义在于，在政经冷战中西文化阻隔时期绍续了中西艺术融会贯通的历史。王方宇致力于中国传统书法艺术的现代化探索，他和曾佑、熊秉明等的艺术实践开了"现代书法"的先河，并在80年代以后对中国大陆"现代书法"运动产生了积极影响；作曲家周文中用易学思维创作现代音乐作品《变》；鹿桥的《未央歌》"使中国小说的秧苗，重新植入《水浒传》《红楼梦》和《儒林外史》的土壤"（司马长风《中国新文学史》）；唐德刚则从"六经皆史""诸史皆文""文史不分"和"史以文传"来阐释现代小说、传记文学与历史的关系，试图重新建构现代大/杂文学观念；作为现代诗人燕卜生在西南联大的得意门生，艾山的诗无疑是现代的，但他同时也强调传统的重要性，认为活用传统是"新诗发展的健康而又必然的途径"。艾山的《埋沙集》把传统的格律转化为现代诗的节奏，而《明波集》则有艾略特的古典现代诗的意味，诗中运用了大量中国古代文献典故以及《道德经》的思维方式。这种尝试要早于台湾现代诗从西化到古典的回归，更要早于80年代大陆诗人杨炼对现代诗"智力空间"的历史探索。

第四，20多年来，大陆的华文文学研究对社团流派未能给予充分关注，一些文学史往往成为作家作品的不完全的非经典化的集中展览。"白马社"的存在及其文学成就提示我们必须充分重视海外华文文学的社团流派研究，而白马社文学与艺术并重的流派特征也对华文文学研究的纯文学性构成了某种挑战。华文文学研究的突围已不仅是理论意义上的突围，而且意味着从单一学科走向跨学科跨艺术的整合

——走向华人文化诗学。显然，白马社为这种整合研究提供了一个富有文化意义和审美价值的典型个案。

二、"白马社"的文化精神系谱

构成"白马社"文化精神有三个方面的思想资源：五四新文化思想，西方现代思想和中国传统文化。其中五四新文化思想是"白马社"最重要的精神食粮，它构成了"白马社"文化精神的主体。

从教育背景看，白马社与"五四"新文化的精神联系十分密切，白马社成员大多把自己的文学创作与活动视为"五四"新文学精神的赓续与发扬。白马社重要成员艾山、鹿桥、周策纵、陈三苏等都毕业于西南联合大学。西南联大保持了五四精神和传统，教授会的重要成员皆为五四运动健将。据西南联大北京校友会会长梅祖彦教授的阐释，西南联大有五个突出特点：师生继承了"五四"和"一二·九"运动的爱国民主精神；集合了三校师资力量，大师云集；民主办学，形成优良风气；兼容并包，治学严谨，人才辈出；发展进步组织，发动爱国运动。1939年以后的几年里，"民主堡垒"的西南联大经常举行五四纪念活动，如五四历史座谈会等。闻一多曾大声疾呼："五四的任务还没有完成，我们还要努力！我们还要科学，要民主，要冲毁孔家店，要打倒封建势力和帝国主义！"[①] 西南联大的五四文化氛围濡染了艾山、鹿桥、周策纵、陈三苏等人，对他们日后的文学创作和学术活动产生了深远的影响。从人生经历看，白马社成员或直接参加了五四新文化运动，或亲历"一二·九"爱国运动，或心仪五四文化精神。艾山曾参加"一二·九"爱国运动，据周定一教授回忆，是宣武门"夺关"的两位勇士之一。"除了他在'一二·一六'表现英勇，给人留下深刻印象之外，他还始终是个爱国诗人。他去国日久，但在诗文中随处可见他对祖国的眷恋之情，同时不忘昔日中华民

---

① 戴联斌：《成长在"五四"以后》，《民主与科学》2000年第2期。

族受侵凌、遭蹂躏的伤痛，对日本侵略意图仍保持着警惕。例如，中国留美学生发起保卫钓鱼列屿领土主权运动周年之际，他写了首长诗《钓鱼岛之歌》（收入《艾山诗选》），支持这个运动，表现了浓厚的爱国激情。可以说，这种激情是"一二·九"时代精神的延续。"①清华和西南联大浦薛凤教授的次女心笛，在《清华经历竟似梦——追忆父亲浦薛凤教授》一文中如是言："辛亥革命，五四运动，抗日战争，内忧外患，20 世纪中国所经历的，是一个长期纷争混乱的大动荡时代。父亲的这一生，与这时代息息相关。父亲所受的教育，集中国传统与西洋正规教育的精华。父亲和他那一代的人，受时代的熏陶，似都全有抱负，有学识、有极重道德心与时代感。"② 对父亲的深切怀念和理解中也寄托着自己的忧患情怀。周策纵的第一首白话诗，题目就是《五四，我们对得住你了》，周策纵先生在他所写的新诗中有这一句："五四五四是将来！"这首诗发表在郭沫若、田汉主编的《抗战日报》。1947 年 5 月 4 日，周策纵在上海《大公报》发表了第一篇论文：《依旧装，评新制：论五四运动的意义及其特征》，从那一天开始，周氏就立志写一本有关五四运动的书。白马社与胡适有着十分密切的关系。唐德刚是胡适的弟子，胡适的夫人江冬秀曾对人说："唐德刚是胡老师最好的学生。"唐德刚比喻这种师生关系为"一个穷愁潦倒的乞丐老和尚和一个乞丐小和尚的师生关系"。1957年，唐德刚在一首胡适式的白话诗中表达了追寻胡适的道路的心志："……但是我们——/你学生的学生，/做工、读书、/不声不响的年轻人，/一直在追随着你，/追随你做个'人'/你不谈主义，不谈革命，/你却创造了一个时代；又替另一个时代播了种，/我们正在努

---

① 周定一：《"一二·九"掠影》，赵为民主编：《青春的北大》，北京大学出版社1998年版，第50页。

② 心笛：《清华经历竟似梦——追忆父亲浦薛凤教授》，宗璞、熊秉明主编：《永远的清华园》，北京出版社2000年版。

力耕耘……"① 胡适研究成了唐德刚学术工作的一个重心，有论者甚至认为：在80年代，唐氏"领导全球范围'胡学'（胡适研究）的'卷土重来'"。②

的确，对"五四"新文化精神的阐释构成"白马社"的一项重要工作。周策纵的《五四运动史》（1960）、唐德刚的《胡氏杂忆》和《胡适口述自传》已经成为五四研究的重要成果。说："'五四'运动是上两代人的资产，新一代的青年对'五四'认识很肤浅，我希望通过这本书认识几十年前的年轻人曾经如何与救国、社会改革，他们的努力曾如何影响中国的前途。我更希望新一代青年读这本书后，认真深思：作为'五四'的继承者，应当如何继承'五四'青年的情怀和抱负，如何对待传统的批判、继承和文化的认同。"③ 第一，在周策纵看来，五四新文化运动的核心是对传统重新估价以创造一种新文化，是一场思想革命，企图通过中国的现代化来实现民族独立、个人解放和社会公正，并且假定思想革命是中国现代化的前提。④ 第二，在《五四运动史》中，周氏最早使用了"反传统主义"概念来阐释五四新文化精神。（这一说法后来颇为流行，林毓生的《中国意识的危机》就沿用了这一概念讨论五四文化问题。）在反省五四新文化与传统的关系问题上，周策纵提出的这一概念是很有价值的：中国传统十分复杂，五四反对的不是整个传统而是"传统主义"。第三，当时中国的根本问题是民族独立，所以五四的个人主义不同于西方，它既重视个人价值与独立思想的意义，又强调个人对于国家社会的责任。第四，中国自由主义具有保守性与脆弱性。第五，五四文化精神是宝贵的精神财富，是需要继续发扬光大的未竟之业。

---

① 唐德刚：《胡适杂忆》，华东师范大学出版社1999年版，第35—36页。

② 宋路夏：《话说唐德刚》，《书屋》1998年，第2期，第11页。

③ 刘作忠：《访〈五四运动史〉作者周策纵教授》，《贵州文史天地》1998年第3期。

④ 周策纵：《五四运动史》，岳麓书社1999年版，第500页。

它所形成的社会与民族意识还将延续下去。

当然，"白马社"也对五四新文化运动的缺陷做出了反省。在他们看来，五四青年知识分子对西方新思想过于轻信，缺乏批判性反省。五四新文化运动的第二个问题是对中国传统文化的批判显得矫枉过正，因而低估了传统的价值。在《论五四后文学转型中新诗的尝试、流变、僵化和再出发》长文中，唐德刚把第一代新诗的追求概括为五个方面：反传统，绝端自由主义，无限制引进西洋诗学理论，泛神论个人主义滥觞，个体间绝对自由的结合。他认为第一代新诗的"反传统"是必要的，"因为我们旧文学积习太深，垃圾堆太大了。不破不立"。但新诗的发展也因此出现了"纵横失调"的毛病，"新诗今天的问题实在是纵横两难，而纵的问题之紧急，却远甚于横的问题罢了"①。所以唐德刚强调传统的"再发现"，认为新诗的发展必须从 3000 年固有诗学传统中汲取营养。在鹿桥看来，中国传统是活的有机的历史经验，构成人生体悟与生命智能的底色："在我心目中，中国的文学及哲学思想一直是一个活鲜鲜、有生机的整体。不是历史陈迹，更不仅是狭窄的学术论文研究对象。历史的经验，同人生的迷惘以及理想，都是合则双美，离则两伤，因此，古往、今来，都同时在我的心智活动中存在。"② 在艾山、鹿桥、唐德刚、心笛等的文学书写与论述中，中国古典文学与文化传统不仅是重要的思想资源，而且构成了生命体验的一部分。

当然，白马社不是复古派或仿古派，也不是什么新古典主义。因为白马社有着十分突出的现实关怀精神，他们的文化情怀与现实意识密切相关；也因为他们还接受了西方现代思想和文艺思潮的浸染。当

---

① 唐德刚：《论五四后文学转型中新诗的尝试、流变、僵化和再出发》，欧阳哲生、郝斌主编：《五四运动与二十世纪的中国》，社会科学文献出版社 2001 版。

② 鹿桥：《人子》，台北远景出版事业公司，1974 年 9 月初版，1989 年3 月第 23 版，第 2 页。

年在西南联大艾山已是英国著名诗人燕卜生的得意门生，留学美国时又受教于著名的现代主义诗人奥登（Auden）和埃利奥特（Eliot），现代主义的诗学技艺了然于胸；白马社的著名水彩画家王济远青年时期是推崇西方现代美术的"决澜社"重要成员，1926年赴日本、法国考察西洋美术，画风受塞尚影响极深，又融入中国古典美学气质；在《未央歌》和《人子》中，鹿桥呈现出多元文化——东方与西方、宗教情感与人间情怀、古典与现代——融合的精神追求；而唐德刚的口述史学研究是哥伦比亚大学现代学术与中国古代口述史学的结合。

三、"白马社"诗人的诗歌创作

"白马社"的诗歌创作与评论风气十分盛行。艾山、周策纵在旅美之前已经有丰富的新诗创作经验，结社以后，在白话诗的开创者胡适的参与下，白马社的诗风日盛。诗创作、朗诵、演讲、欣赏、评论、诗歌美学探讨、中国现代诗史研究，等等，形成中国新诗海外再出发的一股潮流。艾山（林振述）、黄伯飞、周策纵、李经（卢飞白）、唐德刚、何灵琰、心笛（浦丽琳）在诗歌创作上都有独特的艺术追求。

1. 艾山：从传统出发

文学史在记忆的同时也在遗忘，不该遗忘有时却被遗忘了，艾山便是其中的一位。各种版本的20世纪中国文学史中没有艾山的名字，而海外华文文学史著作里依然不见艾山的踪影。艾山，原名林振述，抗战期间以林蒲为笔名，在《现代文艺》（王西彦主编）等刊物发表不少短篇小说，其短篇集《二懋子》、中篇小说《苦旱》先后列入巴金主编的《烽火丛书》《文学丛刊》出版。20世纪30、40年代，他发表了不少新诗，曾被闻一多、朱光潜、郭沫若、戴望舒等称誉。1938年毕业于西南联大首届外语系，1955年获得哥伦比亚大学博士学位，历任美国各大学文学和哲学教授。英译《老子〈道德经〉暨王弼注》被多所大学用作教材和参考书。艾山在现代汉诗创作上成就卓著，菲华文学史家施颖州称之为"新诗绝顶与现代诗先河"的新诗集大成的诗人，所谓"新诗绝顶"指的应是新诗的各种实验和探索发展到艾山已经成熟。早在1960年，当现代诗在台湾争讼纷纭时，艾山已出版了现代主义诗集《埋沙集》，因此施先生说艾山开了"现代诗先河"，虽有些过誉，但客观地说，现代汉语诗史不应忘记艾山。1993年《艾山诗选》在澳门出版，周策纵先生认为这项工作"给近代中国诗史补上了一环"①。

艾山的诗歌创作大体可分为三个时期：30至40年代为早期，以《暗草集》为代表。这一时期的作品具有从白话新诗到现代诗过度的特征。《暗草集》中的《山居小草》《植树》《飘笛》《五月》等都有白话新诗的味道，现实性强，也写得明白易懂，节奏处理得自然流利。《暗草集》中许多诗句富有现代意味：如："披香吻而酣睡高阁，/一束古意已累积满口封尘了"（《箫》）；《羽之歌》中诗云："我足踏低湿的洼地/（春的季候里秋意已朦胧）/望你，望早出的晚星，/家归的路是瘦长的/冷寞困锁我，/屋脊上的抹一角/雨后的夕阳，/四野撩人的蛙声，/这是我们的旧居吗？/池水已深了半尺。"可贵的是，《暗草集》的现代感来自于对传统的活用。白马社诗人李经曾经明确指出这一点："30年代许多诗人对古典作品发生了新的兴趣，尝试从旧诗词里提取若干表现形式。艾山似乎是其中之一。这种兴趣，在《暗草集》里到处可以看出。其中如《古屋三章》，就形（hyle）式（form）和意（idea）见（vision）诸方面来看，都是极富代表性的。"②

50至60年代为艾山诗创作的第二时期，以《埋沙集》为代表。

---

① 周策纵：《脱帽看诗路历程》，《艾山诗选》，澳门国际名家出版社1993年版，第2页。

② 李经：《介绍〈埋沙集〉》，《艾山诗选》，澳门国际名家出版社1993年版，第110页。

李经认为在《埋沙集》继续向传统汲取资源，同时也毫不犹豫地拥抱印象与新经验。传统仍是构成艾山此一时期诗歌艺术的重要因素，如，"譬如说翩翩叶子婆娑在晨光中／一朵玫瑰花开放在昨夜星辰昨夜风，／一切随着季节变换，时间支撑的生存／都将一一而萎缩"（《石林》）；《七夕》则嵌入李商隐《辛未七夕》中的诗句："清漏渐移相望久／微云未接过来迟。"现代与古典的爱情之间产生了意味深长的互文关系。不过，从传统中发明出新诗"古意"和蕴藉含蓄的古典诗学已不是《埋沙集》最突出的美学特质。艾山这一时期的诗歌更为激情充沛，批判精神也更突出。"是我！是我！是我敲的门！／你听清没有？不要打扰／你的睡眠。我当然知道／远远便闻你鼻鼾。／想象看：八年？十年？／自从投入你的绣花匣子／授受不亲，和一切都阻隔！来自故乡故土雷声又响了！／热情奔腾我体内，听！风声雨声江声的澎湃；／月光更号召潮汐，／我怎能无尽期受锢禁？／撒我空中或埋我于地下／承继自然我必须开花结果！"（《种子》）强烈而奔放的激情与诗性节奏、意象完全融合为一体，确是抒情意象诗的上乘之作。而《水上表演》《非洲人的困惑》和《李莎》等则是关怀现实的社会性诗歌。在这些作品中，艾山的社会视野和批判精神得到了更为充分的表达："一切建筑在水上的／繁华，灿烂而悦目"（《水上表演》）或"城市！城市！是骑在人之上的繁荣。"（《李莎》）艾山对西方资本主义的物质文明、都市生活以及种族主义进行了辛辣的反讽与深刻的批判。

艾山后期的创作以《明波集》为代表，诗艺日渐成熟，诗歌美学的个人化探索更加突出。这一时期最著名的作品有《钓鱼台之歌》《咏年》和《创世纪》三首长诗。《钓鱼台之歌》承续了其西南联大老师闻一多的爱国精神与诗歌艺术；《咏年》"陆离诙诡""笔走龙蛇""玩世不恭""给中国近代史和我们一代知识分子描绘出一幅欢

红惨绿的年画"①。《创世纪》则是一首哲学意味浓厚因而有些晦涩的
"现代诗"，如下：

创世纪

艾 山

闪落玻璃管中，温室的培养：细胞、细胞

已是几回几度了，虔诚、心跳，肯定又不决

疑惧杂质的到来，叹息杂质的到来

驰驰、骤骤，无动而不变，无时而不移

为什么？为什么？把时间封锁在抽屉里

朦胧在梦中，是梦中安息在工作台上

一种升华的转移，一种新的刺激素

属于蛋白质的，呈现了：多美丽，多久违

拥抱它，要纯的，提纯它，钻进细胞，放在

细胞里

辗转迭股，促进细胞，运行分裂：立即流化为

平面、为线、为点……

啊！初尝的禁果！是甜？是酸？

由毫末定至细的端倪？由天地穷至大的疆域？

让自然披上新装：雪花来时，一片白白茫茫

雾浓，是暗色厚重戎装。

秋天的变化，最耐人寻味

细长得水和天共一色，没有底的

大地上，火呀，火呀，到处树叶子染得

红色斑斓，红中透紫。凡适应存在的，

都赋予崭新的意义。不消灭的，都给以形体。

---

① 周策纵：《脱帽看诗路历程》，《艾山诗选》，澳门国际名家出版社
1993年版，第7页。

百花仙女在镜花缘里，走出镜花缘

海角，天涯，处处笙簧嘹亮，香气氤氲

自然是色、香、味，混合的化身

五色令人目盲？五音令人耳聋？

五味令人口爽？——以不听听无声之声

目遇之而成色，以味养人！

有人头触不周山，女娲炼就

五色石子，补了天缺。

地何以东南倾？

是完整中些微破绽

导引新世纪、新生代的导引——

　　《创世纪》一诗渗透老子《道德经》的哲学思想和庄子《秋水篇》的命意，并且打通了诗歌与现代科学的分野，《创世纪》呈现出古典主义的文化深度和现代主义哲学气质浑然一体的诗美特征，足见艾山诗歌的艺术探索精神。

2. 心笛与其他白马社诗人的创作

　　心笛，本名浦丽琳，原籍江苏常熟，出生于北京，是白马社的三才女之一。出版有诗集《心声集》（1962 台北）、《贝壳》（1981 台北）、《折梦》（1981 香港）、《提筐人》（台北汉艺色研文化事业有限公司于 2004 年）等诗集。胡适和白马社同人，一些作家和学者如柳无忌、向明、金剑、王渝、绿蒂、李又宁、李红、张香华、陈宁贵、黄美之、汪洋萍等对心笛的为人和诗歌创作都有很高的评价。唐德刚说"心笛本身就是一首诗"，而胡适甚至认为心笛是新诗未来发展的传人，其作品是《尝试集》之后的"新诗里程碑"。在胡适的诗学观念中，艾山那种晦涩难懂的现代诗并不是新诗发展的正途，而心笛的诗风清新、朴素、真挚感人则更符合胡适的新诗理念。胡适老先生的话说得显然有些过度，但足见其对心笛的欣赏。心笛近期出版的诗集

《提筐人》可以视为诗人对自己创作的一次总结。《提筐人》共收入一百一十首诗，根据创作时间的先后分为五卷，卷一"歌"是1950至1954年间的作品；卷二"纽约楼客"写于1954年至1958年间；卷三"厨妇"收入1972年至1982年间的诗作；卷四"折梦"是1982至1990年间的作品；卷五"梦海"写于1990至2002年间，大多是比较晚近的作品。

与艾山的诗歌相比，心笛的诗歌有着女性诗人的柔美、善感、细腻、多愁的品质。心笛诗作的细腻体现在她对自然和日常事物的细微关爱上："匆匆的行人请慢步／停看路边的小草与大树／生命的色彩／岂不多来自途中。"心笛的心绪纤细感伤，自然万物、人情物理的细微变化都使诗人产生流逝的哀愁，她常常书写愁思，从20世纪50年代的《惆怅》到80－90年代的《提筐人》，"愁"一直是心笛诗歌书写的一种情绪："打开了窗／冷风抖索而入／放下了窗／却又寂寞凄凉／爬上山坡去探望太阳的下落／满地枯草泣诉了年岁的凄怆"（《惆怅》）；"她提着一筐子哀愁／到江边去抛丢／江波翻起滚滚旧浪／流不尽的是她的愁／她提着一筐子孤寂／到深山去埋弃／山中泥土长满青苔／埋不掉古今人的寂。"（《提筐人》）。心笛的"愁"既是一种"乡愁"，也是一种"时间之伤"。这种敏感有时能够成功地转化为诗歌语言的质感：

　　日月

　　拖着沉重的裙子

　　头也不回

　　冷冷地来了又去

　　许多夜晚

　　我听见她裙子拖过门前石阶

　　在后院篱笆前悄悄小立

　　然后消失在渐行渐远的足声里　（《日月》）

从艺术与美学的角度看，这可能是心笛最好的作品，《日月》达到了一种"不落言筌"的美感效果。如果说艾山的诗歌是哲学内涵的晦涩而产生的朦胧。（胡适、唐德刚等都称艾山为朦胧诗人），那么，心笛诗歌的朦胧则是一种古典意境的朦胧："前生修得／一首好诗／朦朦胧胧／似秋晨的雾／秋晨雾罩着／洁白而迷人／展开纸／轻轻地／请不要朗诵／别惊醒了诗句／别惊走了雾。"（《惊雾》）如果说艾山的诗歌语言显得奇崛，那么，心笛则追求一种"平中见奇"的美学效果："把梦折成一只小船／放到明天的大海／漂游／把梦折成一粒种子／安置在今日的泥地／生长……／或者把梦折齐切碎／在厨房的菜板上……／菜板上的碎粒／煮熟了给孩子们当营养。"（《折梦》）这种化日常生活的平淡为诗性的奇妙也是心笛诗歌艺术的重要特征。

在"白马社"作家群中，诗人李经（卢飞白）对现代诗的理论和技艺卓有研究，他的博士论文《T. S. 艾略特诗歌理论的辩证结构》（T. S. Eliot: *The Dialectical Structure of His Theory of Poetry* 1966 芝加哥）是英语世界艾略特诗歌理论研究的一部重要著作。心仪于艾略特的李经诗风也颇具艾略特的韵味：

伦敦市上访艾略特 ——欧洲杂诗之三

卢飞白

给我的，我已衷心领受；
没有给我的，我更诚意地追求。
四通八达的街道，人影纷纷扰扰。
穿过半个地球，我来此
作片刻勾留。

他清瘦的脸苍白如殉道的先知，
他微弓的背驮着智能，
他从容得变成迟滞的言辞，
还带着浓厚的波士顿土味，

他的沉默是交响乐的突然中辍，
负载着奔腾的前奏和尾声——
他的沉默是思想的化身，
他的声音是过去和未来的合汇。

罗素广场外，高低的建筑物
真是不负责任的仪仗队。
它们终日低头构思，
艰难地企图表示
那难以表示的情意，
忘却了欢迎异客应有的手势和姿态。

没有夸饰的大城，
素朴的是它的心。
他默默地注视，看
人在浓雾里摸索——
有时，沉迷于无知的烈酒，
英俊得可怜；
有时，怀疑毁坏了自信，
熊熊烈火后的死灰。
仅在那些晴朗的午后，
温煦的阳光普照于玫瑰园，
永恒的图案，豁然呈现。

要启示的，其实，
都已经启示过。
启示过的，那一天，
又，充满惊讶，
以奇迹的姿态出现？

每一回的祝福，

（巨匠也低头沉吟）

只留下支离破碎的诗篇，

辗转于艰深晦涩的语言。

这首诗发表于1958年的《文学杂志》第四卷第六期，以诗歌的形式描绘了现代派大师艾略特的形象。如同夏志清所言：飞白此诗不仅"活用了艾略特诗中常见的征象（如'玫瑰园'），而且把他的神态写活了"①。并且与艾略特的诗歌文本形成了微妙的互文关系，因此，具有了独特而深厚的现代意味。

1914年生于广州的黄伯飞，1947年赴美留学工作，诗集有《风沙》《天山》《微明》等，其诗风不同于艾山和李经的晦涩，而倾向于明朗晓畅，有"胡适之体"之称。黄伯飞的诗作颇为丰富，有"我买了八月的海风/吹涨了帆/向西边驶去/船昂起头来/如一匹骏马……"式的豪迈奔放（《夏夜之梦》），也有"据案对坐/远山推过来/一湖清水/不老的山啊/他已醉了几分/浮云亦染上微醺/斜斜依偎在绯红的长林"式兼容豪放婉约的风格（《湖山秋色》），还有关于有限与无限、瞬间与永恒的思辨智性（《云行如话语》《微明》等）。另外，黄伯飞诗作还大量援引了中国古典素材，如老庄、李杜、陶渊明、王维、苏轼、范仲淹，等等，古典与现代的锻接形成饶有意味的互文性艺术空间。历史学家周策纵的白话诗也别具一格，情感饱满、趣味横生，语言明朗却富有韵味。《读书》是对"书中自有黄金屋，书中自有颜如玉"的有趣的新编；《鹭鸶》《答李白》等诗作在想象、结构和语词的应用上奇特巧妙："我瞭望一丝千年长的碧水/一眼就看见你/独立在密西西比河的岸边/低头向水里看鱼/或者是看你自己的影子/忽然扑通一声/把时空啄了起来/影子和鱼都飞走了。"唐德刚的白话诗则有着与其历史和散文写作相同的亲切幽默诙谐调侃的

---

① 夏志清：《文学的前途》，三联书店2002年版，第221页。

笔调。

在当代汉语诗歌史上，白马社既衔接五四新诗传统，又开创了与海峡两岸诗学都不同的诗歌美学道路，如同美华学者黄美之所言：白马社诗人的诗风既不受大陆革命诗的影响，也不受台湾现代诗的影响。[1] 显示出一种独特的语感和韵味，为当代汉语诗歌发展提供了另一种可能。

---

　　① 黄美之：《世纪在漂泊·跋》，汉艺色研 2002 年版，第 264 页。

草根意识与历史叙事
——以旧金山华人作家群为中心

旧金山与华侨华人移民和华文文学也有着深厚的历史关联。这个历史上充满热情、想象与苦难的城市最初只是太平洋沿岸印第安人的小村落，从 1848 年金矿的发现到 19 世纪末人类历史上规模最大的一次淘金热的产生，逐渐形成美国西部一座著名的移民城市。许多华人也加入了这次淘金热潮，他们给予了这个新城一个极其形象的命名——金山。旧金山的历史可以视为华人移民参与美国历史建构的一个缩影和象征，也具有铭刻华人移民尤其是华工的苦难与奋斗史的文化地理意义。华人的文学书写无疑是这一历史建构的一个重要组成部分，从 1910 年至 1940 年的"天使岛"的诗歌书写到旧金山美国华文文艺界协会的文学创作，草根经验的表述与再现始终是旧金山华人文学的重要传统。这一传统代表了美国华文文学的一个不能忽视的流脉，与留学生文学、知识分子写作或中产阶级文学以及自由主义写作共同构成美华文学的完整的历史图谱。

对于草根移民而言，如何表述自我再现历史，如何建构自己的历史意识进而阐释自身参与其间的历史，无疑是一个重要的命题。以黄运基为代表的美华草根作家显然有着书写草根移民记忆和草根华美历史的自觉意识。这种自觉意识使得他们的创作与《曼哈顿的中国女人》《北京人在纽约》等浪漫化的美国想象以及夸张型的移民生活书写有着本质的区别，与华裔中产阶级知识分子的那种有着自由主义色彩的美国想象/移民记忆相分疏，也不同于华裔英语美国文学的中国想象与虚构。草根文学建构了另一种历史，以庶民记忆与经验再现的方式真实地呈现出这种历史书写的草根意识，从而获得表述自我的话语权利。

历史与草根意识

"草根文学的带头人"黄运基先生在为"美国华侨文艺丛书"所写的总序是我们理解与阐释美华草根文学至关重要的参考文献。这一序言涉及当代美华草根文学的三大文学史命题：第一，确立了草根文学的文学史意识——当代草根文学书写是对以天使岛抒写为源头的美华草根文学传统的赓续与发展；第二，阐释了美华文学的双重文化内涵，美华文学是美洲土地上孕育出来的，但与中华文化紧密相连；美华作家既受到美国文化的熏陶，又不忘觅祖寻根；第三，提出草根文学的使命是书写华侨华人华裔美国史的重要文学理念。在这篇序言中，黄运基清晰地阐释了美华草根文学的历史观与主体意识："美国是一块富饶的土地，开拓和灌溉这块土地的，也有我们千千万万华侨先辈们的血与汗；在横贯大陆的中央太平洋铁路的建筑工程中，在开拓加利福尼亚州沙加缅度——圣金三角洲地区，把四十多万英亩沼泽地变为良田的垦荒工程中，华侨先辈们叫山河让路，向土地要粮。但这些披荆斩棘的感人事迹，我们在美国的历史教科书里找不到影子，在美国的主流文化艺坛上得不到应有表现。"① 的确，华侨华人广泛参与的历史往往为所谓正典的历史和文学被遮蔽，华人的文学书写理应成为恢复华族记忆还原多民族共同建构的美国史的一种重要媒介，理应承担再现与铭刻历史的文化使命。值得研究者注意的是，黄运基的阐述十分突出地强调了历史建构的草根意识和人民性观念。旧金山草根文群的创作的确自觉承担了这一历史使命，其意义正在于重建美

---

① 黄运基：《美国华侨文艺丛书总序》，宗鹰：《异国他乡月明时》，沈阳出版社1997年版，第3页。

华文学的草根传统，从经验出发建构草根版本的华美历史，来抗衡其他各种意识形态的历史再现与阐释政治。从这个意义上看，草根文群的历史书写具有发明主体即建构华裔历史主体性的文化政治意义。

旧金山草根文群提供了一系列关于华人移民的草根/庶民版本的历史书写，如黄运基的《奔流》与《狂潮》、穗青的《佳丽移民记》和《金山有约》、程宝林的《美国戏台》、老南的《豪宅奇缘》以及刘子毅的《八年一觉美国梦》，等等，其中黄运基的长篇小说三部曲《异乡曲》的第一和第二部《奔流》与《狂潮》在书写草根历史层面的意义尤其突出。

在《奔流》的后记里，作家如是言：《奔流》"有我自己的影子，也有我的朋友的生活经历。小说所描写的许多事件，都是美国华侨耳熟能详的"①。《奔流》有着成长小说与传记体文学的框架，叙述的是少年余念祖的成长故事，基本上以作家个人的成长经历为故事展开的核心线索，是作家社会历史经验的朴素再现与铭刻。但作家并没有把小说处理成个人私史性的主观化叙事方式，而是自觉或不自觉地遵循了写实主义的历史性美学原则，遵循对现实进行整体描写的现实主义艺术要求，试图反映社会—历史的总体性。

第一，经验的客观再现成为小说叙事的重要基础，虽然作家并未排斥主观性的艺术虚构，但他显然拒绝了虚无缥缈的想象和虚饰。《奔流》对真实经验的忠诚赋予了小说铭刻历史的意味；第二，《奔流》将个人史的特殊性与移民史的普遍性相结合，将个体经验融入普遍的族裔经验之中，这样个体的历史命运就与族裔整体的命运深刻地不可分割地联系在一起，从而建立了小历史与大历史的紧密联系。小说所塑造的一系列各具性格的人物形象完成了华人移民史整体叙事的宏大意图。余荣祖饱受苦难之后的怯弱、忍耐与认命，余锦堂的热心、正义与抗争，黎浩然、吴仲云、徐风等青年一代的青春激情与文化活力，出身于中产阶级家庭的女性李虹的软弱、犹豫与后来的人生

---

① 黄运基：《奔流》，沈阳出版社1996年版，第285页。

决断，余念祖的自尊自立……作家把这些人物都放置到风云变幻的大时代环境中予以刻画，而且人物本身就是大时代的一部分，他们的实践活动创造了历史，形塑了这段充满屈辱、苦难、艰辛而又不断抗争、奋斗的移民史；第三，《奔流》和《狂潮》力图达到历史叙事的"具体的总体性"。历史发展是充满张力与矛盾的结构性运动，各种历史因素、力量与话语相互矛盾、冲突、斗争及合作共同构成社会关系的总和。黄运基的小说深刻地揭示了这一复杂的社会关系结构，再现了政治、经济、文化以及阶层、种族、性别等多种维度相互勾连而形成的纵横交错的社会历史网络。小说在宏大的历史视域中展开历史叙事，阐释华人移民的历史与历史观念，从而整体地揭示出几代华人移民与现代中国史、现代国际政治关系格局尤其是中美关系的嬗变之间的历史关联。这无疑是黄运基长篇小说最杰出的成就；第四，历史的底层意识与草根视野。小说的许多细节与场景展示了五四新文化运动和 20 世纪二三十年代左翼文学思潮对小说人物精神世界的深远影响。鲁迅、巴金、赵树理等现代作家成为一代华人移民青年的重要精神食粮。对五四运动的纪念与缅怀是小说所描写的"华侨青年联谊会"的一项重要活动，这意味着五四与一代华侨移民内在的精神联系。如果从成长小说的情节结构看，主人公一般是在其人生历程的某些关键时期获得某种重要的启迪从而完成心智的转进与飞跃，《奔流》中的少年余念祖从巴金《灭亡》和《新生》等新文学作品中获得了人生的重要启悟。概而言之，三个方面的因素形成了《奔流》的左翼思想：旧中国阶级压迫的历史，余念祖饱受的饥饿与贫穷，尤其是亲眼目睹自己的小朋友、十岁的放牛女孩因饥饿偷一个番薯被地主活埋；余念祖长期的底层谋生经验所遭遇的政治经济与文化的不平等；新文学左翼思潮的熏陶。这些经验在《奔流》中的再现与铭刻就构成了黄运基历史叙事鲜明的底层意识与草根视野。

　　《奔流》和《狂潮》揭示了强势与弱势群体之间的矛盾与冲突，张扬的是底层和弱势族群的抗争精神。余念祖、余锦堂、黎浩然等人物都生动地体现了这种为弱势族群争取合法权益的斗争精神。余念祖是《奔流》和《狂潮》最为重要的人物。余念祖的故事既是个体意识的成长史，又超越了个体意识而承担着族裔历史叙事与草根意识的型塑。余念祖这个形象还承担着世界和谐的伦理想象和多元族群多元文化权力平等交流的理念。他和白人女孩茱莉的纯真爱情，与黑人青年占美、夏莲的深厚友谊，对父辈命运和性格的最终理解，既"念祖"又融入本土的文化选择……都显示出作家企望超越对抗走向融合平等的人道理想。这些情节提供的是更具个人性更富感性的内容，这超越了左翼小说的美学限制。

近代以后希腊史诗所代表的历史的整体性已经分崩离析，小说作为史诗的一种替代形式，透过讲故事即叙事以美学的方式重建这种整体性。但以怀疑论为根基的现代主义所带来的破碎的叙述现实粉碎了叙事的秩序，也粉碎了重建历史整体的想象。今天，大叙事早已被各种各样的小叙事所取代，历史的花腔化、大话化成为流行的时尚。在这种语境中，黄运基的《奔流》和《狂潮》尽管在形式的探索方面没有走多远，其叙述历史的技艺还十分素朴，但他真诚地对待历史，将个体历史的书写与普遍的移民记忆的铭刻融合成一整体，达成文化守成与返本开新并积极介入当代现实的合一，显示了重建历史整体性的可能。

草根古典诗学与性别政治

相对而言，草根少数族裔中的女性尤其处于弱势的位置。从1834年第一个华人女性梅阿芳（Afong Moy）移居美国开始至今，底层移民妇女的弱势地位并没有根本的改变。女性移民的遭遇与命运显然是草根文学着力表现的重要主题。在旧金山草根文群中，穗青是一位尤其致力于描摹底层移民女性的小说家，对底层女性给予了更多悲悯、同情与关注。《旧金山故事》中的短篇《网》和长篇小说《佳丽移民记》就是这样的作品。

《网》中的燕秋年轻而且有些姿色，她和丈夫、孩子一家三口本来过着清贫却也其乐融融的平常生活。但时间一长，她对这种底层的"平庸"生活产生了不满。她有属于年轻女性常有的梦想和享受曼妙人生的追求欲。但恰恰是这种追求欲最后完全摧毁了她的生活和人生。钟点工燕秋和她的雇主资产者捷夫的不伦之恋成为她实现这种原本合理的追求欲的不合理也不合法的方式，而捷夫的破产与贩毒带给她的则是死亡或失踪的悲剧结局。燕秋的梦想和悲剧常常发生在身处底层和性别弱势的草根青春女性身上，有着一定的普遍性。穗青对底层青春女性的这种梦想/欲望及其命运是充满理解、同情和悲悯的，但作家写作意图不只在于同情，更在于审视这种"梦想"："我一直站在旁观者的审视去看生活的网。"穗青的审视包括两个层面：尖锐涉及女性对超越平庸凡俗家庭生活的梦想、激情与幻灭命题。许多文学作品都曾经写过这种主题，著名如托尔斯泰的《安娜·卡列尼娜》和福楼拜的《包法利夫人》。安娜和艾玛所代表的女性欲望是不死的，幽灵般四处徘徊，寄生在许多敏感多情的女人身上，以各种版本重新出场演出。燕秋就是草根移民女性版本的"包法利夫人"。穗青的《网》写得既悲悯又残酷，燕秋的惨死或失踪同时也意味着作家否定了燕秋那种实现欲望的方式。老南、郑其贤、穗青都是朴实的作家，他们的作品强调的是一种朴实的价值观、诚实的生活观，一种属于底层的伦理学。

在美学形式上，穗青的小说更接近于中国明清白话小说的传统以及平民文学/市民社会的美学趣味。我们把穗青的艺术追求称之为"草根古典诗学"，其构成大体包括三个方面：第一，继承中国传统小说的美学与伦理观念，在《佳丽移民记》的后记中，穗青特地援引了明人冯梦龙的小说理论，这多少可以表明穗青对古代小说诗学的心仪与遵从；第二，直接采用古代白话小说的美学形式。他的长篇小说《佳丽移民记》在这方面表现得尤其明显："《佳丽移民记》以廿五回形式写实，乃笔者冀求用现代环境与旧体章回体小说组合作一浅尝。"《佳丽移民记》不仅按章回体的传统形式来展开故事情节，而且在书写语言上也采用了古代白话小说的语言形式。

穗青的艺术选择显然含有另一层意味：语言或许是一种乡愁的呈现，是作家"华夏情结"的构成部分。而这种"华夏情结"和"勿忘国粹"的情怀恰恰是构成穗青"古典诗学"的主体与内在动力。在草根文群中，穗青是位对塑造女性情有独钟的小说家。某种意义上看，男性作家笔下的女性形象往往是他们自我的呈现方式，想象的女性也常常成为男性作家文化理想的载体和象征，是表现某种理念的符码。在后记中，穗青如是言："我一直希望我笔下的女人，既要美，也要有情，但是不必多情，铁定要受磨砺，这样会突显她的灵性与自我。中国女人始终有着传统礼仪与民族意识，并不会因为身处异国异域而遗忘，这已是根深蒂固的华夏情结。"从"古典诗学"出发，穗青无疑会否定燕秋的梦想和出轨。而在《佳丽移民记》中穗青不同于燕秋的理想型女性形象，从旗袍到玉佩，从姿势到性情，穗青按照中国传统美学的理想很用心地塑造着身处底层的移民女性：林双、蓝玉和秦佩佩。而这些女性的完型也是穗青构建"草根古典诗学"至关重要的美学方式。

《佳丽移民记》存在两个互相冲突的世界：一个是旧体诗词、曲艺、小说、玉佩、玉佛、有情有义的人以及宗教信仰等构成的价值世界；另一个是现实世界，"歌舞升平景象，掩着社会弊病""人欲横流"。欲望、欺骗、不伦、背德、压迫等构成的反价值世界。穗青把自己心爱的女性林双、蓝玉和秦佩佩放在这种尖锐的矛盾冲突中予以塑型，建立了小说的现实主义基调。这样穗青的"草根古典诗学"不仅寄寓着移民作家常有的那种普泛的文化乡愁，而且具有了抵抗背德世界的意味。穗青在自序中说："述说三佳丽林双、蓝玉和秦佩佩之人生遭遇，道出华人移民女性一族之心声，揭开淘金美梦背后的辛酸沧桑。"在穗青笔下的女性生活中，性别、种族与阶级的政治同时被经验到，他的小说同时处理了种族、阶级与性别的意涵。但从作品的核心主题看，《佳丽移民记》为弱势女性族群——草根华人移民女性——代言的性别政治意图更为突出。这部小说的情节结构的关节点是性别关系，故事围绕性别关系展开。在秦佩佩与陈公子之间、林双与她的制衣厂老板之间、蓝玉与金滔之间等发生的一系列故事中，女性往往处于双重弱势的位置——底层阶层的弱势与性别弱势。穗青认识到女性处境的政治性格，不仅为草根女性的弱势发言，而且尝试证明这种弱势处境是可以通过女性的斗争与对自我的坚持而得以改变的。所以，作家给予他所喜欢的女主人公的沧桑故事以明朗的结局。而且，这一乐观主义的结局也与中国古典文学的美学成规相吻合，因此也成了穗青"草根古典诗学"不可或缺的一部分。

另一种"新写实"

如果说黄运基的《奔流》和《狂潮》绍续了现代左翼文学的美学谱系，那么穗青的《佳丽移民记》则展示了草根文学与中国古典文学诗学传统的联系。这种谱系性关联也是美华草根文学"中国梦"的重要构成元素之一。的确，如同宗鹰所言：草根，往往也是"梦族"，草根文学可视为某种梦族文学；而且草根文学往往有两个"梦"："美国梦"和"中国梦"。这两个梦把两个空间连成一体，形成草根文学的空间/梦想诗学。在我们看来，这种梦想/反梦想诗学具有两个层面的意义：其一为文化与文学想象意义上的梦想诗学。"美国梦"和"中国梦"是人生追寻的动力，也是艺术想象的源泉；另一方面，"美国梦"和"中国梦"的重叠与交织则形塑了美华草根文学的美华本土性与中华性的双重性；其二，迥异于那种"制造虚幻魅人的美梦"的文学，草根文学是清醒的，有着来自底层的朴实与智慧。"我却带着未圆的中国梦和难圆的美国梦跨出了国门。在我的后方留下不少失落、遗憾。可是，在我的前方，并没有充满希望、良兆"。① 美华草根作家致力于"揭示实际打掉幻觉的美国梦"。黄运基的《异乡曲》、程宝林的《美国戏台》、刘子毅的《八年一觉美国

---

① 宗鹰：《情牵梦绕罗浮桥》，宗鹰《异国他乡月明时》，沈阳出版社1997年版，第19页。

梦》、老南的《豪宅奇缘》、刘荒田的《美国红尘》以及老南、郑其贤、穗青的《旧金山故事》……都是"去魅返真"的文学。

刘荒田曾经把旧金山草根作家群称之为"海外新写实"派。这一命名来自于中国当代文学"新写实"小说思潮的启发。美华草根小说与中国大陆"新写实"小说之间的比较是一个饶有趣味的问题。在中国当代文学场域中，"新写实主义"是80年代后期至90年代的文学思潮，是对传统现实主义反映论、典型观与生活本质论等"深度"的反动，而走向"现象论"和所谓"原生态"的还原；有别于寻根文学对历史深度的探询与复兴传统审美文化的热情，"新写实"追求对当下世俗人生状态的再现；是对先锋小说形式主义的逆反，以写实的笔法描绘出世俗的生存本相。但"新写实"思潮与寻根文学以及先锋小说却又有着千丝万缕的联系。它一方面强化了寻根文学所开掘出来的民间性，另一方面又与先锋小说对形而上学的解构在精神上一脉相通。

相比而言，美华草根文学所处的历史场景及其发展脉络显然存在不可忽视的诸多差异。在当代美华的场域中，草根文学的"新写实"的题材与表现方式，既不同于留学生文学狭小的留学生活，也迥异于中产阶级知识分子文学的精制的美学趣味，更不同于《曼哈顿的中国女人》《北京人在纽约》等流行文学为代表的虚幻的美国想象。所谓草根文学的"新写实"是在这一场域中突显出来的艺术追求与美学思潮，是一场底层表述底层的文学运动，是对长期被忽视和遮蔽的草根移民生活现实的再现。因此，美华草根文学与中国大陆的新写实文学在关注底层生态的真实本相方面有着某种一致性，但在观念与艺术形态上明显存在许多相异之处。第一，"新写实"是对传统现实主义美学成规的反动，而草根文学则是对左翼写实主义的继承与发扬，这在草根文学的领袖黄运基的《奔流》和《狂潮》中体现得尤其鲜明。而老南的诗歌《梅菊姐》《母亲的歌》等属于严阵、闻捷、郭小川的传统；刘荒田是现实主义的，却对洛夫、向明、余光中、非马等台湾现代诗情有独钟；郑其贤、穗青、宗鹰则融入了许多古典文学的元素……

第二，"新写实主义"一般追求"零度状态的叙述情感"，致力于表现"生存本身的卑琐和无意义"。而草根文学在直面底层生活的苦难与残酷的同时，仍然追求人生的理想与价值。黄运基的作品体现出一种明朗的风格、抗争精神与乐观主义；刘子毅的《八年一觉美国梦》书写了草根族形形色色的悲剧、屈辱和血泪，但他笔下的世界却并不缺乏温馨、爱与亮色；程宝林的"端午一哭"则有着鲁迅式的悲悯与苦涩；穗青这样理解人生："如音符一般，每一曲起落挫扬，当余音缭绕之际，蓦然领悟到更高境界。"我们以为：草根文学始终不渝保持着浓厚的草根特色和淳朴的风格，它具有一种草根的力量，来自底层的生存感悟和融化在移民情感记忆之中的信仰的力量，这种生命力来自于底层深厚的文化根基。所以，与"新写实"对叙事和描写技艺的熟稔精制相比，草根小说在语言和形式方面或许要显得粗糙/粗粝一些，但其介入现实时却显得更健康有力，有时更具人道温情，许多草根文本都具有"新写实"所缺乏的建立在现实经验上的理想主义色调。

第三，新写实小说往往采用平面化叙述，以所谓"原生态"和"生活流"代替传统写实主义的情节性和戏剧性。而美华草根小说的写实主义则保留了传统小说的情节结构和戏剧性元素。黄运基的《奔流》和《狂潮》的历史再现以时间为维度展开叙事；老南的《新寡》有着欧·亨利式的佳构小说的戏剧性结局；郑其贤的小小说《黑牡丹》《餐馆烟云》等善于营造悬念；穗青的许多作品都有着"奇情"的外表，他的长篇《金山有约》则是一部情节结构十分完整的以旧金山钟氏家族的历史兴衰为主线的家族小说；程宝林的《美国戏台》以诗人章闻之为视点展开叙述，有着更强的情节性和戏剧性。这些作品在小说叙述观念与技艺上显然迥异于新写实经典作品《烦恼人生》的"散点"叙述和《风景》的"不规则的散乱状态"。从"形式的意识形态"批评看，小说的结构与叙述方式即是作家思想理念的呈现方式，形式是内容的积淀，是论战的语言。在这个意义上，草根文学与"新写实"虽然都心仪写实主义，但两者在意识形态有着显著的差异。"新写实"在一定程度上受到存在主义的荒谬感以及后现代主义的反崇高零散化去深度等意识形态的隐蔽影响，表现出生存的荒谬性、无序感以及对理想与人生激情的冷漠，这与其叙述的平面性和反总体性是一体的。而草根小说写实结构的整体性以及叙述的历史性，意味着草根作家保有一种对世界的总体性批判视域和理想，在这种形式中蕴含着一种草根意识形态，一种属于草根的伦理、政治与历史观念。这就是黄运基所说的并且在《异乡曲》的整体叙事中所呈现出来的历史观念："美国是一块富饶的土地，开拓和灌溉这块土地的，也有我们千千万万华侨先辈们的血与汗。"也是老南的《新寡》故事出乎意料的结局所要传达给读者的小说伦理：弱势移民女性梅姨取代压迫者马少强出任经理；这也是穗青的《网》最终安排燕秋的死亡或永远失踪这一悲剧结局，而《佳丽移民记》中蓝玉终获良缘所暗示给我们的草根伦理学。

所以，从本质上看，草根作家群的写实在美学成规与意识形态上都是迥异于中国大陆"新写实"的另一种"新写实"。在众多的草根写实文本中，程宝林的《美国戏台》在再现当代移民生活的深度与广度方面都是十分突出的一部。

这部长篇小说有着草根文学所坚持的写实精神，写的是一位中国诗人章闻之在美国底层的生活与谋生经验以及对新移民心态与生态的观察与审视。其写实的深度与广度在于对新移民三个层次的挣扎的真确体验与细腻描摹。所谓三个层次的挣扎即"挣扎三论"是小说人物章闻之的总结："生存的挣扎""情感的挣扎""文化的挣扎"。《美国戏台》所着力摹写的"生存的挣扎"和"情感的挣扎"，作家笔下的新移民还处于这种状态之中，而不是文化的冲突与认同问题。《美国戏台》的意义在于解构《北京人在纽约》的浪漫与虚构的美国想象，进而真实地再现处于底层的新移民的生存状态的本真性：餐馆老板的欺骗与剥削（最低工资）；身无居所的困窘（长期栖身在别人的沙发上）；创业的艰难（《美华旬报》一直面临资金短缺甚至停刊的威胁）；工作的劳顿（变成"打工机器"却仍然只有很低的收入）；为了生存新移民之间的互相欺骗；为了绿卡女性新移民想着法子开发"自然资源"；过着与美国主流社会完全隔绝的"部落生活"；情感的孤寂；身体与性的孤独和落寞或情欲的挣扎与混乱……

《美国戏台》的叙述基调是反讽的喜剧性的，一种草根知识分子的幽默与诙谐。在《美国戏台》上演出的一系列男女演员各具特色，性格颇为鲜明：军人出身的刘文戈乐观自信有着极强的领袖欲和事业心，既能忍辱负重、卧薪尝胆又有些飞扬跋扈、盛气凌人；中资公司总经理余治国是一个腐败分子，老辣而贪婪地把国有资产转入自己的账户，等等，而作者笔下的一系列女性形象并不复杂，但都个性分明：阿月的丰姿与凄婉；崔丽娘的率真与开放；田一丁的幽闭；何田田的实用主义；还有夏冰、汤亚雅、周春玲、古晓丹……作家把每一个人物过去的历史都带进了新移民的生活现实中，这样扩展了写实的空间和叙述的丰富性，透过形形色色的人物形象，小说成功地呈现了草根新移民真实的生存状态。章闻之既是小说的视角、叙述者，也是小说的主角，他有着特殊的诗人气质、书卷气和知识者的诚实与反省性，在生存的艰难挣扎和世俗人生的喧哗与骚动中，还能保持着对生活中美好细节的可贵的感受性："现在，长期的禁欲生活，没有任何精神娱乐的日子，使得章闻之沉浸在一片晦暗的夜色中……两个女人均匀的呼吸声一高一低传来，如同河流拍岸的水声。这难道就是章闻之诗中的河流？他找到了趁着夜晚回到河边，重新成为兄弟姐妹的那种感觉。他睡着了，沉沉无梦。夜里好像下过雨，天蓝得令人迷醉。"在《美国戏台》中，这种美的感受性构成粗粝而残酷的生存"现象论"的反面。作家显然在这个人物身上寄寓了某种生活理念与人生理想，因此《美国戏台》或许也可以视为一部关于草根知识分子的精神历练与漫游归记。

论泰国华文文学的历史发展及其总体特征

在日益壮大的世界华文文学大家族里，泰华文学无疑是个性鲜明并具有独特魅力的重要成员。在编完"世界华文文学大系泰华卷"之后，我们更加深了对泰华文学的这一认识。

据历史文献记载，早在西汉时期，中泰两国就开始了文化交流和贸易往来。华人移居泰国始于明朝，但大规模的移民则出现在鸦片战争之后，19世纪80年代起至第一次世界大战止，平均每年约有115万华人移居泰国。现在定居泰国的华人有600余万人，约占泰国总人口11％。中国陶艺、潮州木雕、舞狮、潮剧，等等，也随华人移民南渡泰国。曼谷王朝前期（1782—1855），泰国古代文化进入了全面发展时期。1802年，泰国著名诗人昭披耶帕康和华人合作，共同把《三国演义》翻译成泰文，对泰国古代文学尤其是散文创作产生了深远的影响，甚至形成了风靡一时的"三国文体"。之后，《东周列国志》《封神演义》《西汉通俗演义》等中国古代文学作品也陆续被译为泰文，并广为流传。这是现代泰华文学孕育成长的肥沃的历史文化土壤。

有华人移民的地方就有中华文化的传播和华文文学的生长和繁衍。的确，如同泰华著名学者司马攻等人所言，泰华文学史的发端应该上溯到大城王朝时期，因为这一时期"已有很多华侨聚居在泰国。人在天涯，他们和中国的亲人两地相思，因此必有书信往来，这些书信难道其中没有文学"?① 而泰华新文学则是在中国新文学运动影响下萌生的，几乎与中国新文学同步，迄今也有近百年的历史。泰华新文学的发生与华文报纸的创办关系密切。戊戌变法失败后，康梁保皇党人在曼谷创办了第一份华文报纸《汉境日报》。之后孙中山领导的同盟会也在曼谷创办了《华暹日报》和《同侨报》。同时，《湄南公报》《美南日报》《启南日报》《华暹日报》和《中华民族》等华文报纸也纷纷涌现。20 年代初，一些华文报纸的副刊开始转载中国新文学作品，如许地山的《命命鸟》，洪深的《赵阎王》，同时也发表了一些本土作家的作品，如子才的短篇小说《拉夫歌声》，无心的新诗《爱神》和散文《爱神和饥鬼》，等等。而陈过侠、李少侠等人创办的《侠报》则大力倡导新文化思想。这显然意味着泰华新文学的萌芽。

关于 20 世纪泰华文学发展的历史分期，泰华作家曾心有过精当的概括：泰华文学的发展经过了"三起二落"。第一起：20 年代末至 30 年代末，处于"萌芽蓬勃期"，以新诗为强项；第一落：30 年代末至 40 年代末，处于"地下苦战期"；第二起：50 年代初至 60 年代中期，处于"潮涨波峰期"，以长篇小说见长；第二落：60 年代末至 80 年代初，处于"沉潜寂静期"；第三起：80 年代中期至 2000 年，处于"金秋丰收期"，散文成就最突出。② 的确，20 世纪泰华文学史经历了三次高潮和两次低谷的曲折发展历程。

第一次浪潮产生于 20 世纪 20 年代末至 30 年代。

这是泰华新文学的萌芽与蓬勃发展时期，它得益于两大因素：一是泰国当局给予华社发展文教事业比较宽松的气氛，为华文报纸的创办和华文创作提供了有利的文化环境；二是中国新文学的广泛传播，为华文文学的成长输送了文学人才和思想文化资源。在中国蓬勃兴盛

---

① 司马攻：《泰华文学漫谈》，泰国八音出版社 1994 年版。

② 曾心：《从著作一览表看泰华文学发展的脉络》，《期望与超越》，花城出版社 2000 年版，第 215—218 页。

的新文学思潮的影响下，人们纷纷成立文学社团，其中影响较大的有郑开修和方柳烟等的"彷徨学社"，许征鸿和郭枯等人组成的"椒文学社"。此外，林蝶依的诗集《破梦集》及小说《扁豆花》、铁马的杂文集《梅子集》、方柳烟的小说集《回风》、潭洪金的小说《禁果》、绿流的散文集《椰夜篇》和黄病佛的著作《死亡集》及《涂鸦集》等纷纷印刷出版，形成了泰华新文学的第一波浪潮。30 年代后期随着中国抗日战争的全面展开，泰国华社积极开展抗日文化运动，泰华文学也卷入了"国防文学"与"民族革命战争的大众文学"论战。同时，《华侨日报》《国民日报》《中华日报》《时报》《中原报》的文艺副刊大面积刊登抗战文学作品。

30 年代的泰华文学有三个鲜明特点：一是与中国现代文学思潮运动遥相呼应、同步同构；二是以现实主义尤其是批判现实主义为主潮，并且从中国化的"侨民文艺"逐步向书写反映"此时此地大众的生活"的文学转型；三是新诗创作成就十分突出，据当代泰华著名诗人李少儒的统计，当时出版的诗集有：陈容子的诗集《蓝天使》、方涛的《水上家庭》、田江的《河边的人们》、曹圣的《草原》、林蝶依的《桥上集》、林秋冰的《蔷薇梦》、马奕音的《黄昏的怀念》、雷子的《异乡曲》、方修畅的《椰烟诗存》和黄病佛的《病佛诗集》以及逸云等的《铃音集》等。正如李少儒先生所言，30 年代的泰华新诗"比起现在，论质量，或有过之。原因是当时一般前辈在国学方面的修养好，而五四学生运动时，这辈人正当青年或中年时期，对学生运动的启发、感受是强烈的，以现代白话词语写出的自由体的新诗，其特点是富有古典诗词的风韵；而时当烽火在祖国燃起，热血青年激于义愤，抒之于诗篇，故皆写得有骨有肉，且颇富民族风格，质与量均相当可观①。

第二次浪潮产生于 20 世纪 50、60 年代。这一时期泰华文学进入全面的繁荣时期，具体体现在如下方面：

---

① 李少儒：《"五四"爆开的火花》，《华文文学》，1989 年第 2 期。

其一，作家队伍的重新集结与壮大。

在 1939 年至抗战结束前的一段时期里，由于泰国军人政权亲日排华政策和 1941 年日本帝国主义对泰国的入侵和占领，泰华文学遭遇了巨大的困难和挫折，花果凋零，泰华作家进入"地下苦战"或流亡状态。泰华文学的劫后复苏始于战后初期。一方面，华文文学的生存处境有了根本的改变。中泰双方签订了友好协约，泰国政府开始调整华侨政策，华侨文教事业重获生机。复办与新办的华校已达 300 多所，华文报刊也有 20 余家。50 年代至 60 年代，文学园地快速扩大，《星暹日报》《世界日报》《中华日报》《京华日报》等四大华文报纸辟有文艺副刊，《曼谷闻》《曼谷周报》《华侨周报》《华风周报》等新创办的一些周报也开辟了文艺版，此外还出现了天风主编的《黄金地》，克夫、黎毅等创办的《七洲洋》等纯文艺刊物；另一方面，华文作家重新集结，一些在战时离散的作家归队，而一些中国作家为避内战而南下泰国。泰华文学创作队伍逐渐扩大。据统计，当时活跃于文坛的作家有：史青、吴继岳、巴尔、克夫、伍滨、周艾黎、连吟啸、陈陆留、肖汉昌、落叶谷、庄礼文、曾天、张海鸥、卢煤、徐文、王松、蔡烨、赵怀璧、林青、陈春路、王夫等。①

50 年代以后，本土的文学青年逐渐成熟，如方思若、白翎、老羊、徐翩、司马攻、白令海、许静华、吴素臣、沈逸文等，相续登上泰华文坛，形成一支"在思想感情上和写作的题材上都倾向当地化"的文学生力军。

其二，各体文学创作上获得大面积丰收，其中小说创作成就尤其突出。许多在泰华文学史上有影响的长篇小说都产生于这一时期。如陈仃（林青）的《三聘姑娘》，史青的《波折》，谭真的《一个坤銮的故事》和《座山成之家》，黄江的《少女日记》，年腊梅的《蓝色的舞台》和《湄南河恋歌》，陈陆留的《风雨京华》，司马凡的《火

---

① 陈贤茂：《海外华文文学史》第二卷，厦门鹭江出版社 1999 年版，第 318 页。

劫红莲》，等等。这一时期还出现了两部长篇接龙小说：一是《破毕舍歪传》，由方思若、倪长游、亦非、李栩、沈逸文、东方飘、亚子等合作完成；二是《风雨耀华力》，由方思若、倪长游、亦非、吴继岳、沈逸文、白翎、红樱、李栩、年腊梅等合作完成。接龙小说这一创作新形式极大地活跃了当时文坛的气氛。中短篇小说则有巴尔的《禁区》、史青的《灰色的楼房》、倪长游的《鬼蜮正传》、黎毅的《鲁哈多与他的老牛》，等等。

其三，完成了泰华文学"本地化"与"本土化"的历史性转折。根据泰华作家方思若的分析，50年代以后泰华文学本地化转折的产生有两个重要契机：第一，国际政治格局的巨大变化使本地化成为当时文学创作的主流，新中国宣告成立，以美国为首的西方集团对中国进行了经济军事的封锁，而中国也开始了闭关锁国的时期，再没有中国的新移民到泰国或其他地区。而这一时期，泰国也投入西方阵营，反左派政策逐渐雷厉风行。以怀乡为主要题材的侨民文艺已不合时宜，继之而起的是反映此时此地的文艺作品逐渐抬头。第二，本土青年作家群体的崛起进一步推动文学本地化进程，战后初期学习华文风气曾炽盛过相当一段时间，参加学习的这批土生土长的青少年，他们的文艺写作能力在进入50年代便先后成熟，而在泰华文坛上形成了主力。这支生力军在思想感情上和写作的题材上都倾向于当地化，这和以前中国南来文化人怀旧怀乡的华侨文艺有着根本性的差别。[①]

20世纪80年代至今：第三次浪潮。

1965年以后，军人掌权，泰国政局发生变化。华社文化活动受到诸多限制，许多华文学校与华文报刊都被迫关闭、停刊。泰华文学再次遭遇困难与挫折，陷入低潮。1975年7月，中泰建交，泰华文学的处境逐渐好转。但泰华文学的第三次浪潮的真正出现是在80年代，其繁荣景象持续至今。这种繁荣有如下具体表征：

---

① 方思若：《泰国华文文艺回顾与前瞻》，《华文作家协会文集》，泰国华文作家协会1991年版，第56—57页。

其一，文学社团的建立与文学社群的形成。1983年成立以方思若为会长的"泰国华文写作人协会筹委会"，1986年"泰国华文写作人协会"正式成立，方思若任会长，林长茂、岭南人、韩牧任副会长。1990年，"泰国华文写作人协会"更名为"泰华作家协会"，会员达140多人。现任会长司马攻，副会长梦莉、姚宗伟、胡惠南、陈博文。"泰华文艺协会""泰国文学艺术会""泰商文友联谊会""泰华诗社""泰中学会""泰华文学研究社"等也相继成立，会员共有300多人。文学创作虽然是个人性的创造性活动，但文学社团对推动文学的繁荣发展也有着不可忽视的作用。在文学交流、杂志创办、文集出版、青年作家培养等方面，泰华文学社团都做出了令人瞩目的贡献。如"泰华作家协会"创办双月刊《泰华文学》和《湄江文艺》，出版"泰华作协千禧年文丛"，"泰华文学研究社"出版《笔花》研究社丛书，等等。

其二，文学创作成就斐然。据曾心先生的统计，80年代中期到2000年，泰华文学界出版了三百种个人作品集、合集和单行本，各种文类都得到较为均衡的发展：李栩的《光华堂》《不断的根》，司马攻的《明月水中来》《演员》《冷热集》《梦余暇笔》《独醒》《泰华文学漫谈》，梦莉的《烟湖更添一段愁》《在月光下砌座小塔》，姚宗伟的《瓦罐里开的花》《游欧见闻录》，陈博文的《晚霞满天》《浮生漫笔》，饶公桥的《椰雨蕉风》《晨雾·石莲·荷花》，许静华的《湄南河畔的故事》《泰华写作人剪影》，曾天的《微笑国度之歌》，黄水遥的《琴与花朵》，吴继岳的《吴继岳文集》，岭南人的《结》，子帆的《子帆诗集》，李少儒的《未到冰冻的冷流》及合集《五月总是诗》，自然的《自然短篇小说集》，曾心的《大自然的儿子》《蓝眼睛》，邓澄南的《巴塞河畔》，倪长游的《只说一句》，洪林的《洪林文集》，郑若瑟的《情解》《情哀》，琴思钢的《琴思钢诗集：钢琴组诗》……作品数量和质量在泰华文学史上都达到了一个高峰，其中散文和微型小说的成就尤为突出，在世界华文文学大家族中占有十分重要的位置。

其三，文学交流与文学论争的展开。80 年代以后尤其是 90 年代以来，泰华文学开始大规模地走出湄南河，融入世界华文文学大家族中。泰国作家代表团参加了在世界各地举办的"亚细亚文艺营""亚洲华文作家协会""国际华文女作家会议""东南亚华文文学研讨会""世界华文文学国际讨论会"等。并且在曼谷相继举办"世界诗人大会""第二届亚细安华文文艺营""第四届亚洲华文作家会议""第二届世界华文微型小说研讨会"等学术交流活动。泰华作家开阔了文化视域，泰华文学的丰富性和独特的地缘美学也逐渐被人们所认识。这些文学交流活动也触动了当代泰华文学思潮的涌动。1986 年中国作家代表团访泰交流，《新中原报》文艺副刊"大众文艺"刊载了郑万隆的小说《空山》，引起泰华文坛关于小说艺术取向的论争。在诗歌领域，琴思钢的《旗与旗的四重奏》和岭南人的《一首争论的诗》及《朦胧声中说朦胧》引起了"朦胧诗"的论战。这一时期，泰华的文学批评也有了一些可贵的发展，司马攻的《泰华文学漫谈》阐述了泰华文学的历史、现状和文化处境及与世界华文文学的关系，并且表达了泰华文学的自信和危机意识；年腊梅的《泰华写作人剪影》属于一种作家印象式评论，也是一份研究泰华作家的史料性著作；李少儒《"五四"爆开的火花》阐述了五四新文学运动与泰华现代诗歌的渊源关系，其《从唐诗谈到诗歌的现代性》一文则表达了泰华诗人对传统与现代关系的辩证理解："'传统'不是'陈旧'……创新不是'失偏'，认为'截断历史传统'就是创新，那是彻底的错误。没有'传统的根'，开不出'创新的花朵'。"曾心的《从著作一览表看泰华文学发展的脉络》则以实证研究的方法讨论泰华文学的历史脉络……泰华文坛开始重视文学批评和文学研究，这对推动泰华文学的健康发展无疑具有十分重要的意义。

其四，与世界各地区的华文文学一样，80 年代以后尤其是在 90 年代，泰华文学也出现了"新移民文学"现象。尽管泰华的新移民文学的规模和影响力远比不上美华和澳华文学，但它也为泰华文学输送了一些新鲜血液，带来了一些新的艺术元素。"新移民文学"的主要作品集有：李经艺的《白中白》和《升起来》，钟子美的《飞天》和《天涯草随笔选集》，晓云的《问情为何物》，菡子的《菡子随笔》，陈雨的《一线情丝两地牵》和《幽娴的紫莲》，蓝焰的《小木船的传说》，梦凌的《织梦的人》等，其中李经艺的现代诗具有一种特殊的语感、节奏和意象，值得人们关注。

在简单勾勒了 20 世纪泰华文学发展的历史图像后，以下我们将转入讨论泰华文学的基本特点与特色。

（一）文学思潮与艺术取向的主流形态。

从 30 年代对文学批判现实精神的倡导到 50 年代对"反映此时此地"现实精神的强调，再到 80 年代对现代主义小说艺术的批评，20 世纪的泰华文学形成了强大的现实主义美学传统。这一文学传统和美学主流的形成，大约有四个方面的因素：

第一，"五四"新文化运动是泰华新文学的发生背景，从"五四"时期"为人生"而艺术到 20、30 年代的写实主义文学精神对泰华新文学产生了巨大的影响。早在 30 年代，泰华文学的第一次浪潮时期，著名的理论家郑开修（铁马）先生就十分明确地指出："作品之有没有社会价值，要看它对于现实批判作用而定。只写身边琐事，与社会没有实际联系的个人主义作品，现在是被清算了。我们要努力的地方是：怎样用形象化概括化的方法，来创造些能够表现出社会现实的内在矛盾的东西。"[1]

第二，在泰华作家中，潮汕籍作家占据多数。潮人的淳朴性格和潮汕文化的儒家现实入世精神对他们的文学创作产生了深远的影响，塑造了泰华文学关怀现实的入世精神和朴素的美学品格。

第三，正如司马攻先生所分析的，泰国的华人、华裔绝大多数是商人，在"十华九商"的情况下，"亦商亦文"就成为泰华文坛的一大特色。由于时间与职业的关系，一方面，泰华作者往往无暇顾及各

---

① 年腊梅：《郑开修先生与文艺》，《泰华写作人剪影》，泰国八音出版社 1990 年版，第 253 页。

种文学活动；另一方面，"大多数作家很少接触文艺理论，尤其是对诸如'现代派''意识流''后现代派''魔幻现实主义'所知甚少"。[①] 或许商业的实用理性精神本身就与现代主义晦涩的学院气相悖吧。

第四，中国史传文学和演义小说传统的潜在影响。以《三国演义》为代表的中国古代演义小说的广泛传播，无疑对泰国古代文学和华人社会美学心性的塑造都有着十分深远的影响。这一影响，一方面，形成了 19 世纪早期泰国文学一种时尚的文学模式："三国文体"；另一方面，也成为华人建构审美心理结构的重要的历史因素之一，它是泰华现当代小说偏爱情节性、故事性和人物造型的潜隐性因素。

20 世纪的泰华文学尤其在小说创作方面取得了现实主义的突出成就。这在许多作家的小说创作中都有着鲜明的体现：吴继岳的《"侨领"正传》《欲望与灵魂》嘲讽批评华社的不良现象，《失去的春天》和《她的一生》则具有传记文学的纪实性；史青的《灰色的楼房》，有着巴金"激流三部曲"的影子，主题是批判封建家庭的罪恶，而《波折》则是一部以写实主义的笔触书写 40 年代泰国华人处境和华教问题的作品；年腊梅的小说《轻风吹在湄江上》《花街》和《被侮辱和被损害的》等大多描写底层劳动者的日常生活和灰色小人物的灰色生活，显然有着 19 世纪俄罗斯现实主义文学的人性悲悯；黎毅的短篇以《鲁哈多和他的老牛》为代表写的也是底层小人物，对小商小贩、小知识分子和小市民的悲剧命运同样给予了深厚的同情，被年腊梅称为"泰华的莫泊桑"；陈博文的小说人物大多是作者熟悉的商人，典型如《生死之交》具有批判与警世意义；征夫的《红粉忠魂》和《红色三号》再现 70 年代泰国社会的矛盾与冲突，《裸女》《迷失鸟》等短篇，或表现乡土社会的黑暗现实，或描写商

① 公仲：《世界华文文学概要》，人民文学出版社 2000 年版，第547 页。

业化时代的人性迷失与堕落；谭真的两部长篇小说，《一个坤銮的故事》和《座山成之家》是历史写实小说，再现泰国华人的移民创业史；陈仃的《三聘姑娘》写的是曼谷最老的唐人街三聘街的兴记号老板三个女儿不同的人生道路，与史青《灰色的楼房》相似也有着巴金《家》的印记；李栩的《光华堂》写两代华人价值观的变迁，道德批判色彩浓厚；巴尔的短篇《逃荒》《四小时之间》等都是描写战乱与乡土社会苦难生活的，以细节写实主义和人物描写取胜；倪长游的《鬼蜮正传》也是批判现实的警世小说……

20 世纪泰华文学取得了现实主义的伟大胜利，一方面是泰华文学的杰出成就，它赋予了泰华文学突出的现实性、社会性、人文精神和批判力量，也使移民文学的本地化转折得以顺利完成；另一方面，某种意义上，它也是泰华文学的一种缺憾。从整体上看，泰华小说的美学格局略显单一而不够丰富，社会性有时压倒了艺术性。正如司马攻先生所言："大体上来说，泰华文学是较为保守的。这从人们对郑万隆小说《空山》的普遍批评和美学拒绝中可以管窥一二。"[1] 可见，现实主义的美学陈规已经严重阻碍了人们对新的艺术范式的接受和认同。

（二）80 年代尤其是 90 年代以后，泰华文学逐渐走向多样化的艺术道路，并且渐渐融入各种现代性元素，更为重要的变化在于取得了艺术性与社会性的均衡协调发展。

从微型小说、散文和现代诗三大文类的发展看，许多迹象表明，晚近泰华文学的现代性元素日益增强。微型小说逐渐成为一种重要的文类，这是世界华文文学发展的一大趋向。在当代泰华文坛，小说写作也有越来越"小"的趋势。司马攻 1991 年出版微型小说集《演员》，著名学者饶芃子称之为泰华微型小说的"奠基之作"。当然，司马攻的微型小说《演员》和《独醒》的意义不只在于推动一种文类的发展，更在于推动泰华小说艺术模式的变革。在《演员》的

---

　　① 司马攻：《泰华文学漫谈》，泰国八音出版社 1994 年版，第 15 页。

"自序"中，司马攻对小说观念的阐述有两点值得人们注意：一是小说艺术模式的多样化追求："我以多种手法来写小说：剪影式，概括式，拼贴式。推理的，寓言的，透视的，单线的，多重指向的。"二是对小说虚构性的强调："我的小小说有一个共同点，就是每一篇都是虚构的，有时为了更耐人'寻味'我写得'更虚'一些。"① 的确，文学话语具有纪实性报道性功能，但虚构与想象更是文学话语不同于新闻写作等其他话语类型的特征。所以，对文学的虚构性和想象性的突出强调，对"写实"规训过度，乃至于把写实主义理解为现实报道和社会纪实的文学倾向，无疑是一种有力的反动。司马攻的微型小说进行了多方面的艺术探索，在虚与实之间，透过小说、诗歌与散文的文类杂糅，营造写意的艺术空间。在《水灯变奏曲》《花葬吟》《独醒》等名篇中，人们都感受到了司马攻微型世界的"空白"所留下的想象空间和美学意味。泰华小说的另一个可喜变化是语言的精致和感性化，司马攻的简约与韵味、白翎抒情之婉约、倪长游的圆熟与幽默、阿谁的简洁与跳跃、曾心的自然干净、范模士的市井诙谐、饶公桥的含蓄……的确，如司马攻先生所言，80 年代以后的"泰华短篇创作，无论在题材的多样化方面、手法的纯熟方面，以及结构的严谨都胜过了以前各个时代的作品"②。

而泰华散文的发达则被世界华文文学界所公认。散文个人性和自由性的文类特征，决定了这一文类有可能超越各种理论模式和美学意识形态的规训和拘囿，进而获得一种现代感性。80、90 年代泰华散文的现代感性，首先体现在泰华作家对这一文类特征的深刻认识；其次是对托物言志、借景抒情模式散文的突破；再次是语言的现代感性，按司马攻先生的说法即是超越口语化的"潮州大白"的书写语言。在泰华散文诸家中，梦莉的作品拥有最大的读者群。学界普遍认为梦莉创造了一种具有个人性的散文文体即"梦莉体"。其代表作

---

① 司马攻：《演员》，泰国八音出版社 1991 年版，第 5—6 页。

② 司马攻：《泰华文学漫谈》，泰国八音出版社 1994 年版，第 19 页。

《烟湖更添一段愁》《相逢犹在梦中》等往往具有一种缠绵感伤的梦幻般的抒情调子。她的文字感性十足，以忧郁的音乐调性、沧桑的美感、古典的意境、刻骨铭心的爱情、真挚的性情展现出泰华女性散文的独特魅力。梦莉散文还有以《李伯走了》为代表的不同于抒情文体的类型，客观描写人物颇有些小说化的意味。而司马攻的散文《明月水中来》抒写的是一种大文化情怀，文字简约隽永；其杂文《冷热集》《三余集》等知识性趣味性融为一体，冷嘲热讽，嬉笑怒骂皆成文章；姚宗伟的散文则具有东方哲学的生命感悟。此外，富有个性特色的散文作家还有：白令海、胡惠南、饶公桥、李少儒、曾心、征鸿、子凌、陈博文、张望、林牧、自然、阿谁、符征、刘杨、洪林、韩牧、张燕……

或者说诗歌本身就是社会生活的胎动。泰华新诗最繁荣的阶段应数 30 年代，之后漫长的历史时期，泰华的诗歌写作却一直延续着旧有的模式。直到 80 年代以后，才出现了新的迹象。一些诗人如李少儒、子帆、张望、岭南人、李经艺、琴思钢等开始了"现代诗"的写作实践。在当代泰华诗歌史上，李少儒是一位重要的诗人，其意义在于：第一，确立了独立的现代诗歌观念："没有'传统的根'，开不出'创新的花朵'。"第二，现代、现实与传统熔铸为一体的诗歌创作实践，浪漫主义的想象、社会批判意识、儒家传统的侠气与现代的语言表达共同形塑了李少儒诗歌的广阔空间。第三，跨艺术实践和散文诗剧创作在泰华文坛独具特色。子帆的诗在用词造句、语法处理和语词组合方面颇有个人特点和现代感，他酷爱短句和富有表现力的动词以及有意味的断句，形成特殊的表现效果；张望的诗歌语言具有更强的冲击力和革命性；突破了日常语言和旧有诗歌语言的牢笼；琴思钢则"趋向行吟式的飘逸"①；岭南人的诗歌有着生命内在的温情和况味，其诗歌语言和情思平中见奇；李经艺则有些禅味和女性的敏

---

① 林唤彰：《诗是人性的光辉——泰华现代诗人五人诗集序》，《桥》，泰华现代诗研究社 1988 年版，第 1 页。

感，语言比较纯粹……

（三）泰华文学不同于其他地区华文文学的地方还在于其浓厚的潮汕文化色彩。在泰国的华人中，祖籍中国广东潮汕地区的人数占据多数，而泰华作家中祖籍潮汕的竟达 80 ％，这无疑是泰华文学社群的一个突出特征。

早在大城王朝时期，一大批潮州的木雕工匠就参加了泰国的宫殿和佛教寺庙的建筑工程，把潮人的木雕艺术带到了泰国。同时潮州功夫茶和潮剧也开始在泰国民间社会生活中广为流行。在大城王朝后期，潮剧甚至受到皇室的青睐，成为招待贵宾的文化节目。潮汕文化在泰国的播迁历史久远，影响深广。而 20 世纪的泰华作家多数又具有潮汕文化的教育背景，泰华作家与潮汕文化之间有着千丝万缕的联系。显然，这一历史、文化与教育背景对泰华文学特色的形成有着重要的影响。正如陈贤茂先生所言：泰华作家"大多曾在潮汕地区生活过，同时又受到家庭和周围潮汕人的潜移默化的影响，因此在他们的作品中，表现了明显的潮汕人的心态，体现了潮汕文化的特征"。[①]

泰华文学的潮汕文化元素是十分丰富鲜明的。它首先表现在泰华作家所具体描绘的潮人移民的社会生活上，许多泰华小说都生动地再现了在泰华社会中留存至今的潮汕传统的风俗民情。潮汕文化无疑成为泰华作家文学表现的重要素材和内容；其次是潮汕传统艺术形式的延续和发展，潮剧和潮汕民谣在 20 世纪的泰华文学史中仍然占有重要的位置；再次是潮汕方言的大量使用；最后是泰华文学内在的潮汕文化底蕴。潮汕文化的源头是中原文化，深受儒家文化的浸润，形成潮汕文化重人伦亲情的价值倾向和关怀现实的入世精神。这也成为泰华文学世界深远厚重的文化底蕴，泰华文学作品所具有的人文精神和道德主义批判意识就是十分突出的表征。

（四）"湄南图像"、地缘美学与文化认同。"湄南河"是泰华文

---

① 陈贤茂：《海外华文文学史》第二卷，厦门鹭江出版社 1999 年版，第 329 页。

学的另一个典型标识，在泰华文学作品大家族中，湄南河书写占据着举足轻重的位置。正如马华旅台学者陈大为所言："湄南河拥有最突出的形象、规模与深度，吸引了大量感性与理性的书写。由'船舶生活的记述''生活情感的依附''对前贤的追悼与咏叹''泰国文化与乡土认同'等四大母题构筑而成的'湄南图象'。"① 的确，从史青《洪泛的河》到曾天《湄南河的歌》和张望的湄南河系列诗篇，从陆留的《湄江颂》到司马攻的《小河流梦》和梦莉的《在水之滨》，从黎毅的《夜航风雨》到年腊梅的《轻风吹在湄江上》……泰华作家很少不写湄南河的，诗歌、散文、小说等各大文类都有数量可观的抒写湄南河的篇章，泰华文学史的许许多多事实表明湄南河已经成为孕育泰华文学的母亲河。

湄南河对于泰华作家的意义，犹如湘西之于沈从文，密西西比的约克纳帕塔法之于福克纳。她是泰国华文文学情感与想象的发源地，也是构成泰华文学写实主义传统的重要的历史风俗画背景，更是形塑泰华文学独特的地缘美学的人文地理要素。她与潮汕文化一起共同构成了泰华文学的精神原乡。在对湄南河的一次次书写与歌咏中，泰华作家也逐渐完成了本土文化认同与文学身份的构建。

携带着湄南河的独特胎记和潮汕文化的鲜明烙印，20世纪的泰华文学以伟大的写实主义精神为主流并逐渐融入现代主义的感性，形成了独特的文学风貌，已经大步迈向世界华文文学更加开放的广阔天地。

---

① 陈大为：《当代泰华文学的湄南图象》，《世界华文文学论坛》2002年，第2期。

洛夫诗歌的思致和情趣

洛夫诗作，给人惊喜、令人回味处颇多。他对生命奥义的追索及对"真我"的不懈追求，他因梦与现实相交错的感伤的生命意识，他为涵化现代意识与传统人文精神，为融合主体与客体所做的有益努力，他在抚触"文化与历史的伤口"时的惨痛经验，他的无法摆脱的"孤绝感"和家国悲情……无一不印证洛夫诗歌的精神深度和情感力度。此外，洛夫诗世界中炫人心神的意象更是星罗棋布，且多以横空出世之姿造成奇崛尖新之美境。洛夫还擅长运用各种汉语修辞技法，对汉语文字的诗性品质可谓心有灵犀得其神髓。其笔下常有佳句异词，字里行间灵机四伏动感飞扬，将语言文字的表现力发挥到令人惊奇的程度，达成思致跌宕、情趣盎然之境界。这一切令洛夫诗歌享有"魔歌"之誉。笔者每读洛夫诗作，虽不至于手之舞之足之蹈之，却也总是兴致勃勃，觉得周遭的平庸俗常世界似乎也平添了某种兴味，枯寂萧瑟的日子和人心也陡然间生出了一片片充满生机的草叶。好的诗总是这样，以语言文字的积木垒造起一个神奇的城堡，诱引我们去精神探险，唤回我们被庸常的时光磨掉的那份敏感那些真趣，以奇异的光彩烛照我们日渐晦暗的心灵和钝化的知觉。洛夫的诗给予我们的审美愉悦和启示是丰富多汁的，值得从多方面品味省思。本文拟以洛夫部分诗作为品读对象，分析探寻洛夫诗歌思致和情趣的生成。

这里说的情趣指的是审美者的情调和趣味。按哲人休谟的话说，就是"用从心情借来的色彩去渲染一切自然事物，在一种意义上形成一种新的创造"①。它涉及人的感觉、判断、主观情感及想象能力。而所谓思致，则指知性的意态或情态，是思想和认识在人心中沉积日久而转化或超越成为感情和直接的东西亦即一种生命悟性、创造性及非功利性密切关联的。一首好的现代诗，需要感性现象与超越意义的契合和融通，需要主客体之间多角度多层面的互动交流，也需要意识上的现代敏锐与语言上的自觉敏感。总之，饱满充沛而又摇曳多姿的思致和情趣是现代诗不可或缺的美学要素。

先来看洛夫一首广受好评的小诗《金龙禅寺》：

晚钟
是游客下山的小路
羊齿植物
沿着白色的石阶
一路嚼了下去

如果此处降雪
而只见
一只惊起的灰蝉
把山中的灯火
一盏盏地
点燃

这首诗在作者是"无心插柳"之作，和《有鸟飞过》《独饮十五行》等皆是"未经苦思遽尔成篇，好像它们早就隐伏在一不自觉的暗处，呼之即出"，然而短短数行却气韵生动灵气闪烁。先是一个带有通感色彩的暗喻，将禅寺晚钟的幽旷深迥与山路的萦迴绵远巧妙相联，勾勒出黄昏时分山寺的苍凉和游客内心朦胧的禅意，听觉与视觉

---

　① 张世英：《天人之际》，人民出版社1995年版，第204页。

的沟通在此完成得如此轻灵自然，似乎诗人手执魔杖随意点化而得。紧接着却撇开了主体游客，顺手拈出山路旁不相干的"羊齿植物"，让它们"沿着白色的石阶/一路嚼了下去"。一个简单的动词"嚼"字用得出人意料而又恰到好处，实得益于作者毫无拘束的联想与想象。由"羊齿"到"羊"，很自然地将静态的植物从沉默、岑寂、被动、自在的状态中解放出来。审美主体和审美对象间那种陌生僵硬关系顿时变得生机勃勃意趣横生。第二节忽发奇想，用一个美丽清冷的虚拟幻化成真实的背景，衬映诗人心中"惊起的灰蝉"，更奇怪的是这灰蝉竟"把山中的灯火/一盏盏地，点燃"，这只在冰雪中仍能振翅的蝉是那么具体可感，同时又因违背常理而特别使人感到奇异，然而细细一想，此情此景又似乎如在目前，其原因应在于此处有关灰蝉的描述原本就来自主观想象，暮色苍茫中闻听禅寺钟声袅袅，踏着静谧安详的山间小路，夜的山风正悄然袭来，远离尘嚣的游客是否心头浮生出点点超脱之意，恰如山中昏黄而温暖的灯火。

这只"灰蝉"是饱蕴生命意趣的意象，它的惊起使自在的状态陡然变而为自为的状态的情致。

走近洛夫诗歌世界，我发觉无论是他早期壮怀激烈叩问生死的执着，抑或是他"沧过，桑过"之后的冷凝，一直不曾改变的是他所坚持的"以小我暗示大我，以有限暗示无限"的诗美追求。他深信："诗是透过个人经验，冷眼观世界的东西，潇潇洒洒，无拘无束。与现实的关系是不即不离，既是诗人生命情采的展现，也是时代与社会的脉搏，虽无实用价值，却须提供一种有意义的美（a signficant beauty）。"[1] 从此可看出，洛夫虽常被视为超现实主义者，却十分关注现实。离乱的少年时代，失落故园的伤痛以及战争体验，在洛夫诗世界中从来就不是单纯个人化的事件，而总是与历史的苦难、时代的创伤有着剪不断理还乱的千千结。

但同时在洛夫那里"广场意识"并未取代"岗位意识"，对诗与

---

① 洛夫：《诗魔之歌》，花城出版社 1990 年版，第 157 页。

自我、诗与时代之间的关系，对自己的诗人身份角色，洛夫都有着清醒的认知。正因此，他对诗质的要求必定很高，即他所说的诗必须提供一种有意义的美。我以为这种美可谓为"有意味的形式"，是作者内在的气质、涵养、精神与艺术表达方式的圆融合一。从某种角度看，诗人的使命是双重的，既要探触生命的真与深，又要为这种探触找到合理完善的感性传达形式。具体落实到每个不同的诗人，其个性又千差万别，寻求建立符合自己的感性表现形式就显得尤为重要了。如洛夫，对应于他的"潇潇洒洒、无拘无束"与现实不即不离的创作个性，才有了他的那些同样潇洒无拘自由飞扬的才情，创造出关怀现实却不伤诗美的蕴含丰富微妙的思致与情趣的诗歌作品。上文所引评的《金龙禅寺》是一首相对而言凝定自足的冷凝之作，与王维之诗境相似。但纵观洛夫诗作，这种凝定自适却从未滑向枯寂幽冷。无论何种题材，吟咏生死之慨、时间之伤也罢，咀嚼漂泊之涩、家国之痛也罢，或是回溯历史重认传统，或是回归日常生活贴近自然万物，在他笔下总是充溢着主客相融的趣味和丰沛灿然新鲜的语言活力。其《白堤》里的诗句："早餐是一窗白云/外带一壶虎跑泉水泡的钟声……散步到堤上，又补了一顿，被荷叶吃剩的秋风。"试想，若没有一颗天真无邪若孩童的心灵，若无主客相融的自由达然，又怎能发出如此憨态可掬的聪明语？再看《与衡阳宾馆的蟋蟀对话》，诗人与一只"前半生是故乡后半生是异乡"的蟋蟀聊得如此热烈相投相契如老友相逢，其情其景谐中有庄，庄谐相生，原来"我"与"蟋蟀"之间的对话涉及的却是"我"一生漂泊的伤痛："你问我今后的行止？/终老何乡？/唧唧/这个总是问得我多么难堪啊，老乡，我曾是，一尾涸辙的鱼，一度变成作茧的蚕/于今又化作一只老蜘蛛/悬在一根残丝上/注定在风中摆荡一生/唧唧，唧唧、唧唧。"在这里，诗人所表达的情感及主题不难体察，但显然这首诗的价值不仅仅在于传达了某种主旨或情感，诗人言说的方式及言说途中生发出的盎然的思致与情趣带给读者的审美快感同样不可忽视，诗人将一种严肃的甚而是沉痛的心境通过戏剧化的人虫对白化解为酸涩难言复杂难辨的语絮，让形式表层的诙谐反衬情思的凝重，而结尾处连续三个排比的暗喻强烈地表现了"我"一生苍凉无归的悲哀，全诗由谐出发，收复于庄，庄谐交织，令并不新异的情愫别具韵致，耐人回味。

《时间之伤》中有这样的诗句："月光的肌肉何其苍白/而我时间的皮肤逐渐变黑/在风中，一层层脱落。"接触这样的诗行，有触目惊心之感。因时间之无限而慨叹人生之短促的伤春悲秋主题在中国古典文学中是极寻常的，若要写出新意何其难矣！"今人不见古时月，今月曾经照古人"，李白曾经如此慨叹；"人生代代无穷已，江月年年只相似"，张若虚这样唏嘘过；"明月几时有，把酒问青天，不知天上宫阙，今夕是何年"，苏轼也曾此般追问过。到了洛夫，时间之伤已侵入"我"的血肉成了"我"的切肤之痛，主体与客体相融无间的感觉方式带来了全新的想象，这种极具个人性也十分感觉化的表达，颇能传达出一种残异的生命情趣。《时间之伤》式的表达是洛夫最典型的方式。

洛夫认为诗歌创作的本质就是对真的探求，洛夫的创作经历了早期的抒情、20世纪60年代的"超现实"、70年代的中西结合和80年代的新古典主义等阶段，但始终不变的是诗人的一种执拗：即探讨诠释人类灵魂和命运的本质。洛夫在运思的旅途中，既不接受艾略特式的过于内倾的纯形而上思辨的方式，也不赞成史蒂文斯那种过于外倾的对感官世界的耽溺。洛夫走的是将主体自我割成碎片爆烈迸发后切入天地万物之中的路子。洛夫说得很形象生动：太阳的温热也就是我血液的温热，冰雪的寒冷也就是我肌肤的寒冷。这种诗性思维或者说运思的方式，用中华美学的话语说就是把个体的生命与天地的生命融为一体，用法国人类学家列维·布留尔的话说这是主客互渗的原始思维方式。

笔者以为洛夫从20世纪50年代倡导"新民族诗型"，经过60年代的超现实主义追求到80年代后提出"大中国诗观"，他始终都坚守着现代诗的民族精神和审美品格，而这种主客互渗的"与物同一论"（洛夫语）正是诗人维护汉诗的民族审美本性的最本质的表征。

洛夫不是位偏向情感的抒情诗人，而是位杰出的思想型诗人。

但洛夫的运思绝不是那种纯抽象思辨的类型，他追求的是内涵与形式的浑然一体，知性与感性的融合无间，上文我们称之为"思致"即知性的意态与情态。洛夫的诗思是气韵生动生气灌注的，既血肉丰满又充满动感，其作品意蕴的繁复深邃和感性的丰盈充沛互为表里相依相托。余光中很形象地说洛夫是用伤口唱歌的诗人，我们则说洛夫是用最敏锐的感官进行思想的诗人哲学家。思想的知觉化是诗人最得心应手的表述方法，也可以说是洛夫诗歌创作的一大特征。写乡愁理念是："一座远山迎面飞来/把我撞成了/严重的内伤。"写自由的受伤："我再也不敢给思想以翅膀，怕也被人攫住然后钉死。"写生命的悲悯："我不再是最初，而是碎裂的海，是一粒死在宽容中的果仁，是一个常试图从盲者的眼眶中/挣扎而生的太阳。"写时间之伤："当时间被抽痛，我暗忖，自己或许就是那鞭痕。"写柏林墙垮后的兴奋："柏林墙垮了/我久医不愈的/伤风的鼻子，一连三个喷嚏之后，豁然/畅通。"写孤独："那么多咳嗽，那么多干枯的手掌/握不住一点暖意。"写诗的本质："如果你们再问/到底诗是何物？/我突然感到一阵寒战/居然有人，把我呕出的血/说成了桃花。"在他的诗中，字可以是体毛任意生长的、鲜嫩可口的，也可以被烧得吱吱大叫，从激切的琴声中，诗人倾听到衣扣绽落、皮肤胀裂的声音，等等，举不胜举。

可见洛夫是现代诗人群体中最具殊异感性的诗人，他的思想完全是感性的充满生命色彩和动感的。港台女诗人诗评家钟玲曾认为台湾女性诗人偏爱感官意象和感官语汇，其实这种爱好非女性所独有。洛夫诗中的感官意象和诗语俯拾皆是，洛夫用大量的感官化诗句来表达诗人对历史、存有和生命创世纪的哲学思考。因此我们说洛夫是用感官思想的诗人，他在感觉的运动中思想，在思想的深处感觉。正像洛夫在《巨石之变》中所咏唱的："万古长空，我形而上的潜伏/一朝风月，我形而下地骚动。"洛夫的运思是智性和想象、欲望和情感的力量协调运动，诗人的心智诸力量互相包蕴，"感觉的领域存在于想象的领域之中，而想象的领域又存在于智性领域之中"（雅克·马利坦语），感觉在思想之光的烛照下变得异常敏锐踊跃，而思想借助感觉这一不可或缺的媒介被带入内面世界的深处和事物的本质之中。

因此洛夫诗中的思想是很富质感的，它可以触摸得到体认得到，像手指触摸一只浑圆的果实或者抚触窗台上的青苔。不仅如此，洛夫的运思还充满动感，他是一位思想的舞者，在存在的深渊中舞蹈，其诗世界便是舞者的千种姿态、万种风情。

海外文界的异数： 马华作家林幸谦创作论

一、马华文学：世界华文文学中的重镇

马华文学因其历史之悠久和成就之显著而成为世界华文文学的一个重镇。而近期新世代作家群的崛起再次显示了马华文学的强大实力和未来发展的潜力。笔者认为新世代群形成和成熟既加速了马华文坛的世代更替，其创作实践也构成了马华文学观念形态及艺术方式变革的新景观，形成 90 年代马华文学再出发的契机和动力。笔者曾在《解构与遁逃》等文中对新世代的追求和旨趣做了初步的分析论述。现在看来他们的创作既具有共同或相似的群体特征，又具各自殊异的个人风格。本文认为有必要对其中的几位艺术成熟并具代表性的作家的创作进行更深入的讨论，以便更好地了解马华文学年轻一代的一些独特侧面和艺术风姿。

沙禽、叶明、陈强华、林幸谦、陈大为、钟怡雯、李敬德、黄锦树、廖宏强等新世代作家的创作，为世界华文文坛提供了最新版本的马华文学形象，他们的实践也直接对马华文坛传统势力构成尖锐而有力的挑战，但明显的是他们的个人风格迥异处颇多。举例而言，现今封笔出家的诗人李敬德，其作品涵泳于佛禅生命智慧中；辛金顺凭借追忆逝水流年和童稚梦幻逃离现代人的异化境遇；许裕全、吕育陶擅长表现都市生活的焦虑和不安；夏绍华和陈大为长于构筑宏大的诗篇，前者用语冷僻奇警侧重表现文明的末日情状，后者将叙事与抒情

杂糅，历史与传奇并置，主旨偏于颠覆典范重写历史；女作家钟怡雯文字细腻语感新活，"用丰富的意象、活泼恬淡的节奏，创造了她的散文世界"；黄锦树的小说和评论重在探讨移民的身份焦虑和马华文学史的重构，熟稔地运用后设技巧和解构思维形成其独特的思辨特色；廖宏强使用其医学知识和背景构思小说，对生死主题进行解剖，颇具特色。

在这一群体中，林幸谦是独树一帜、别具风味的。笔者认为林幸谦最具有一种荒谬疯狂的激情和两重性的智能语言，对身份认同的危机和价值世界的吊诡，林幸谦有着一种真正过度的敏感性，这种极端敏感性甚至产生某种痉挛性的身心交感的癫狂体验和病态告解。林幸谦的创作已初步形成了感伤和激越混合，激情宣泄和哲学思辨浑融的美学特征。本文将对其创作做较深入较全面的探讨。

二、激情告解和哲学思辨的独特美学

林幸谦 1963 年生于马来亚森美兰州芙蓉镇，马来亚大学中文系、台湾政治大学中文研究所毕业，获香港中文大学哲学博士学位。现任教于香港浸会大学中文系，其作品多次获中文创作奖。林幸谦的诗文，给我们的第一印象是具有一股躁动的思绪，他在放任这种躁动情绪的同时，又谨慎地以一种边陲人生的生存智慧收集了这些躁动。我们首先可以把他当作一位躁动情绪的收集者，此种形象在他的诗作中有明显的呈现。《漂泊》诗中的情绪由躁动焦虑到质疑、失落终而无可奈何："来到边界的潮水／打乱体内的秩序。"体内秩序的破坏是内心焦虑的直接表现，这种看似生理上的躁动实质上是种精神的焦灼不安，而混乱和失序明显源自"明白了老庄的吊诡"。从中国精神史看，"老庄"往往是传统文人消解痛苦和冷却躁动情绪的法宝，林幸谦对老庄所代表的文化传统进行了明确的质疑和反省，指出其内在的吊诡和悖谬。这种怀疑和拒绝在他的大量诗作有或多或少或明或隐的体现：

"霸道的传统/提早埋葬我的年轻/在黑市的中年陋巷/出售仅有的肉体。"

在诗人眼里，吊诡的老庄和"儒家的铁闺阁"是谋杀年轻岁月的杀手，而"我们都失去了身份"，这是一种强烈的失落感。在拒绝传统之后，诗人又未能找到当代生存的精神依据，剩下的只有空寂和对空寂的躁动："一同离乡背井，深入/空的旅程。"而焦灼之后则是一种无奈的伤感。

在众多的诗作中，林幸谦体现出作为在几度空间漂流的华裔的无根意识，而这种无根漂泊感不仅仅是形式上的背井离乡，更是精神上的无所归依。如《征服》一诗中所表达的："在自己的国度/我被征服/被征服的/拒绝自我征服。"一方面主体"我"被征服，无论是物质层面还是精神方面都成为被征服者；但另一方面"我"又竭力在"拒绝"。这种内心的交战使自我深陷于矛盾躁动之中，并逐渐演化为一种生存焦虑。诗人内心显然分裂为两个自我，一个自我因为"拒绝遗忘自体/我才活了下来/活在故乡的幕后"。另一个自我"被征服收买/却又出卖卖主/的忠诚/忘掉所有的尊严/才把自己征服"。这种自我的分裂和精神的交战最直接地彰显出诗人躁动的生命情态和心灵世界。

然而躁动之后，更多的体验竟是失落和无奈，是一种精神亢奋身心交感之后的筋疲力尽。"我们都失去了身份……/烘托出江山的寂寞"或者"论述漂泊的人生/嘲弄，甚于慰藉"。这些无能为力的感叹仿佛让人窥见诗人苍白和自嘲的面容。《蝶》诗中蝶的形象强烈地显示这种特征："在红尘的岁月/扭曲为梦幻的巨压/红阳光曝晒/呈现畸形的心理图腾。"而"所有的花/对我都了无余绪"。此蝶已非庄周之蝶的超拔和幻化之美，更多的是挣扎和无奈。诗人在无奈中，也曾尝试凭借宗教的力量获取心灵之宁静和生命之超越。但有意味的是，林幸谦的世界中既含有佛禅的感悟，也有基督教的痕迹。诗中所援引的语词如"红尘""命运""蝶"和"圣灵""安息日"等杂糅为一体，而此种杂糅并非融通而仍是一种龃龉，因而两种宗教的交织更可视为诗人价值世界的更深层次的分裂。作为马来西亚的华裔作家，东方人对佛教的兴趣似乎是根植于诗人的心灵深处的，而基督教来世观念潜移默化的影响，也在诗人的作品中留下了明显的踪迹。两种宗教的集结，说明林幸谦在努力追寻生命之超越，但显然宗教终究未能成为林幸谦走向救赎之途的力量和契机，所以诗人仍在感叹人生："我所有传奇的命运/都是可笑的密码/一如可笑的人生。"或者"你有了重生的渴望/处世的策略与生存的挫折/扩充你的冲动/唯恐冲动/都已不再冲动"。

三、蓝调幸谦及其双重性的语言意象

读林幸谦的诗文，我们深深地感受到其内心的痛苦和无奈。起初这种哀愁是淡淡的，还有些寂寞有点孤芳自赏，诗人用一些精练的语言和水墨般的意象诉说自己的漂泊情思和脱离文化母体后的惶惑和失重。但我们如果因此把他视为一位多愁善感纤弱文秀的南中国文人，认为敏感多情的林幸谦承受不了现实的残酷坚硬，那我们就误读了林幸谦。

如果我们更深入地体认林幸谦的情志和旨趣，便会发现蓝调幸谦并非是他最本真的面貌，而只是林幸谦的表面特征罢了。

林氏散文集《狂欢与破碎》及其副题更直接地透露出其创作的真正企图：一方面是破碎另一方面是狂欢，既是边缘人生又是一种颠覆书写。"边缘人生"是林幸谦对自我以及漂泊异乡新华裔生活的概括，而"颠覆书写"则是林幸谦所确立的写作方向和目的。这种颠覆书写应该说是一些马华新世代作家的一种共同追求，如陈大为的宏大诗篇《治洪前书》和《再鸿门》"从两翼颠覆内外夹攻"，其颠覆经典历史文本的意图是十分明显的。黄锦树的后设小说《M 的失踪》则颠覆了所谓国家文学、马华文学的概念。从"颠覆书写"角度看林幸谦的作品，我们可以发现林氏柔性的多愁善感之中深含着一种刚性的冲击力量，这种力甚至具有穿透性、爆炸性和狂欢性。

　　文化乡愁是海外华文文学中最具普遍性的艺术母题，重建游子和母体文化的血脉关系往往是海外华文作家最固执最恒久的价值追寻。林幸谦的殊异处在于怀疑这种人类所普遍必具的植根性需要能否真正得以满足。这种怀疑逐渐生成迷思哀愁和一种浑重的悲怆感，并渗透进诗人个体生存的诸感性与知性层面。

　　在林幸谦的意识里，海外华人永远处在"追寻自己的身份和姓名"的历史之中，因而林氏的作品在意念和情绪上便有了两种不同的品质，其一为暧昧不清，正如他在散文《过客的命运》一文中所自述的："漂泊与安居、原乡与迁徙、想念与遗忘混乱不清。我已习惯混淆不清的世界和人生……"①这种暧昧状态是由海外华裔在现实生存中文化属性危机所带来的。其二，与暧昧混乱品性正相反的是，林幸谦的作品同时具备一种明确的解构意识和颠覆企图。可以说，哀愁与悲怆、解构与颠覆构成林幸谦作品的两面。他的优秀之作往往具有对生存和命运的无情洞察力、敏锐的感性有时甚至具有歇斯底里般的冲击力。林幸谦用荒谬疯狂的激情、两重性的智能语言和狂欢的生命姿态颠覆旧的自我、乡愁、历史、神话、政治、性别、哲学……

　　林幸谦曾在中国台湾这个后现代文化空间中游学多年，文艺上的后现代风、后现代腔和后现代观潜移默化地影响了他。在后现代社会中"人没有了自己存在，人是一个已经非中心化的主体，无法感知自己和现实的切实联系，无法将此刻和历史乃至未来相依存，无法使自己统一起来。这是一个没有中心的自我，一个没有任何身份的自我"②。林幸谦对此种自我存在状况深有体认，并借用此种后现代的主体论颠覆了马华前世代诗人（以吴岸为代表）的强大统一的自我。在《女人的雨》诗中林幸谦如此说：

　　"远离失序/完整的都宣告破裂/寥寥数语的，肢体语言/把糟蹋

---

　　①　林幸谦：《过客的命运》，《蕉风》，1995 年第 7—8 月号。

　　②　王岳川、尚水编：《后现代主义文化与美学》，北京大学出版社 1993 年版，第 28 页。

的心情画出/淋漓尽致中/说不出的滋味/弄痛我，在身份复杂的雨中。"

诗句"完整的都宣告破裂"又让我想起林氏散文集的命名《狂欢与破碎》。破裂或破碎即是一种整体性的丧失和同一性的幻灭。在此状况下自我的异变便是难逃的劫数，如林氏《中国崇拜》所言："在变体的空虚中、战栗/难忘做神与虫的滋味。"同时，追寻自我存在的本体论根据也日益成为现代人的最根本的价值冲动，林幸谦在颠覆自我的同时也在试图寻回自我，"诗的完成/意味主体的消失/消失意味永恒/意味人生……永恒的滋味/消失的一生/就在走访的诗中/自我囚禁的世界/重组今生"（《读诗》）。林氏用两重性的智能语言诠释诗性人生的本真。但由于整体性的破碎，自我的诗性重组的可能性颇为可疑，重组焉？囚禁焉？结局十分暧昧。在散文中林幸谦说得更清晰：

"边陲人生，就介于故乡与异乡之间，人们生活在差异、解构、分裂、反创造、反诠释、反神话的零散化的生活模式之间，淹没在后现代的不确定性和内在性之中。"①

四、李永平和林幸谦：两种属性认知的代表

马来西亚、台湾、香港几度空间的情志历练，使林幸谦获得了反思的契机，如他在《过客的命运》中的自述："来到台北，正好给了我一个反思的机会，在文化乡愁中意外地解构了漂泊与回归的迷思。"② 前世代华人作家所建构的完整的放逐诗学，和一再重写的羁旅主题到新华裔作家林幸谦笔下，逐渐演化为一种颠覆书写和解构主题。因为自我放逐和羁旅漂泊仍保有自我的完整性和可靠性，生活在

① 钟怡雯编：《马华当代散文选》，台湾文史哲出版社1996年版，第27页。

② 林幸谦：《过客的命运》，《蕉风》，1995年第7—8月号。

别处和故园之想象之间只存在一种空间的阻隔，却从不曾生出精神之断裂，紧握住根就意味着自我有完形之可能。如杨匡汉先生所言，他们虽然生活在异国他乡，却仍浸泡于王粲架式的"人情同于怀土兮，岂穷达而异心"的怀土情感氛围中，例如"心灵的漂泊和放逐以生命的历史化为特征，寻根的趋向是文化认同，是对东方传统精神的皈依，是游子返归母体途中对人生意义的重新寻找"。乡愁这个被海外华文作家一再重写的母题，被林幸谦视作"夜里的一场大梦"，他认为原乡神话的迷思把所有海外人囚禁在一个民族的大梦中。

林幸谦在盛大的海外华文作家队伍中显得最特殊之处，就在于他对乡愁的解构即对原乡神话的颠覆：

"远离中心的夜晚/边界更加的遥远/相思在异国的星空累积/过度发酵的乡愁，和老来的爱/在文化的追思中掷来/卷来的潮水/倦去的躯体只换来，淡化的灵魂。"（《边界》）

很明显，林幸谦把乡愁视为灵魂的囚禁，而解构乡愁，对林氏而言就形同一种灵魂的解禁。这也是一个华文文学界应该关注并加以研讨的命题，林幸谦对乡愁主题的新释是否代表新华裔的一种文化倾向，至今仍无法论定，但林氏对此命题的高度关注却是很显明的。

他的一篇散文作品甚至很醒目地以"解构乡愁"作为篇名，从此就可窥见林氏对乡愁主题的重新审视和极端关注。他说："我的书写，总是一再从故国梦中出发，进入内心自我的地狱，在狂欢与破碎的世界千回、百转。"① 而离乡的林氏开启解构乡愁的途径，"领略到峰回路转的情境，峰回路转是一种心情的转变，原乡就在转变中被解构了"。林幸谦把对原乡神话的眷念当作一种狭义的民族主义情结和种族集体无意识的禁忌与压抑。林幸谦的诠释和解构有其合理处亦具偏颇处，其实原乡想象具有双重向度，它一方面强调了乡愁主题的文化属性建构本质，另一方面又因这一单纯的狭窄想象，将原乡意识转

---

① 钟怡雯编：《马华当代散文选》，台湾文史哲出版社1996年版，第29页。

化为某种自恋自大的族群情结，导致族群现实适应能力的衰退。如同庄坤良所言狭义的民族主义会引发"总体化"倾向："诱导人们一厢情愿地在乡愁的情怀里，自我满足于追寻失落的本源，只是，血缘、性别、肤色、母语等不具选择性权利的文化因子，遂成了民族主义者排外/惧外及打压内部异己的方便借口。"①

　　林幸谦十分警惕那种过度浪漫的原乡想象，这对华族从文化摆荡到文化适应的转换是具参照意义的，但林氏把舍弃想象之原乡之后的残缺不全和寂寞的狂欢视为生命的原始形式则有进一步检讨之必要。历史和民族的虚无主义不足取，但林氏的原乡论述仍有审视深思之需要，林幸谦在《狂欢与破碎——原乡神话、我及其他》中说：

　　"原乡神话，在本质上意味着乐园形式的家乡，它唤醒人们寻找生命乐土的渴望。神秘的原乡神话所带来的疑惑，连带也有了华丽辉煌的色彩。到了我这一代，我的乐园已丧失在历史场景中，各式各样的原乡，反而成为一种符号，标志着命运的开端，也标志着追寻与丧失的归宿，是一切记忆的根。"

　　此段论述很清晰地呈现新一代华裔的文化属性危机情状。就我看来，原乡神话作为华族意识的一种核心仍有存活之必要，彻底舍弃原乡情怀对海外华族的现实生存也并不十分妥当。和林幸谦相反的另一类马华旅外作家，如李永平等则有完全不同的认知。李氏的创作坚守"中国文字的纯洁和尊严"，他自述："保持中国白话特有的简洁、亮丽，以那种活泼明快的节奏和气韵，令人低徊的无限风情，这一来，作者对中国语文的高洁传统，就有了一个交代，而个人的文学和民族良心也得到抚慰。"② 文学良心和民族良心的并置，使李永平的文学实践具有一种更深层次的文化认同、血缘文化属性的自我认定的意

　　① 庄坤良：《想象/国家》，《中外文学》第二十六卷第 5 期，1997 年10 月，第 41 页。

　　② 黄锦树：《流离的婆罗洲之子和他的母亲、父亲》，《中外文学》第二十六卷第 5 期，1997 年 10 月，第 123 页。

义。从某种意义上看，林幸谦和李永平代表了马华文学属性认知的两种倾向，是可以互相参读和辩证的。

以上我们考察了林幸谦诗文创作的一种精神向度，林氏的"颠覆书写"由此向度扩散开，涉及政治、语言、爱情婚姻、父亲形象、性别意识、中文情结等诸方面，一些诗性思辨颇富意味，本文不再细述。

五、海外华文文界的异数：林幸谦的文学意义

行文至此，笔者倒想回过头来看看文学的林幸谦的文学意义。林幸谦在对边缘人生的省思和颠覆书写过程中，把尼采引为精神上的同类。在他的眼中，尼采也是一位不被理解的落寞的异乡人。单纯的现实主义者，无法体验这种个人心灵和整体历史交错而成的、错综复杂的生命感和历史感；而尼采狂欢的酒神为林幸谦的颠覆书写引路。同时在文学形式文体意识上，林氏也深受以尼采为代表的诗化哲学随笔的影响，其诗文均是感性和知性、激情告解和哲学思辨两种元素的混合，在海外华文作家族中颇具个人特色。以下我们仅谈谈林氏散文的特色。

20世纪80年代末期至90年代，马华散文有了长足的发展。虽然那种欠缺思想深度，不重视修辞技巧的专栏小品仍然大量生产，但崛起的新世代作家群已开始了散文艺术变革。林幸谦在其中扮演了一个相当重要的角色，其重要性至今仍未被马华文坛充分重视。

其一，林幸谦对马华散文的反思颇具散文观念革新之意义。在《临界点上的散文》一文中，林氏指出散文若再故步自封，最终难免被进一步边陲化为"边缘文体"，甚至会被放逐于文学艺术殿堂之外，而大马文坛却仍旧一直保持着一种简单的形式和一种保守僵化的书写与诉求模式。林幸谦主张突破体制内的审查机制和作者内化的压抑心理，使散文成为真正自由的文体，如同中国作家杨炼所言：

"这是一种自由：绝对地突显不自由。以至于找不到一个名字，

来兼容神话、寓言、小说、自传与哲学，写实、虚构、争辩、抒发、放肆的跳跃，冒险的联想，或纯粹为一个意象所照耀……我们的一生，不就是这样一篇不断扩张的作品。"①

林幸谦心仪的散文，正是杨炼所描述的这种极端自由却又包容量极大的文体。他确实准确地发现马华散文的困境和症结所在，也指出复兴散文的一种途径，其思考颇有意义。

其二，林幸谦的散文写作为马华文坛散文革新提供了一种可贵的经验。散文原来还可以如此书写：兼容虚构与写实、自传与哲学、寓言与小说、争辩与抒发、跳跃与联思，等等，散文的空间原来如此之大！当然这并非林氏的独创，先秦老庄之文和泰西浪漫派诗化哲人之随笔，就有了阔大格局和极自由之体制。但我们以为把林幸谦之文视为马华散文乃至海外华文文界的异数当不为过。

具体而言，林幸谦的散文还有如下几个特点：一、书写方式的反模拟性。由五四新文学运动开出的散文之花以自我抒怀为追求，自然和本色是其最高艺术境界，无论抒情、写景、说理、叙事、状物都浸透着个人情感分子，其长处是很见性情，但发展空间很受限制。林幸谦的写作突破了这种审美规范，其作品《癫痫》《繁华的图腾》等都采用了反仿真的书写模式，自我的真实经验被掩藏起来，虚构和想象成为其散文的主要表现手段，"在真实与想象、寓言与实录中恣意穿梭"②。二、在散文的内涵方面，林幸谦重"探讨马华的文化地址，以及心理层面的挖掘"。无论是对智障兄弟心灵囚房的探访（《繁华的图腾》，或对癫痫人生诡谲的内面世界的表现《癫痫》），还是对海外人残缺破碎心理的剖析，林幸谦的散文都具有相当的深度。三、林幸谦追求散文的诗化，拓展了散文的表现力。因此，林氏的散文语言

● 海外文界的异数：马华作家林幸谦创作论

---

① 杨炼：《为什么一定是散文》，《鬼话·智力的空间》，上海文艺出版社1998年版，第6页。

② 林幸谦：《九十年代台湾散文现象和理论走向》，《文艺理论研究》，1997年第5期。

十分精致颇富诗味，如《破碎的话语》一文：

"记忆如半岛的潮水把我淹没。冷意饱满的风从北方吹到维多利亚港，直入南方的长廊：童年、初恋以及升华的乡愁都聚散于此。苍昊罔极，天涯做客的人仍在天涯，故国的影子在海上飘晃，在长廊的尽头召唤异地的人。那是我们一再告别一再重返的地方。在天国之外，一个女诗人在异地画出她破碎的国度：到处播下的湖泊/你是我一度拥有的土地/我再也回不去的地方。"

此外，林幸谦散文的诗化还表现在繁富意象的应用上。意象的经营和跳跃，隐喻的精心使用，使其作品产生朦胧多义复合的美学效果。四、林幸谦散文还追求知性和感性的综合、抒情和思辨的整饬、学术思维和散文语言艺术的融通，使林氏散文既有思考的深度又具鲜活的文学感性。总之如台湾学者陈芳明所言"散文境界能如此营造，不能不令人赞叹"。①

以上我们简略地论述了林幸谦创作的独特性和重要性，一个简单的结论是，林幸谦在马华文坛乃至整个世界华文文坛都是一个重要的作家，值得我们深入研究。

---

① 陈芳明：《心灵的隔与不隔》，载《蕉风》1994年5月号，第33页。

董桥散文的知性与感性

董桥是香港著名作家，但他在香港文坛并不著名，他的多数作品大多在台湾出版，因而他和香港另一实验作家西西一样常被当作台湾作家。1994年我读了学者柳苏发表于《读书》上的精彩评论《你一定要看董桥》，就萌生了一睹董桥奇文风采的欲望。陈子善先生最近编辑出版了《董桥文录》，把其大多数散文均收入书中，使我们得以一览董桥那些题名别致内容更别致的《这个那个集》《在马克思胡须丛中和胡须丛外》《辩证法的黄昏》《另外一种心情》《与中国的梦赛跑》等各种散文集子，品味其奇特的思想散墨、理念圈点、文化眉批、中国情怀、乡愁影印和感情剪接，感受那浸透在作品字里行间的浓浓的书卷气和文人味。读董桥的散文，你会被其独特的见解、宏博的学养、热烈的情怀、幽默的笔调、奇妙的比喻和不拘一格的文体所吸引。可以说在香港蔚为大观的学者散文群落中，董桥是独树一帜的。本文仅就董桥散文的悠闲境界、知性感性兼具和谋篇布局做一简略的述评。

董桥主张散文创作最值得追求的是悠闲境界，这点并不特别。从晚明小品家的独抒性灵到周作人焚香静坐的安闲、林语堂闲适怡情的幽默和梁实秋、丰子恺的闲逸妙悟，等等，对悠闲境界的追求是中国散文家的一种传统。董桥对这种文人心态"隐若隐若有叫人共鸣的地方"。他访书、藏书、读书、玩砚、品茶、作文确常显露出闲适自得的文人雅兴。董桥和语堂老人一样倡幽默和玩物，主张"幽默是福"和"丧志到底"，在老老实实做人老老实实找饭吃之余，关起门来种种花、看看书、写写字、欣赏欣赏《十竹斋竹谱》的生活被董桥视为完满的。鲁迅先生曾在《小品文的危机》一文中很尖锐地批评过此类消闲散文，但董桥的处境与当年的知堂、语堂已截然不同，他不是在启蒙和救亡的关头玩物丧志，而是在异乡英伦悠悠地寻访有关中国的书籍、是在科技高度发达高节奏的讯息时代"中了田园的毒"（董桥语）因而其散文之悠闲便别有一种滋味了。况且董桥还特别警惕悠闲过了头的危险，认为悠闲太过就会坠入风花雪月、空洞或太多愁善感的境地。所以在品味董桥散文的悠闲处时我们该细想董桥的细想："文学艺术的社会功能是消闲，闲中自有使命。这一层应该细想，不可动气。"①

细想，便可发现董桥之闲有相互关联的两层意味。其一，表现出一种文化人在文化传统变形扭曲衰亡的时代"贪恋传统文化闲处飘香的情怀"②。董桥在海外华人社会中生活了多年，深切体认到经济挂帅、政治异化、文化庸俗现象所带来的迷惘、困惑和焦虑，感受到中华民族的文化传统价值系统的确正在经历严酷的考验。从《也谈花花草草》的开篇"又买到一本有关中国的书"所显示出的悠闲自得和喜悦中，可以窥出董桥是把悠闲境界的追寻视为身处异乡的"文化香客"贪恋中国文化传统的情怀的。其二，董桥把悠闲当作疗救现代人异化病症的一种方式。董桥对机械文明的异化状况有很深刻的感受，他说"机械文明用硬体部件镶起崭新的按钮文化；消费市场以精密的资讯系统撒开软体产品的发展网路；传播知识的途径和推广智慧的管道像蔓生的藤萝越缠越密越远；物质的实利主义给现代生活垫上青苔那么舒服的绿褥，可是，枕在这一床柔波上的梦，到底该是缤纷激光的幻象还是苍翠田园的倒影，却正是现代人无从自释的困惑"③。董桥用悠闲境界的营造来消解这种困惑，他深知在机械文明

---

① 陈子善编：《董桥文录》，四川文艺出版社1996年版，第386页。
② 陈子善编：《董桥文录》，四川文艺出版社1996年版，第605页。
③ 陈子善编：《董桥文录》，四川文艺出版社1996年版，第265页。

称霸的时代，真正的归隐田园已无可能，因而向往悠闲便成为一种精神上的归隐了。董桥喜欢悠闲自得逛旧书铺，在杂乱无章的书籍中翻检而获得意外的喜悦和人性人情的满足。而那些在科学制度管理下的大书店如超级市场井井有条却索然无味；欣赏英国人人心中都有一爿古玩铺和罗兰·巴特在熟稔电动打字后仍舍不得放弃笔耕的情致主张"星期天不按钮"和"给后花园点灯"。中国人在努力建造经济科技的大堂圣殿同时还应该经营出一处后花园"让台静农先生抽烟、喝酒、写字、著述、聊天"，看来董桥所谓"消闲中自有使命"其意正是用消闲来抵御现代人心为形役形为物役的异化和改变现代生活的单向度状态。但他很清醒，并未把悠闲看得太重而是作为调剂看的："至于'闲居''无事'正是科技时代里人人都舍不得荒废的精神，断非消极，而是调剂。"① 显然这与在民族启蒙与救亡关头的那种悠闲的含义就根本不同了。

再细想，我们还千万不可被董桥所谓的"丧志到底"所欺骗。其实，董桥并未一味玩物、一味丧志，他究竟是位很入世的现代文化人，如果以为董桥之文处处闲情那仅对了一半。《静观的固执》一文泄露了天机："我和我主编的《明月》也都生活在两个世界里，一个是热性的政治世界，一个是冷性的文化世界，我和我主编的《明月》也有两个声音，一个是对文化之真诚与承诺，一个是站在政治边缘上的关怀的呼吁。"② 董桥的散文世界便是由冷和热、出世的悠闲和入世的关怀两面构成，而且入世的热的成分所占比重要更大些。因而董桥所做所谈所写的就并非一些记者所言"都是旧日文人闲人之所忙而忙人之所闲"。可以说董桥闲处不少，不闲处更多。比如他对英国政党领袖大选欺骗百姓的嘲讽《"是何妖道"》，对殖民者剥夺香港财货却不敢拍照的嘴脸之揭露（《有这样一则广告》)、对那些摇着屁股巴结洋人或从洋人胡须中抓一虱子回来饲养的无骨文人的批评

---

① 陈子善编：《董桥文录》，四川文艺出版社1996年版，第282页。
② 陈子善编：《董桥文录》，四川文艺出版社1996年版，第385页。

（《龙、凤凰、狗》《作家与避孕》），对生态环境和儿童教育的真挚关心（《那吃草的》《玻璃杯子里的教育》）、对"学术思想迟迟不能迈进'由圣入凡'的入世过程"的省思（《"八十"自述》）以及对国家分裂所带来的精神痛苦和认同危机的感受与焦虑（《没有东西》《"唔……"我说》）等，无不显示出董桥的入世热肠，所以读董桥仅读出悠闲是不够的，悠闲之外更读出他的人文关怀精神和热烈的中国情怀尤其是那种在中国情怀文化认同受现实际遇考验时所坚持的"不计成败、入水濡羽、飞而洒之"的陀山鹦鹉之操守才为完整。在香港文坛，董桥最为欣赏的是金耀基的作品，他如此评价金氏的《剑桥语丝》和《海德堡语丝》："有了中国文学的涵养，他的文字没有病容，有了社会学的修业，他中年的看山之感终于没有掉进济济的虚境里去；有了现代社会异乡人的情怀，则他勇以针对人类的异化输注理性的温情。"（《"语丝"的语丝》）读董文亦当如是观，那同样的"文学的神韵、社会学的视野、文化的倒影、历史的呢喃"境界是难以用悠闲二字概括得了的。

看来董桥并非真悠闲，他自己也说那些小摆设、小玩意儿可爱好玩，但不可太多。他更知道人活着是离不开政治的。他并不赞同知识分子逃避政治的桃源思想："桃源思想可以轻易消磨一个人的神态：政治上甘受敲诈、道德上甘受贿赂、理论上甘受蒙蔽。"（《桃源》）董桥根本不是悠闲超世的旧式文人，而是具有深刻的现代意识的人文知识分子。要理解董桥，我想一定要注意其对韦伯的心仪。1977年的冬天在伦敦，董桥深深地被韦伯的著作和关于韦伯的著作所吸引。"心中荡起不少涟漪，想到知识分子徘徊在文化良知与现实政治之间的那份错杂心情，久久不能自释。"[①] 我想象不出一位对韦伯如此心仪和感动的人会是一位悠闲自得的旧式文人。董桥从韦伯那里学习作为人文学者如何在现代社会中角色定位的方法和理念，即在文化学术和政治活动中力求达到超脱和关注的微妙平衡。韦伯认为一个学者如

---

　　① 陈子善编：《董桥文录》，四川文艺出版社1996年版，第387页。

果在以学者身份讲话时不能超脱就等于滥用特权，成为礼教的阐释者；同时他又认为那种完全超脱时事的人有意无意地成为政治权力和学术权力的可卑的献媚者和蒙昧主义统治的工具。我想董桥对桃源思想的否定和以静观的文化制衡行动的政治的理念是直接源于韦伯或是受其启发而形成的。董桥的结论很明确：知识分子要有政治观点，但衡量政治问题要有独立的创见。董桥的"创见"即在于以静观之文化来制衡行动之政治，用人文知识来"减轻典章制度消磨出来的精神溃疡"。说到这我们就不难明白董桥所谓"丧志到底"的真实意味了。

此时我突然意识到董桥的悠闲说和静观论是完全可以互相参读的。记得中世纪哲人圣托马斯·阿奎那曾谈过悠闲和静观是同时产生的。悠闲不是懒散更非怠惰，而是一种心智和精神上的缄默和不受外界干扰，保持心灵的敏锐感受力和内在洞察力。因而文化静观是以此为基础的。至此我理解了董桥为什么要"给后花园点灯"而不要"星期天按钮"。德国当代哲人皮柏在谈到休闲与文化之关联时曾引用旧约圣经中《约伯传》的一句箴言"天主使人夜间欢唱"，在深夜的沉静和彻底的悠闲状态中人类获得了福佑和直观的智慧。连天主自己也是在第七日休息时才看了自己所造的一切，认为样样都好，难怪董桥那么坚决地说："星期天不按钮！"那么认同金耀基从海德堡寄给他的信中所说的"正在床上静听古堡传来的钟声，铃声带来了你的 Express，想不到德国人连星期天都送信，宗教世界是萎缩了"①！董桥从不怀疑政治的现实意义，也始终肯定经济的力量和价值，作为一位人文知识分子他更强调文化静观的意义，他说："文化理想营造的则是可以延展到下一个世纪的精神世界！"他的选择和自信对 90 年代人文知识分子边缘化的精神困惑或评有某种启发意义吧！

我们接着谈董桥散文的感性和知性兼具相融的特征。余光中在《散文的知性和感性》一文中说："文学作品给读者的印象，若以客

---

① 陈子善编：《董桥文录》，四川文艺出版社 1996 年版，第 387 页。

观与主观为两极、理念与情感为对立，则每有知性与感性之分。"①因而对散文的划分。这种区分不宜绝对，纯知性的散文理虽盛但终非艺术而是哲学甚至不是好的哲学；纯感性的散文血肉虽满但易发软让人腻味，董桥主张散文创作要学、识、才、情熔于一炉。"深远如哲学之天地，高华如艺术之境界"，在他看来散文的最高境界即是既具哲学之深远又具艺术之高华，即是知性的又是感性的，两者圆融一体难以抛离。董桥曾用柳树皮与水杨酸做喻说明其理，印第安人用柳树皮捣烂敷在头上治头痛，效果很好，但不知是性近阿司匹林的柳树皮捣出的汁即水杨酸的作用。董桥散文中的理性和感性正如水杨酸和柳树皮的关系，是融为一体的。

董桥阅历丰富、学贯中西，用他自己的话说是"看了很多书、接触很多事、见过很多人"，此种宏博之学识构成了董桥散文丰富的知识成分和思辨味，董桥曾在英伦专研韦伯、读书为文敬佩韦伯的涉猎博杂旁征博引，其为文也力求达至此境界，体现在董文中便是古今中外的文学个案、历史典故、文化轶事随手引证、左右逢源、涉笔成趣，给人相当丰富而清楚的讯息。谈英国的政治、法国的知识分子、文学翻译、中外园林、陶瓷雕砚、藏书旅行、凯恩斯的手、杨振宁的灵感、韦伯的度假等，其散文视野宏阔，知识性确实丰富。仅举短文《蓍草等等》便可窥一斑，文中董桥从英国民谣中多情的蓍草谈到中国古人用蓍草占卦、《韩诗外传》中妇人亡蓍簪之哀的缠绵，进而联想到《本草纲目》服器部所说裆、汗衫、头巾、幞头可煮药治病，寡妇木梳烧灰煎锁匙汤可治小便淋痛，梳乳百遍可通奶，寡妇睡过的荐可治小儿吐利霍乱的猛浪之韵味，再想到大文豪巴尔扎克"一夜风流损失一页上好小说"的谬论，的确有丰富的知识含量。但董桥好引善引并非炫耀自己知识丰富或为引而引，而是用一种"移花接木"来生发哲理或借他人之酒杯浇自己之块垒。《蓍草等等》征引了古代现代中土外国皆然的各种妙想绮念，"即通"才最是要紧，董桥

① 余光中：《散文的知性与感性》，《羊城晚报》1994 年 7 月 24 日。

生发出了"读《本草纲目》而有非非之想该是摸到中国文化的边儿了"的怪理。细想怪理不怪却为至理。读文化做学术若无人味不通人性则易超拔悬空。所以董文之知性不仅体现在知识的富有上，更体现在这种带人味熟人性的有血有肉的识见上。董文中有许多此类个人性的独特见解，颇能给人启迪。无论是论政治、论传统、论文学，还是谈乡愁谈怀旧读婚恋都有一些发人所未发的个人见地。思辨色彩最浓的当属他的"理念圈点"，文化上前与后的矛盾悖谬、新与旧的转换吊诡（《前后》《新旧》），政治上左右分歧、游戏和学说的事与愿违（《左右》《学说》）等，董桥都做了有趣的辨析和圈点。

但董桥并不是一位无趣的晦涩抽象的哲学家，他欣赏的是本雅明那种感性思辨力和很有个人才情的感性文体。董桥散文的魅力更在于此种思辨和才情会通的感性文体。无论议论、叙述、抒情都浸透着个人情感的分子。他常说自己不懂什么大道理也不讲什么大道理，只是写一种心情，在异国住久了而生的悲凉之情，董桥是个率性任真之人，董文亦是见性见情之文。比如他说起初不喜欢西谛；读《劫中得书记》知道西谛也是位爱书人，"突然觉得他可爱极了"，也说过"我憎恨所有不喜欢孩子的大人"等这些极任性的话。因此董桥散文的知性是包裹在丰富的感性中的，感知相依情理相融是董桥散文艺术上的一个特征。相对于黄维樑的融情于理、理中见情，董桥则是融理于情、情中显理，正像他用柳树皮和水杨酸所做的比喻，其散文中的理如水杨酸是蕴含在感性的柳树皮中的。他的一些文学见解便是透过很感性的文字表达出来的，如吴尔芙笔细如发、梵谷的颜色热得可以御寒、罗素虚伪得可爱、沈三白体贴入微、林琴南的文字可以下酒、屠格涅夫小说干净得像初恋、徐訏很旧旧得有趣像一个堆满旧钢笔旧信封旧钱包旧护照旧打火机旧照片的抽屉，等等，我爱看这种有人味的文字，或许可以说董文情理互渗，情是经受了长久的理智熏陶而从心灵深谷中点点滴滴地渗透涌出，而其深刻睿智的哲思又是在长久的情感历练和浸润中逐渐生发出来的。因此董桥对人情物理文化乡愁的感受理解和体认品评，借用佘树森的话可说是既浸润着湛醇的感情分子，又闪烁着清澈的理智的光辉。我以为这是董文魅力之根本所在。

看来董桥是彻底地为情造文而非为文造情，而且董桥自己也有极明确的造文意识，并经常探究造文的各种套路和技巧。体式的丰富多样和结构编撰的匠心独运亦是董文的一大特色。体式上董桥试图突破散文体的界限，否认小说、诗、散文的分野，而把小说、散文和诗各种文体 mixed 一起，形成篇篇不同的写作套路和散文体式。有评论体如《干干净净的屠格涅夫》，小说体如《让她在牛扒上撒盐》，书信体如《给女儿的信》，诗体如《在巴黎写的之一》，更有那奇特的武侠体《董香记》和全用引文拼贴而成的妙文《马克思先生论香港一九九七》。董桥在情感上贪恋于传统，但在散文形式上却力求创新，混合拼贴突破文体界限这本是新锐的作为，他也做得来劲，真有点新锐味。

董桥写得很慢数量也不多，其原因除了"恐怕越写越积极"沾上火药味而难以维护文化静观心境外，更主要的原因也许在于他对"人工中见出自然"的艺术境界的执意追求。在《归鸿》一文中他表白自己从来不会写高文大册，而是想到哪儿就写到哪儿，希望读者像读家常信，其意似乎是说写得极随意极自由。但在别处却又说自己不是写东西的料，从来不敢多写，并认为杂感随笔写作很不易，需要大学问，两种说法表面看很矛盾。读《文录》的董桥自序《砚边笺注》就易明白其作文的态度和追求，即"琢字成章，是方是圆都不露镌琢之痕却显镌琢之妙"①。所以董桥为文从来就很下功夫，在他看来出水芙蓉自然天成并非真艺术，艺术创作是一种人工雕琢工作，如练琴苦练基本功极为重要。董桥散文极注意琢字造喻，但我以为董桥功夫用得最多最深的还在于谋篇布局。他说："天下好文章都要有布局，难免都有点造作、有点假；说文章写得真写得情见乎词，其实意思是说文章布局好、假得好弄假成真。"（《满抽屉的寂寞》）从外观看，董桥之文行文自由散漫、联想触类旁通、论理广征博引、表情随

----

① 陈子善编：《董桥文录》，四川文艺出版社 1996 年版，第 2 页。

兴所至、叙事若断若连。有时如同清人刘熙载《艺概》中对庄子散文之评价"胡说乱说，但骨子里尽有分数"。仔细品味，董文绝非松弛闲散而是文笔慢而有致、文思收放有度，起承转合前后照应破题收尾都颇具匠心，"如法国妞儿貌似不装扮其实刻意装扮也"（《书窗即事》）。

董桥散文具有很高的文化品位和审美价值，值得细细品读。

刘小新学术年表

1986年毕业于华东师范大学中文系，同年7月到华侨大学中文系任教。

1994年始涉及台港澳暨海外华文文学研究。

1997年5月，参编《20世纪中国文学史》，撰写台港文学部分章节。

2000年1月，调入福建社会科学院文学研究所工作，主要从事文艺学与世界华文文学研究。

2002年6月，任福建社会科学院文学所副所长；8月，合著《文学理论新读本》（南帆主编）由浙江文艺出版社出版。

2003年9月，合著《20世纪中国文学批评99个词》（南帆主编）由浙江文艺出版社出版。

2004年9月，师从南帆先生攻读文艺学博士学位。

2005年5月，任福建社会科学院研究员；8月，承担教育部人文社会科学重点研究基地重大课题"中国现代化进程中台湾文学'现代性'研究"子项目"现代性与当代台湾文论研究"；11月，与刘登翰先生合著《华文文化诗学：华文文化研究的范式转移》获第五届中国文联文艺评论奖二等奖；12月，与刘登翰先生合著"关于华文文学几个基础性概念的学术清理"系列论文获福建省第六届社会科学优秀成果二等奖。

2006年8月，担任福建省台港澳暨海外华文文学研究会副会长兼秘书长。

2007年5月，任福建社会科学院文学所所长；8月，合著《双重经验的跨域书写——20世纪美华文学史论》（刘登翰主编）由上海三联书店出版。

2008年5月，获福建师范大学文艺学专业博士学位；8月，与南帆、练暑生合著《文学理论》《文学理论基础》由北京大学出版社出版；10月，担任《江苏大学学报》编委。

2009年8月，主持国家社会科学基金特别委托项目"互动与创新：多维视野下的闽台文化研究"子项目"闽台文化产业合作研究"；12月，与朱立立合著《宽容话语与承认的政治》由江苏大学出版社出版。

2010年1月，著作《阐释的焦虑：当代台湾理论思潮解读（1987－2007）》，由福建人民出版社出版。

2011年5月，著作《华文文学与文化政治》，由江苏大学出版社出版；5月，主持福建省社会科学重点项目"文艺学的空间转向"；6月，任《东南学术》编委。11月，主编《流散华文与福建书写研讨会论文集》。12月，《阐释的焦虑：当代台湾理论思潮解读（1987－2007）》获福建省社会科学优秀成果三等奖。

2012年4月，主持国家社会科学基金项目"20世纪台湾左翼文艺思潮与创作研究"；5月，主持福建省社会科学规划重大项目"文化同根：闽台文缘研究"；8月，任国家十二五重点图书出版规划项目"当代台湾文化研究新视野丛书"编委；9月，著作《阐释台湾的焦虑》列入"台湾新文学史论丛刊"由台湾人间出版社出版，著作《近20年台湾文学创作与文艺思潮》（与朱立立合著），由江苏大学出版社出版；10月，任福建师范大学海峡两岸文化发展协同创新中心副主任；12月，主编《海峡文化创新与福建发展学术研讨会论文集》。

2013年6月，主持国家社会科学基金特别委托项目"闽台缘研究"子项目"闽台文缘研究"；8月，参加第一届两岸文化发展论坛，发表论文《传统思想资源与当代台湾文论中的悦纳异己论述》；9月，担任《华文文学》编委；11月，主编《两岸生态美学与自然书写研讨会论文集》；12月，著作《两岸文学与文化论集》（与朱立立合著）由江苏大学出版社出版，与朱立立合著《宽容话语与承认的政治》获福建省优秀社会科学成果三等奖。

2014年5月，主持福建省社会科学规划重点项目"加强闽台文化交流与合作，打响海峡文化品牌"。7月，著作《现代性与当代台湾文论》（与黄育聪、陈美霞合作）由厦门大学出版社出版；8月，参加第二届两岸文化发展论坛，发表论文《当代台湾本土论的演变及其对两岸文化交流的影响》；10月，任厦门大学两岸关系和平发展协同创新中心专家委员；11月，参加第三届"21世纪世界华文文学高峰会议"（南京大学），参加首届世界华文文学大会（暨南大学），发表论文《华文文学的意义》；12月，《近20年台湾文学创作与文艺思潮》（与朱立立合著）获第九届中国文联文艺评论奖二等奖。

2015年1月，主编《文化同根——闽台文缘》，由社会科学文献出版社出版；2月，《近20年台湾文学创作与文艺思潮》（与朱立立合著）获福建省政府优秀文艺成果奖；7月，主编《三坊七巷名人与中国文化的现代转型》，由江苏大学出版社出版；9月，著作《当代文论嬗变》，由江苏大学出版社出版；12月，主持福建省社会科学重点项目"台湾青年认知建构研究"。

2016年6月，获福建省第十一届社会科学优秀成果三等奖；7月与南帆教授合作主编"闽派批评新锐丛书"由海峡文艺出版社出版。